천 번을 돌아온 사랑

겨레고전문학선집을 펴내며

우리 겨레가 갈라진 지 반백 년이 넘어서고 있습니다. 그러나 함께 산 세월은 수천, 수만 년입니다. 겨레가 다시 함께 살 그날을 위해, 우리가 함께 한 세월을 기억해야 합니다.

예부터 우리 겨레가 즐겨 온 노래와 시, 일기, 문집 들은 지난 삶의 알맹이들이 잘 갈무리된 보물단지입니다.

그동안 남과 북 양쪽에서 고전 문학을 되살리려고 줄곧 애써 왔으나, 이제껏 북녘 성과들은 남녘에서 좀처럼 보기 어려웠습니다.

북녘에서는 오래 전부터 우리 고전에 깊은 관심과 사랑을 보여 왔고 연구와 출판도 활발히 해 오고 있습니다. 그 가운데 〈조선고전문학선집〉은 북녘이 이루어 놓은 학문 연구와 출판의 큰 성과입니다. 〈조선고전문학선집〉은 가요, 가사, 한시, 패설, 소설, 기행문, 민간극, 개인 문집 들을 100권으로 묶어 내어, 고전을 연구하는 사람들과 일반 대중 모두 보게 한, 뜻 깊은 책들입니다. 한문으로 된 원문을 현대문으로 옮기거나 옛글을 오늘의 것으로 바꾼 성과도 놀랍고 작품을 고른 눈도 참 좋습니다. 〈조선고전문학선집〉은 남녘에도 잘 알려진 홍기문, 리상호, 김하명, 김찬순, 오희복, 김상훈, 권택무 같은 뛰어난 학자분들이 머리를 맞대고 연구한 성과를 1983년부터 펴내기 시작하여 지금도 이어 가고 있습니다.

천 년을 돌아온 사랑

옛사람 씀
—지정엽 고쳐 씀

보리

차 례

보리 출판사는, 조선민주주의인민공화국 문예 출판사가 펴낸 〈조선고전문학선집〉을 〈겨레고전문학선집〉이란 이름으로 다시 펴내면서, 북녘 학자와 편집진의 뜻을 존중하여 크게 고치지 않고 그대로 내는 것을 원칙으로 삼았습니다. 다만, 남과 북의 표기법이 얼마쯤 차이가 있어 남녘 사람들이 읽기 쉽게 조금씩 손질했습니다.

이 선집이, 겨레가 하나 되는 밑거름이 되고, 우리 후손들이 민족 문화유산의 알맹이인 고전 문학이 지니고 있는 아름다움을 제대로 맛보고 이어받는 징검다리가 되기 바랍니다. 아울러 남과 북의 학자들이 자유롭게 오고 가면서 남북 학문 공동체가 이루어지는 날이 하루라도 앞당겨지기 바랍니다. 그리고 이 자리를 빌려, 어려운 처지에서도 이 선집을 펴내 왔고 지금도 그 작업에 몰두하고 있는 북녘의 학자와 출판 관계자들에게 고마운 마음을 전합니다.

2004년 11월 15일

보리 출판사 대표 정낙묵

■ 일러두기

1. 《천 년을 돌아온 사랑》은 북의 문예출판사에서 1994년에 펴낸 《란초재세기연록》을 보리 출판사가 다시 펴내는 것이다.

2. 고쳐 쓴 이와 북 문예출판사 편집진의 뜻을 존중하는 것을 큰 원칙으로 했으나, 맞춤법과 띄어쓰기는 '한글 맞춤법' 을 따랐다.
   ㄱ. 한자어들은 두음법칙을 적용했고, 모음과 ㄴ 받침 뒤에 오는 한자 '렬' 은 '열' 로 '률' 은 '율' 로 고쳤다. 단모음으로 적은 '계' 나 '폐' 자를 '한글 맞춤법' 대로 했다.
      예: 련못→연못, 리치→이치, 반렬→반열, 선률→선율, 페백→폐백

   ㄴ. 'ㅣ' 모음동화, 사이시옷, 된소리 따위의 표기도 '한글 맞춤법' 대로 했다.
      예: 피여나다→피어나다, 주대→줏대, 해살→햇살, 날자→날짜, 잠간→잠깐

3. 남에서는 흔히 쓰지 않는 표현이지만, 북에서 쓰는 입말들은 다 살려 두어 우리 말의 풍부한 모습을 살필 수 있게 했다.
   예: 골안, 다우치다, 덤벼치다, 돌치다, 모두다, 번지다, 새라새롭다, 우정, 인차, 짜고들다, 키돋움, 터치다, 하늘소(나귀)

4. 북의 문예출판사가 펴낸 책에 실려 있던 원문을 그대로 실었다. 다만, 오자를 바로잡고, 표기를 지금 독자들이 알기 쉽도록 고쳤으며, 몇몇 낱말은 한자를 병기하였다.

천 년을 돌아온 사랑

글쓴이 옛사람
고쳐 쓴 이 지정엽

천 년 사무친 원혼 한 쌍

온갖 꽃 피어나고 고운 새 노래하는 삼춘 호시절이 왔다. 인적 드문 화산華山의 깊은 골에도 봄빛이 비쳐 들었다.

석실에 들어앉아 도를 닦던 도사 진도람이 어느 날 봄 경치를 구경하려고 밖으로 나왔다. 백 날 동안이나 돌상에 앉아 정신을 모으고 도를 닦은 공이 있어 진도람은 천지자연의 신기한 조화를 얻었다. 세상 만물의 이치를 모르는 것이 없고 인간의 운명과 시세의 길흉도 환히 꿰뚫게 되었다.

오래간만에 산 경치를 대하자 마음이 가뿐해져서 느릿느릿 산마루로 걸어 올라갔다. 온갖 꽃과 버들은 고운 빛을 자랑하고, 갖가지 풀은 푸른빛이 새롭다. 발목을 휘감는 부드러운 풀잎을 지팡막대로 조심히 헤치며 멧부리에 올라 사방을 두루 둘러보던 진도람의 눈길이 문득 한 곳에 머물렀다.

화산 기슭 한쪽에 소나무며 잣나무며 오동나무가 우거졌는데, 하늘에 닿을 듯 높이 자란 나무들 사이에 음침한 기운이 서리서리 엉켜 있어, 봄빛이 스며들지 못하는 것이었다.

진도람이 이상히 여겨 그쪽으로 발길을 옮겼다. 가까이 가 보니 숲이 우거진 속에서 두 마리 새가 마주 앉아 우는데, 소리가 구슬프고 애절하여 차마 듣기 어려웠다. 낮아졌다가는 높아지고 끊어졌다가 다시 이어지며 무엇을 하소연하는 듯, 누구를 원망하는 듯 슬피 울렸다.

진도람은 인차 그 새들이 천년토록 사무친 원혼인 줄을 알아차렸다.

"슬프구나, 어떤 원혼이기에 이렇듯 좋은 시절에 참혹한 정상으로 구슬피 우는고. 내 알아보리라."

진도람이 소나무, 잣나무 사이로 나아가니 수풀 사이 거친 곳에 오동이 한데 얽혀 있어 나뭇가지를 헤치며 들어갔다. 그러자 가운데 오래된 무덤이 있고 무덤 앞 잣나무에 원앙 한 쌍이 앉아 구슬피 울고 있었다. 숲 밖에서 듣던 그 울음소리였다.

진도람은 손에 쥐었던 지팡이를 들어 한번 휘두르고 말하였다.

"슬프구나, 화창한 봄을 맞아 온갖 만물이 다 생기를 띠거늘 너희는 어이하여 슬피 울며 봄빛을 어둡게 하는고? 네 이 무덤의 원혼이어든 내게 사실을 고하라. 마땅히 원을 풀어 주리라."

진도람이 말을 마치자 두 마리 원앙은 그 앞을 두 번이나 빙 날아 돌더니 무덤 앞 수풀이 우거진 데에 가서 앉았다.

새가 앉은 곳을 보니 이끼 낀 돌 하나가 풀잎에 가려 있었다. 풀을 헤치고 보니 무덤 앞에 세운 빗돌이었다. 자세히 살펴보니 '초중경과 난지의 무덤' 이라고 새겨져 있었다.

한 쌍 원앙은 진도람을 향해 다시 무엇을 하소연하는 듯 애달픈 소리를 냈다. 진도람은 다시 지팡이를 휘두르더니 새더러 말하였다.

"너희 뜻을 알 만하다. 오는 단옷날 내 옥황상제를 뵈오러 갈 터인데, 그때 나를 따라오면 너희 원이 풀리리라."

그러자 원앙새들은 인사를 하듯 다시 진도람 앞을 빙 돌고 숲 속으로 날아갔다. 진도람은 곧 석실로 돌아왔다.

얼마 뒤 오월 단옷날이 되었다. 진도람은 화산의 신령을 불렀다.

"이 산 저편 기슭, 소나무와 잣나무가 우거진 곳에 원앙 한 쌍으로 변한 원혼 둘이 있을 터이니 데리고 오라."

진도람의 명을 받은 화산 신령은 곧 두 사람을 데리고 왔다. 진도람이 돌 위에 앉아 두 사람을 가까이 불러서 보니 그들은 젊디젊은 청춘 남녀였다.

남자는 버들가지 같은 풍채에 얼굴이 관옥같이 아름다운데 잘생긴 두 눈썹 사이에 시름이 가득하고, 여자는 구름같이 소담한 머리가 흐트러져 고운 얼굴을 덮었는데 두 눈에는 맑은 눈물이 가득 고여 있으니, 꽃이 시름겹고 달이 근심하는 듯하였다.

진도람은 두 사람을 한동안 바라보고 나서 말하였다.

"내 지금 옥황상제를 뵈오러 가는 길인데, 나를 따라오면 원을 풀어 주리라."

두 사람은 머리를 조아리며 사례하였다.

"저희 두 사람은 일찍이 액운을 만나 젊은 나이에 부부가 한가지로 원통히 죽었나이다. 천만년이 지나도록 그 원한을 풀 길이 없었거늘, 오늘 선생께서 높으신 덕으로 원을 풀어 주려 하시니 대대손손 이어 가며 은혜를 갚겠나이다."

"알겠다."

진도람은 손에 든 지팡이를 하늘에 휘둘러 구름을 불렀다. 그리고 두 사람의 혼백을 거느리고 구름 위에 앉아 하늘로 올랐다. 하늘나라로 가는 길 양옆에는 선관, 선녀 들이 오색구름에 싸여 길을 인도해 주었다.

얼마쯤 지나 서쪽에서 상서로운 기운이 뻗치며 둘레가 환해지더니 석가세존이 오백 나한을 거느리고 오는 것이 보였다. 석가세존은 진도람이 웬 남녀를 달고 오는 것을 보자 걸음을 멈추고 물었다.

"그대 뒤를 따르는 이는 어떤 사람들인고?"

"제가 화산에서 만난 사람들이옵니다. 젊은 나이에 원통하게 죽어 천 년이 지나도록 원한에 사무쳐 지내옵기에 보기 딱해 데리고 왔나이다. 세존께서 자비로운 은덕을 베풀어 원한을 풀어 주시기 바라옵나이다."

석가세존은 두 사람에게로 얼굴을 돌렸다.

"너희는 어떤 사람이관데 이렇게 원한을 품었는고? 자세히 이르라."

"황공하옵니다."

두 사람은 석가세존 앞에 꿇어앉았다.

"저는 어느 고을 구실아치로 있던 초중경이라 하옵고, 이 사람은 제 안해인 난지이옵니다. 혼인한 지 삼 년 만에 안해는 어미의 구박을 못 이겨 친정으로 돌아갔는데……."

말머리를 뗀 초중경이 사연을 털어놓기 시작하였다.

난지는 가난한 집 딸이나 인물 곱고 마음씨 착하며 손끝이 야무져 사람들의 사랑을 받았다. 그러나 예단을 변변히 갖추어 오지 못하니, 시어머니 눈에 차지 않았다. 그런데 한마을 사는 부잣집 딸 진 씨가 초중경을 사모하여 은근히 마음에 품어 왔는데, 그 여자가 시어머니의 마음을 더욱 부추겼다. 그리하여 착하고 부지런한 며느리를 날마다 구박하여 삼 년 만에 집에서 내쫓아 버렸다.

죄 없이 쫓겨난 난지가 친정으로 돌아가자, 그 고을 태수가 난지의 아름다움을 탐내어 제 며느리로 만들려고 권세로 위협하고 부귀로 유혹하였다.

난지는, 며칠 동안 친정에 가 있으면 다시 데리러 갈 터이니 딴마음 먹지 말라고 신신당부하던 남편의 말을 생각하며 괴로움을 이겨 나갔다. 그런데 친정 식구들까지 몰아대며 태수의 아들에게 시집보내려고 애를 썼다. 난지는 뜻을 굽히지 않았으나 더는 절개를 지키지 못할 처지에 이르렀다. 그리하여 난지는 어쩔 수 없이 물에 몸을 던졌다.

한편, 가난한 며느리를 쫓아낸 시어머니는 진 씨를 며느리로 맞으려고 서둘렀다. 초중경은 죄 없는 안해를 죽게 만들고 다른 안해를 얻을 수가 없었다. 그러니 죽어서나 신의를 지킬까 하여 나무에 목을 매고 말았다.

"젊은 나이에 죽은 저희 부부, 천 년 세월 맺힌 원한을 아직도 풀지 못했사오니 원컨대 자비를 베푸소서."

초중경은 이렇게 말을 끝냈다.

그러자 이번에는 난지가 옷깃을 여미며 석가세존 앞에 나섰다.

"중경이 이미 사실을 다 고하였으니 더 여쭐 말씀 없나이다. 다만 젊은 나이에 원통히 죽은 몸이 의지가지없는 넋이 되어 밤낮을 울며 지내옵다가 이렇듯 대자자비하신 부처님을 뵈옵게 되었사오니 부디 어여삐 여겨 주옵소서."

울음 섞인 난지의 말소리는 마디마디가 듣는 이의 애를 끊을 듯하였다.

석가세존도 두 사람의 하소연에 감동하였다.

"참으로 가엾구나. 너희 원을 풀어 줄 것이니 소원을 말하라."

"저희 두 사람이 다시 인간 세상에 태어나 전생에 지키지 못한 약속을 지키고 전생에 누리지 못한 복을 누리게 해 주소서."

"전생에 미천한 집 자식으로 태어난 탓으로 권세 있고 부유한 집의 핍박을 받아 스무 살 꽃 같은 나이에 내외가 함께 죽었사옵니다. 다음 세상에는 귀한 집의 귀한 자식이 되어 인간 복록을 갖추 누리게 해 주옵소서."

내외는 이렇게 번갈아 소원을 말하였다.

"너희 소원대로 될 것이니라. 난지는 집이 가난하고 권세 없는 탓으로 남의 핍박을 받아 원통히 죽었으니 황제의 귀한 딸이 되게 하고, 중경은 이름난 재상의 아들이 되게 할 것이니 인간 세상에 나가 다시 부부가 되거라."

석가세존은 황건역사를 시켜 그들을 잘 이끌어 주라고 명하였다.

두 사람 얼굴에 가득했던 시름이 그 순간 걷히고 둘은 석가세존에게 절을 하였다.

이때 곁에 있던 관음대사가 석가세존에게 말하였다.

"서울 동문께에 양문희라는 재상이 있는데, 덕행을 갖춘 인물인데다가 자식을 보게 해 달라고 치성을 드린 지 오래이니, 중경을 그 사람에게 이끄는 것이 어떠하나이까?"

"그렇게 하라."

석가세존은 선선히 응낙하였다.

진도람이 나서서 물었다.

"중경을 사모하던 진 씨가 아직도 사특한 마음을 버리지 못한 듯하옵고, 난지를 제 며느리로 삼으려던 태수가 여전하니, 인간 세상에 나가 다시 중경의 인연을 방해할까 걱정이옵나이다."

그러자 석가세존은 머리를 흔들었다.

"태수와 진 씨의 죄악을 하늘이 널리 용서했다 하나 천 년이 지나도록 뉘우침이 없구나. 옛날의 욕심을 버리지 않고 다시 방종하게 군다면 죄를 다스리는 법을 밝히 보이리라. 어찌 하늘의 명을 거슬러 남의 배필을 앗으리오."

진도람은 석가세존에게 사례하고 두 남녀에게 말하였다.

"이제 두 사람은 십삼 년 뒤에 다시 만날 터이니 그리 알고 돌아가거라."

"이 은혜 길이 잊지 않겠나이다."

두 사람은 감격하여 진도람에게 거듭거듭 인사를 하고 길잡이 하는 황건역사의 뒤를 따라 바람처럼 사라졌다.

진도람이 화산에 돌아와 소나무와 잣나무 우거진 산기슭을 바라보니 숲을 덮었던 음침한 기운이 어느덧 다 흩어지고 찬란한 봄빛이 비치고 있었다.

하늘이 내려 준 자식

연두색 봄빛으로 온몸을 단장하던 버들이 어느새 벌써 짙은 풀색 옷으로 갈아입었다. 오월 단오니 절기로는 벌써 초여름에 접어들었다.

실실이 드리운 푸른 버들가지에는 황금 같은 꾀꼬리가 두어 마리 날아들어 흔들흔들 그네를 뛰었다. 초여름의 흐드러진 풍치에 한껏 취하여 뒤뜰 채련각 난간에 몸을 기대고 사방을 둘러보던 설 부인은 저도 모르게 가느다랗게 한숨을 내쉬었다. 또 한 철이 바뀌니 아쉬운 마음이 들었다.

세상 사람들은 덧없는 세월을 가리켜 흐르는 물 같다고 하지만 설 부인에게는 세월의 빠르기가 흐르는 물에 댈 게 아니었다. 처음으로 머리에 비녀를 꽂고 부끄러운 마음 어쩌지 못해 온 하루를 고개 숙이고 앉아 있던 일이 어제인 듯 눈앞에 삼삼한데, 벌써 어느새 이십여 년이 흘렀다. 그사이 소년 재사로 이름 높던 남편도 이제는 나이 마흔이 되어 용도각 태학사 자리에 있으니 나라의 중신이다.

그런데 어인 일인지 스무 해 기나긴 세월을 두고 그처럼 간절히 바라고 바랐으나 설 부인에게는 태기가 없었다.

자손을 보게 해 달라고 마음을 다해 천지신명께 빌기도 하고 유화동 백운사를 찾아가 몇 년째 부처님께 정성스레 향도 살랐다. 그러나 정성이 모자란지 아무 소식도 없었다.

설 부인이 쓸쓸한 마음으로 쉼 없이 흐르는 야속한 세월을 원망하며 한숨을 쉬는데, 문득 머리 위에서 "지지배배 지배배" 새소리가 들렸다. 소리가 참 맑다. 채련각 들보 위에서 나는 제비 소리였다.

설 부인이 고개 들고 위를 쳐다보니 갓 깨어난 제비 새끼들이 먹이를 물어 온 어미 제비를 맞느라고 바삐 돌아치고 있다. 둥지에서 떠들어 대는 제비 새끼들 소리는 가뜩이나 심란한 설 부인의 구슬픈 심회를 한층 더 돋우었다.

설 부인이 죄스러운 마음으로 곁에 앉아 있는 남편을 돌아보며 말하였다.

"저기를 좀 보사이다. 어느새 제비가 새끼를 쳤나이다."

부인과 함께 채련각에 올라 경치를 구경하던 양문희도 쓸쓸한 마음이야 설 부인과 마찬가지나 짐짓 웃는 얼굴로 부인의 눈길을 받았다.

"오늘이 벌써 단오가 아니오. 무엇이 새삼스러워 그러오?"

"거뭇거뭇 죽은 듯 서 있던 버드나무도 때가 오면 새잎을 움 틔우고 하찮은 짐승도 새끼를 치는데, 오로지 이 몸은 저 제비만도 못하오니……."

"또 그 소리요! 그만하시오. 이젠 바람도 다 쐬었으니 그만 내려갑시다."

양문희는 난간 위에 놓인 부인의 고운 손을 두 손으로 감싸 쥐며 급히 말을 막았다. 뒤에 무슨 말이 따라 나올지 불을 보듯 뻔하기 때문이다.

그러나 설 부인은 일어설 생각도 않고 무거운 낯빛으로 앉아 있다. 벌써 몇 번째, 아니 몇십 번째 곱씹어 가며 한 말을 또 하려는 것이다.

"변변치 못한 저로 하여 귀한 집안의 대가 끊어질 생각을 하면 잠을 이룰 수 없나이다. 예부터 여자의 일곱 가지 죄악 가운데서 자식 없는 것이 가장 큰 죄라고 하였으니, 이 몸보다 더 큰 죄인이 세상에 어디 있겠소이까. 바라건대 이제라도 좋은 가문의 현숙한 여자를 택하여 조상 제사를 받들게 하사이다. 그래야 제 죄스러운 마음도 좀 풀릴 것 같사오니……."

"우리 사이에 자식이 없는 것이 어찌 부인 탓이겠소? 괜히 부인을 탓하며 여러 여자를 모아들인들 무슨 소용이 있겠소? 제발 부질없는 말 다시 마오."

설 부인은 굽히지 않았다.

"제가 영민치 못하고 말주변마저 없어 지아비 마음을 돌이키지 못하니 어쩌면 좋사올지요. 행여나 하고 한 해 또 한 해 기다리다 어느새 마흔 고개를 넘었소. 정 마음을 돌리지 않으시면 저는 친정으로 가겠나이다."

"무슨 말을 그리하오? 친정으로 가다니? 그래, 나를 홀로 두고 가 버리겠다는 말이오?"

양문희는 기가 막힌 듯 헛웃음을 내며 부인에게 말하였다.

"그러지 말고 간단히 주안상이나 차려 내오도록 하오."

설 부인은 소리 없이 일어나 채련각을 내려갔다.

양문희는 본디 대대로 이름난 집안의 아들로 태어나 일찍 벼슬에 오른 사람이다. 성품이 좋고 문장이 빛나 선비들마다 우러러보고 황제도 양문희를 중히 여겼다. 벼슬이 용도각 태학사에 이르렀으니 부러울 것이 없었다. 그런데 단 한 가지 근심이 자식이 없는 것이다.

부인 설 씨도 현숙한 성품과 아름다운 용모를 다 갖추고 있어 나무랄 데가 없으나 다만 자식을 못 낳는 것 때문에 늘 남편에게 미안하였다.

양문희는 지금 재취를 권하는 설 부인의 말이 진정인 것을 잘 알고 있다. 형제 하나 없이 외로이 지내니 남들처럼 무릎 위에 귀여운 자식을 앉히고 사랑을 쏟아 부으며 인간재미를 누리고 싶은 마음도 간절하였다. 하지만 여러 처첩을 거느리고 시앗 싸움을 불러일으켜 집안 망치고 제 몸도 망치는 사람이 한둘이 아님을 잘 아는지라 스스로 화근을 부를 마음이 없었다. 그리하여 부인의 말도 막고 쓸쓸한 제 마음도 위로하려고 주안상을 청한 것이다.

이윽고 설 부인이 따라 주는 따끈한 술을 몇 잔 마신 양문희는 노곤해지는 몸을 난간에 가벼이 실었다. 걷어 올린 구슬발 사이로 따스하게 내리비치는 햇살이 장난치듯 양문희의 눈시울을 간질였다. 양문희는 햇살이 시키는 대로 살포시 눈을 감았다.

얼마나 시간이 흘렀는지 어디선가 향기로운 바람이 한 가닥 불어오더니 문득 웬 소년이 양문희 앞에 나타났다. 옥같이 아름다운 얼굴에 신선같이 맑은 풍채를 가진 소년이었다. 양문희가 놀랍고 기이하여 소년을 쳐다보기만 하는데, 소년이 공손히 절하고 말하였다.

"저는 성이 초씨요, 이름은 중경이라 하옵니다. 때를 잘못 만나 젊은 몸으로 원통히 죽은 저를 석가세존께서 불쌍히 여기시어 다시 인간 세상에 나가 복록을 누리라고 하옵기에 제 몸을 상공 댁에 의탁하나이다."

양문희는 반가운 마음으로 두 손을 벌리며 소년을 품에 안으려고 하였다.

그때, 눈을 떠 보니 찬란한 햇빛이 사방을 비출 뿐 소년은 간곳없다. 난간에 기대어 조는 사이에 잠깐 꿈을 꾼 것이다. 서운한 마음으로 곁에 앉아 있는 부인을 바라보니, 부인도 금방 꿈에서 깨어난 듯한 얼굴이다.

"참 이상도 해라."

설 부인은 혼잣소리로 이렇게 말하더니, 남편에게 희한한 꿈을 꾸었다며 방금 꿈에 나타났던 소년 이야기를 하였다. 남편과 꼭 같은 꿈을 꾼 것이다.

"그것 참, 어쩌면 같은 시간에 꼭 같은 꿈을 꾸었을꼬?"

양문희는 혼잣소리처럼 중얼거렸다.

남편의 말을 들은 설 부인은 두 손을 가슴에 모두며 기쁨에 넘쳐 말하였다.

"하늘이 우리한테 자식을 점지한 듯싶나이다."

설 부인은 고운 눈매로 남편을 바라보았다.

이달부터 설 부인에게 태기가 나타났다. 설 부인과 양문희의 기쁨은 더 이를 것도 없고 집안의 하인이며 이웃이며 벗이며 이 일을 아는 사람들 모두 경사나 만난 듯 제 일처럼 기뻐하며, 아들 낳기를 빌어 주었다.

그러나 기뻐하지 않는 사람이 있으니, 바로 양문희의 사촌 동생인 양정희와 안해 오 씨였다.

양정희는 이름난 집안의 선비로서 외모와 풍채가 남보다 못하지 않고 글 솜씨도 괜찮은 축이어서 공부 시랑을 지내고 있었다. 그만하면 부귀와 공명을 갖추 누린다고 할 수 있으나, 늘 더 큰 부귀영화를 꿈꾸었다. 그러니 부귀와 권세를 갖춘 사람 앞에서는 늘 허리를 굽신거렸고, 반대로 집안이 빈한하면 제아무리 어질고 덕망이 있는 사람이라도 내려다보았다.

안해 오 씨는 황제를 모시고 있는 후궁 오 귀비의 친동생으로, 황제의 권세를 등 대고 사치와 교만을 일삼는 여인이었다.

그 부부에게 아들 셋이 있는데, 맏아들 인오와 막내아들 인모는 인물도 못나고 재주도 남보다 뒤졌다. 그러나 둘째 아들 인도는 형제들 가운데서 괜찮은 편이었다. 인물도 깨끗하고 서너 살 때부터 글자를 제법 깨우쳐 이웃 사람들한테서 영리한 아이라는 칭찬도 들었다.

양정희 내외는 사촌 형 양문희가 나라의 중신으로 부귀영화를 다 갖추고 있으면서도 늦도록 자식을 보지 못하자 그 가산을 탐내어 제 둘째 아들 인도가 그 재산을 모두 물려받게 하려고 꾀하였다. 그리하여 인도를 각별히 단장시켜 양문희의 집에 데리고 다니면서 그들 내외의 눈에 들기를 바랐다.

양문희는 아우 내외를 그다지 탐탁지 않게 여기나, 가까운 친척이 없고 사촌 형제도 양정희 한 사람뿐이므로, 그들이 찾아오면 넉넉히 대해 주고 인도를 친자식처럼 사랑해 주었다. 그리하여 양정희는 드디어 인도를 양문희의 양아들로 들여보내게 되려니, 또한 형의 재산이 이제 곧 모두 제 것으로 되려니 믿으며 기뻐하고 있었다.

그런데 설 부인이 잉태하였다는 소식을 들은 것이다. 그 말이 사실이라면, 그리고 설 부인이 아들을 낳는다면 이제까지 기울여 온 노력은 모두 허사로 될 것이다. 양정희 내외는 설 부인이 아들을 낳을까 봐 조바심 내며 뒷날을 기다리고 있었다.

이듬해 이른 봄 보름달이 환한 어느 날 밤, 설 부인은 바라던 대로 옥동자를 낳았다. 늦게야 자식을 본 양문희 내외의 기쁨을 어찌 말로 다하랴. 게다가 아기는 태어날 때부터 용모와 골격이 여느 아기와 달랐다. 이목구비가 반듯하여 준수한 데다 호방한 기상이 어려 갓난아기 같지 않고, 목소리까지 우렁차고 씩씩하니 장차 큰 인물이 될 기틀이 엿보였다.

양문희는 환한 얼굴로 부인의 수고를 치하하며 아기를 어루만지고, 설 부인은 설 부인대로 남편의 기쁨에 넘친 얼굴을 보며 가만히 웃었다.

내외는 아들의 이름을 인호라고 짓고, 불면 날세라 쥐면 꺼질세라 손안의 구슬처럼 애지중지 길렀다.

설 부인이 태몽을 얻은 바로 그 단옷날, 겹겹이 높은 담장으로 둘러싸인 대궐 뒤뜰에서는 성대한 잔치가 벌어졌다.

황제가 황후와 여러 비빈들, 태자와 공주들을 거느리고 명절을 즐기고 있었다. 궁중 여인들의 아름다운 옷차림은 뜰에 핀 갖가지 꽃과 한데 어울려 궁 안은 말 그대로 꽃바다를 이루었다.

그 가운데서 가장 크고 아름다운 꽃송이는 유 황후라 할 수 있었다. '수복壽福'이라 금으로 수놓은 초록 당의를 입고 그 밑에 자주색 긴치마를 받쳐 입었는데, 옷고름 옆에 드리운 세 줄 노리개가 흔들리며 잘랑잘랑 옥 부딪는 소리를 냈다. 양옆에는 옥색 저고리에 남색 치마를 떨쳐입은 궁녀들이 모시고 있어 황후의 모습은 마치 꽃밭에 한 떨기 모란이 활짝 핀 듯하였다. 좀 떨어져서는 노랑 저고리에 다홍치마를 받쳐 입은 공주와 비빈들이 궁녀들을 거느리고 제가끔 봄날을 즐겼다.

그날 잔치가 끝나고 여러 비빈과 태자, 공주를 먼저 돌려보낸 뒤였다. 황후가 몸이 노곤하여 금상에 잠깐 몸을 기대고 있는데, 문득 하늘에 가벼운 구름이 어리고 기이한 향내가 풍기더니 선녀같이 어여쁘고 앳된 여자 하나가 눈앞에 나타났다. 버들같이 가는 허리며 웃음을 머금은 환한 얼굴, 아리따운 그 모습은 선녀라면 모를까, 아무리 보아야 속세의 인간은 아닌 듯하였다.

황후는 놀라서 물었다.

"네 뉘인고? 어찌 이곳까지 이르렀는고?"

그 여자가 황후 앞에 무릎을 꿇고 낭랑한 목소리로 대답하였다.

"저는 난지라 하옵니다. 일찍이 한 고장 살던 초중경이라는 이와 인연을 맺어 부부가 되었사온데, 삼 년 만에 천한 목숨을 부지할 길이 없어 연못에 몸을 던졌나이다. 중경 또한 나뭇가지에 목을 매었나이다. 청춘의 원한을 풀 길 없삽더니, 석가세존께서 원통한 사정을 헤아리시고 이 몸을 가엾이 여기시어 인간 세상에 다시 나아가라 하셨나이다. 중경은 양씨 집안에 다시 태어나리니 그이를 만나 꽃다운 인연을 다시 이으라 하옵기에, 마마께 몸을 의탁하나이다. 곁에서 효성을 다하오리니 이 몸을 맡아 주사이다."

옥쟁반에 구슬이 구르듯 소리가 맑고도 고왔다.

황후는 품에 안기는 어여쁜 여자를 보듬다가 문득 정신을 차렸다. 깨어 보니 한바탕 꿈이었다. 어여쁜 이의 모습은 사라졌지만 그 맑고 고운 목소리는 귓가에 쟁쟁하고 아리따운 얼굴은 눈앞에 삼삼하다.

'혹시 태몽이 아닐까? 정말 그렇게 어여쁜 딸을 하나 낳았으면 좋겠구나.'

황후가 이렇게 생각하며 얼굴에 웃음을 지으니, 곁에 있던 궁녀가 이 웃음을 떠보았다.

"무슨 좋은 생각을 하시옵니까?"

"아니, 아무것도 아니다."

황후는 궁녀에게 속마음을 엿보인 듯하여 얼른 옷매무시를 바로 하였다.

다음 해 봄, 설 부인이 양인호를 낳던 그 달 밝은 봄밤에, 황후도 정궁에서 공주를 낳았다.

나서부터 어여쁘던 공주는 자라면서 더욱 곱게 번져 갔다. 눈같이 흰 살결에 맑은 하늘이 비낀 듯 정채 어린 두 눈하며, 나비의 수염같이 곱게 뻗은 눈썹과 잘 익은 앵두인 양 빨간 입술하며 볼수록 어여쁘다.

아기를 기특히 여기는 황후 유 씨의 마음은 더 이를 것 없고, 이미 여러 왕자와 공주를 거느리고 있는 황제도 딸아이의 빼어난 아름다움에 못내 감탄하며 사랑을 쏟아 부었다. 이름을 문경이라 짓고 젖어미를 골라 정궁에서 기르게 하면서, 조회가 끝나면 내전에 들어가 공주를 데려오게 하여서는 무릎에 놓고 어르곤 하였다.

어느 날 유 황후는 황제에게 그 단옷날의 꿈 이야기를 하였다. 그 꿈도 기이하거니와 공주의 얼굴이 차츰 꿈속 여자와 닮아 갔기 때문이다. 다시 인간 세상에 나가 전생 지아비와 다시 꽃다운 인연을 맺으라는 석가세존의 명을 받고 몸을 의탁하노라 하던 그 낭랑한 목소리도 잊히지 않았다.

"아무래도 우리 문경이는 범상한 아이가 아닌 듯하나이다."

황후는 신중한 낯빛으로 말하였다.

"아니, 그렇듯 기이한 일이 있었소?"

황제는 놀랍기만 하였다.

'그러면 우리 문경이 하늘이 내려 준 딸이란 말인가? 그렇다면 그 아이가 전생의 한을 풀도록 양씨 집안에서 부마를 택해야겠구나. 허나 하많은 양씨 집안 가운데 공주의 전생 인연이 어디에 있는 줄 과연 누가 안단 말인가?'

황제와 황후는 아직 어리기만 한 문경 공주를 두고 벌써부터 부마 걱정을 하기 시작하였다.

구름다리에서 마주친 꽃나이 남녀

세월은 흘러 어느덧 열세 해가 지났다. 그새 양문희는 귀밑머리에 흰서리가 내리기 시작하였고, 인호는 씩씩한 소년으로 자랐다.

먼 산에 아지랑이 아물거리고 하늘에 종다리 지저귀던 어느 봄날, 양문희는 아들 인호를 데리고 사랑마루에 앉아 뒷동산 경치를 구경하고 있었다. 늘 그림자처럼 붙어 다니던 조카 인도는 오늘 제 집에 다니러 가고 없다.

양문희는 아들을 본 뒤에도 인도를 여전히 아들처럼 대하며 아들과 꼭 같이 먹이고 입히고 한방에서 공부 시키고 재웠다.

어려서부터 총기가 뛰어나서 어른들을 놀래곤 하던 인호는 한 해 또 한 해 세월이 흐를수록 문리를 깨치는 데서나 글을 짓는 데서 사촌 형 인도를 멀리 떨구며 뛰어난 기질을 보여 주었다. 네 살에 벌써 몸가짐이 차근차근하고 키가 커서 일곱 살 인도와 비슷하니, 아버지는 아들이 너무 숙성하고 얼음같이 맑고 깨끗한 것을 꺼려 힘써 학업을 권하지 않았다. 그러나 인호는 총명이 남보다 뛰어나 눈으로 한 번 훑으면 다 외우고 귀로 한 번 들으면 잊지 않으니 자연 글재주가 날로 늘어 뒷날 천하 문장이 되리라는 것을 누구나 알 수 있었다.

이날 오랜만에 아들과 단 둘이 있게 된 양문희는 새삼스레 아들의 모습을 뜯어보았다. 열세 살 아이치고는 놀라울 만큼 늠름하고 다부진 몸하며, 맑은 하늘에 걸린 가을 달인 양 환하고 깨끗한 용모에, 별빛이 어린 듯 정기 도는 두 눈이, 보면 볼수록 대견하고 사랑스러웠다. 문득 아들이 글공부를 얼마나 했는지 궁금했다.

"어디, 그새 공부가 얼마나 늘었는가 좀 보자."

그러자 아이종이 두툼한 책 묶음과 문방구를 가져왔다.

양문희는 아들에게 글도 읽히고 글씨도 쓰게 하였다. 글 가운데 나오는 어려운 말의 뜻을 풀게도 하고 까다로운 운자를 넣어 시를 짓게도 하였다. 어느 것 하나 흠잡을 데가 없다. 한다하는 선비들을 뛰어넘고도 남음 직하였다.

"이제 오래지 않아 네가 나를 앞서겠구나. 암, 그래야지. 청출어람靑出於藍이 청어람靑於藍이라고, 청은 쪽에서 나왔으나 쪽보다 푸르거니."

양문희는 가슴이 뿌듯했다.

이때 문득 손님이 왔음을 고하는 하인의 목소리가 들렸다.

"문 어사께서 오셨나이다."

친구 문언박이 왔다는 말이다. 문언박은 성품이 청렴결백하고 글

재주도 양문희와 걸맞아 서로 가까이 지내는 사이였다.

"이리 모셔라."

양문희는 찾아온 벗을 반갑게 맞아들이고 아들 인호를 인사시켰다.

이 집에 자주 찾아오면서도 인호를 처음 보는 문언박은 깜짝 놀라 칭찬을 아끼지 않았다.

"양 형이 자손이 없어 근심하더니 아드님이 벌써 이렇게 자랐구려. 아드님의 용모가 이렇듯 아름다우니 참으로 양 형은 복을 타고나셨소."

양문희가 빙그레 웃기만 하니, 문 어사가 말을 이었다.

"신선 같은 풍채구려. 이리 신통한 아들을 깊이 감추어 두고 여태 한 번도 보이지 않았다니 친구 사이에 무슨 인사가 그렇소? 양 형이 나를 얼마나 소홀히 여기는지 이제야 알겠구려."

문언박은 짐짓 노여운 표정까지 지어 보였다.

"내 어찌 그대를 소홀히 생각하여 그랬겠소? 아이가 그다지 변변치 못해 인사를 못 시켰을 뿐이오."

문언박은 고개를 저었다.

"너무 그러지 마오. 사람의 겉모습을 보면 그 재주도 알 수 있는 게요. 아드님 재주가 분명 예사롭지 않을 터이니 이 사람도 한번 보고자 하오."

양문희는 이제까지 남들에게 성장한 아들을 보이지 않았다. 아들의 숙성함과 뛰어난 글재주가 오히려 남의 시기를 받아 화를 입게 되지나 않을까 걱정스러웠기 때문이다.

"괜히 문밖을 나들지 말고 글공부나 부지런히 하도록 해라."

이것이 아들에게 늘 하는 말이었다.

그리하여 인호는 본디 하나를 들으면 열을 아는 총명으로 이제까지 학업에만 전념해 왔다. 그런데도 어떻게 알려졌는지 요즈음에 매파가 드나들기 시작하였다. 우연히 인호를 본 이웃들이 그의 풍채와 용모를 탐낸 것이다. 그래서 이즈음 양문희 내외는 아들이 아예 바깥출입을 못 하게 하였다. 문언박이 지금 인호를 처음 보고 양문희를 나무라는 것도 그 때문이다.

"그대가 못난 내 자식을 이토록 지나치게 칭찬하니 몸 둘 바를 모르겠소."

이렇게 대답하며 양문희는 아들에게 몸을 돌렸다.

"네 시 한 수를 지어야겠구나. 문 공의 후의를 저버릴 수야 없지 않느냐?"

"알겠나이다."

인호는 몸가짐을 바로 하며 글제를 청하였다.

"글제를 달란 말이지?"

문언박이 즐거운 얼굴로 앞을 내다보니 담장 곁의 버드나무가 눈에 띄었다. 바야흐로 새잎이 움트는 버드나무가 줄줄이 드리운 실가지를 하느작거리며 봄 경치를 한껏 돋우고 있었다. 그 옛날 설 부인이 울적할 때 꾀꼬리 날아들어 그네를 뛰며 심회를 돋우던 그 버드나무였다.

문언박은 더 생각할 것 없다는 듯 인호를 돌아보며 말하였다.

"버드나무에 봄빛이 새로우니 '봄버들'로 글제를 하거라."

"어르신의 명을 받들겠나이다."

인호는 아이종이 가져온 비단을 반듯하게 펴 놓고 곧 붓을 들었다. 그러더니 그다지 주저하는 빛 없이 능숙한 솜씨로 붓을 휘둘렀다. 인호가 글 쓰는 모습을 말없이 살피던 문언박의 얼굴에 감탄하는 빛이 어렸다.

"어르신의 명으로 글을 짓노라고 애썼사오나 까마귀를 그려 놓은 듯 글씨가 어지러워 뵈옵기 부끄럽나이다."

인호는 먹물이 채 마르지 않은 비단을 두 손으로 받들어 올렸다. 문언박이 기특히 여기며 받아 읽어 보니 글씨만 아름다운 것이 아니라 뜻이 웅건하고 표현이 아름다워 읽을수록 입이 향기롭고 가슴이 상쾌하였다.

문언박은 손으로 서안을 치며 칭찬하였다.

"훌륭한 시로다. 참으로 희한한 재주로군. 내가 복이 많아 오늘 세상에 드문 옥골선풍을 대하고 또 이런 신기한 재주를 보게 되니 이 아니 경사요? 양 형이야말로 남의 열 자식 부럽지 않겠소."

문언박의 칭찬에 인호는 말없이 머리를 숙였다.

문언박은 손에 든 시를 놓지 못하고 읽고 또 읽으며 거듭 칭찬하다가 저물어서야 돌아갔다.

너댓새 지나 인도가 양문희의 집으로 돌아왔다. 책방에서 인호와 함께 글을 읽다가 새로 지은 시 '봄버들'을 발견하였다. 시를 읽어 본 인도는 그 기묘한 표현과 웅건한 뜻에 감탄하여 절로 입이 벌어졌다. 그러나 한편으로는 샘이 불같이 피어났다. 저보다 세 살이나 어린 동생인데 글재주에서는 도저히 따를 수 없었던 것이다. 인도는 인호 몰래 시를 베껴 두었다.

열세 해라는 세월이 흐르는 동안 공주도 그지없이 어여쁜 모습으로 자라났다. 타고난 아름다움이 꽃나이에 이르렀으니 그 모습을 말로 어찌 다 하랴.

두 볼에 비낀 빨간 홍조는 흰 모래밭 해당화에 물든 듯하고, 반짝이는 두 눈은 밤하늘에 빛나는 샛별이 어린 듯했다. 가느다란 허리며 아리따운 자태는 섬돌 아래 난초가 향기를 내뿜는 듯하고, 달나라의 계수나무꽃이 봄바람에 웃는 듯하니, 참으로 연연하고 아련한 모습을 이루 다 말할 수 없었다.

게다가 총명과 자질 또한 뛰어났다. 서너 살 때부터 글자를 익히더니 붓을 한번 내두르면 글씨가 구슬을 꿰놓은 듯하였다.

문경 공주가 나이 차 감에 따라 황제와 황후는 부마 걱정이 날로 더해 갔다.

하루는 황후가 거처하고 있는 중전에 추밀사 유은이 찾아왔다. 유은은 유 황후의 친동생으로, 오랫동안 먼 곳에 가 있다가 며칠 전에야 황성으로 돌아왔다. 사람됨이 맑고 용모가 아름다우며 문장 또한 뛰어났다. 누이가 황후의 자리에 있지만 거기에 등 대고 교만하게 굴거나 방사한 행동을 하는 일이라고는 조금도 없었다. 그리하여 궁중 위아래가 모두 칭찬하여 마지않았고 황제도 그의 사람됨을 사랑하여 늘 가까이 두었다. 황후도 동생이 곁에 있으면 무슨 일이든 서로 의논을 했다.

이날 황후가 오래간만에 만난 동생에게 문경 공주를 가질 때 꾼 꿈 이야기를 하며 부마 걱정을 하였다. 유은은 처음 듣는 말이라 눈이 둥그래졌다.

유은은 문경 공주를 무척 사랑하였다. 꿈 이야기는 오늘 처음 들었지만 문경 공주를 대할 때마다 하늘의 선녀를 보는 듯하여, 저 아이의 짝은 어디에 있을까 하고 늘 생각해 왔다. 그런데 알고 보니 그런 사연이 있었던 것이다.

"너무 걱정하지 마소서. 하늘이 저렇듯 아름다운 공주를 내실 때에는 반드시 그 배필도 뛰어난 인물로 내시었을 것이니 자연 만날 날이 있을 것이오이다."

이렇게 대답하는 유은의 머리에는 언뜻 문언박에게서 들은 양문희의 아들이 떠올랐다.

유은은 문언박과 같이 양문희와 가까이 지내며 서로 마음을 터놓는 사이였다. 양문희의 집을 찾아간 적도 물론 한두 번이 아니다. 양문희는 유은을 대접하여 따로 마련한 좋은 방에서 맞았고 잡인의 출입도 금하였다. 그리하여 양문희의 아들을 직접 보지는 못한 것이다. 오늘 공주에 관한 이야기를 듣고 나니 틈을 보아 양문희의 아들을 한번 만나 보리라 마음먹고 황후 곁을 물러났다.

이튿날, 유은의 집에 예사 사람처럼 차린 황후의 행차가 이르렀다. 어제 공주가 외삼촌이 궁에 들어왔다가 간 것을 유모에게서 듣고 무척 섭섭해하며 투정한 것이다.

"오래간만에 오시었는데 어찌 그냥 가셨나이까? 외삼촌이 보고 싶나이다."

실은 유 황후도 오래간만에 만난 동생이 잠깐 머물다가 곧 떠난 것이 서운하였다. 유은은 본디 궁에 오래 머무는 일이 없었다. 성미가 곧아 누이를 만나 문안 인사를 하고는 곧 자리를 뜨곤 하였다.

그리하여 유 황후는 남의 눈이 미치지 않는 조용한 집에서 남매간 회포도 나누고 서운해하는 공주의 마음도 풀어 주려고 황제의 허락을 받아 미복 행차를 한 것이다.

뜻밖에 누이가 찾아오자 유은은 반가이 맞아들였다. 더구나 공주까지 따라왔으니 그 기쁨은 갑절로 더하였다.

황후가 행차를 간소하게 차렸으나 집안 남녀종들은 황후가 타고 온 가마며 곱게 단장한 시녀들을 바라보느라 눈이 휘둥그레졌다.

유은과 그 부인은 황후와 공주를 안채로 이끌어 즐거이 이야기하고 있었다. 그런데 얼마 뒤 하인이 와서 알렸다.

"양 학사께서 아드님을 데리고 상공을 뵈러 오셨나이다."

양 학사라는 말에 유은은 반가웠다. 더구나 아들까지 데리고 왔다니 이 얼마나 공교로운 일인가. 누이가 공주를 데리고 찾아온 날 양문희가 아들을 데리고 오다니, 아무래도 운명인 듯하였다.

"손님들을 사랑으로 모셔라."

유은은 하인들에게 이르고, 황후와 공주를 부인에게 맡긴 뒤 손님을 맞으러 나왔다.

"학사께서 이려운 걸음을 하셨소이다."

"추밀 어른께서 먼 길을 다녀오셨다기에 문안드리러 왔소이다. 제 아들 녀석이올시다."

양문희는 아들더러 어른께 인사 올리라 하였다.

"인호라 하옵니다. 문안드리옵니다."

"오, 네가 양 공자로구나. 처음 보겠노라."

반갑게 인사를 나누고 자리 잡고 앉았다.

유 추밀은 눈을 들어 인호를 뜯어보았다. 이목구비가 반듯하고 환한 얼굴과 두 눈에 넘치는 정기, 아름답고도 호방한 기운이 어린 그 모습이 대번에 마음에 들었다. 호걸 남아의 기풍이 있으면서도 얼굴 생김 하나하나가 다 아름답고 섬세하였다.

'일찍이 보지 못한 미소년이로구나. 이만하면 공주한테 짝지지 않겠어.'

유은은 속으로 감탄하며, 훌륭한 아들을 두었다고 거듭 칭찬하였다.

양문희가 이날 인호를 데리고 온 것은 처음부터 뜻한 일이 아니었다. 유은이 일 년 만에 서울로 돌아왔다는 말을 듣고 찾아가려 준비를 하는데, 인호가 엉뚱하게도 같이 가겠노라고 청한 것이다.

인호는 아버지에게서 유은에 관한 이야기를 여러 차례 들었다. 아버지가 인호에게 글을 가르칠 때면,

"네 문장이 비록 훌륭하나 유 추밀을 따르자면 아직 멀었다."

하는 말을 자주 하였고, 또 사람은 누구나 물욕과 허영을 따르지 말며 곧고 청렴결백해야 한다면서도 유 추밀을 갖다 댔다.

"아버님께서 늘 외시는 유 추밀 어른을 한번 뵙고자 하나이다."

집 나설 채비를 하는 아버지에게 인호가 이렇게 말하자 그리하라고 선뜻 승낙하였다.

그런데 양문희는 마당에 머물러 있는 화려한 가마를 보고 안채에 귀한 손님이 왔다는 것을 짐작하였다. 오래 머무는 것은 인사가 아

닌 듯하여 몇 마디 나누고는 곧 일어서려고 하였다.

유은은 양문희의 마음을 벌써 알아차렸다. 그리하여 조금만 더 앉았다 가라고 손님을 잡아 앉히고 술상을 간단히 차려 내오게 하였다.

인호는 그저 앉아 있기가 심심하여 뒤뜰 구경을 하려고 방을 나왔다. 유 추밀 댁 아이종이 이끄는 대로 뒤뜰에 들어섰다. 봄 정취에 한껏 취하여 꽃밭 사잇길을 지나 연못을 가로지르는 구름다리에 발을 내디뎠다.

문득 앞을 보니 웬 여자 아이가 구름다리 한가운데 들어섰다가 인호를 발견하고 주춤 멈춰서는 것이다. 호화찬란하고 아름다운 옷단장이며 양옆에 시녀를 거느린 품이 예사 양반집 처자 같지가 않았다.

'누굴까?'

인호는 난생 처음 보는 아름다움에 놀라 저도 모르게 여자 아이를 가만히 보았다. 당황한 두 사람의 눈길이 겨우 몇 걸음을 사이에 두고 서로 오갔다. 한순간이었다.

여자 아이가 곧 눈길을 내리깔고 몸을 돌렸다.

"그만 돌아가자."

옥생반에 은방울 굴듯 쟁쟁하고 고운 목소리가 울렸다. 잦은 발걸음 소리와 함께 여자 아이의 모습이 인차 사라졌다.

인호는 꼭 꿈을 꾸는 것만 같았다. 이상하게도 가슴이 설레며 쿵쿵 제 심장 뛰는 소리가 크게 들렸다. 인호는 혹시나 하는 마음으로 여자 아이가 사라진 꽃밭 쪽으로 눈길을 돌렸으나 나비 한 마리가 꽃송이 위를 한가로이 감돌 뿐 그 아이 모습은 찾을 수 없었다.

'정말 누굴까? 추밀 어른의 따님일까?'

인호는 궁금하였다. 그런데 언뜻 이 집 마당에 호화로운 가마 두 채가 서 있던 것이 생각났다.

'아하, 이 댁에 온 손님이로구나.'

인호는 구름다리를 건너지 못하고 아쉬운 마음으로 발길을 돌렸다. 이때 그 마음을 알아차리기라도 한 듯 따라나섰던 아이종이 귓가에 대고 나직이 말하였다.

"도련님이 방금 만난 분이 바로 그 이름 높은 문경 공주올시다."

"뭐 공주라고?"

인호는 놀랐다.

'공주를 여기서 만나다니.'

그러나 다시 생각하면 서운하기 그지없는 일이다. 정말 공주라면 다시 볼 기회는 영영 없을 터이니 말이다.

인호는 아이종이 이끄는 대로 뒤뜰 곳곳을 다니며 아담한 정자며 못가의 기암괴석이며 꽃밭의 귀한 꽃들을 두루 돌아보았으나 아무 흥취도 느낄 수 없었다. 눈앞에는 구름다리에 서 있던 공주의 연연한 자태만이 얼른거릴 뿐이다. 더구나 당황한 듯하면서도 그윽한 정채를 내뿜던 눈길은 영영 잊을 수 없을 것 같다.

"도련님, 문경 공주를 생각하시오이까?"

아이종의 말에 인호는 제정신으로 돌아왔다. 그런데 미처 대답을 기다리지도 않고 아이종은 제가 아는 이야기를 주워섬겼다.

"문경 공주는 황후 마마의 금지옥엽 같은 따님이올시다. 인물이 절색일 뿐 아니라 바느질 솜씨도 귀신같고 문장과 글씨도 뛰어나다고 하옵니다. 추밀 어른께서 먼 곳을 다녀오셨기에 황후께서 문안차로 오시는 길에 공주를 데려왔다고 하더이다."

아이종은 무어라고 이야기를 계속하였으나, 인호에게는 아무 말도 더는 귀에 들어오지 않았다.

이날 밤 공주의 방에는 밤 깊도록 불이 켜 있었다. 자리옷으로 갈아입었으나 자고 싶은 생각이 들지 않아 촛불 아래 책을 펴 놓고 앉았다. 공주의 눈길은 한동안 글줄을 따라 오르내리는 듯하였으나 인차 한곳에 머물러 움직일 줄 몰랐다. 책장 한 장도 번지지 못했다.

얼마 뒤 공주는 흥이 없는 듯 책을 덮고 이번에는 수틀을 손에 들었다. 그러나 몇 바늘 뜨지 않아 뾰족한 바늘 끝에 손가락을 찔리고는 수틀을 놓았다. 그러고는 그린 듯이 앉아 있었다. 낮에 구름다리에서 만난 미소년의 모습이 눈에 삼삼히 밟혀서 마음이 번거로웠기 때문이다.

"어인 일로 여적 주무시지 않나이까?"

문득 문밖에서 유모의 목소리가 들렸다. 옆방에서 이제나저제나 공주 방에 불이 꺼지기만 기다리던 유모가 웬일인가 하여 공주를 찾은 것이다.

"유모, 어서 들어오오."

공주의 반가워하는 목소리에 유모는 방으로 들어갔다.

"웬일이오이까? 어디 몸이 편찮으시오이까?"

"아니, 아무렇지도 않소."

공주는 이렇게 대답하며 유모의 품에 얼굴을 묻었다.

공주는 따로 방을 갖게 된 뒤에도 종종 유모와 밤을 함께 지냈고 유모의 품에 안겨 속마음을 터놓곤 하였다. 그만큼 유모를 따르고 좋아했다. 유모가 저를 친딸처럼 사랑해 주어서만이 아니다. 인정 있고 사려 깊고 아는 것이 많아 무엇이나 물을 수 있고 아무 때 아무 말이라도 할 수 있었다. 어머니에게는 어려워 못 하는 말도 유모에게는 다 하였다.

그러나 이 밤, 공주는 유모의 품에 얼굴을 묻었으나 아무 말도 할 수가 없다.

'외삼촌 댁에 갔다가 길에서 무슨 상서롭지 못한 일이라도 보셨는가?'

유모는 조용히 물었다.

"낮에 무슨 일이 있었나이까?"

유모는 아무것도 모르고 물었으나, 공주는 얼굴을 살짝 붉혔다.

"아니, 아무 일도 없었다오. 그저 웬 소년을 보았을 뿐이라오."

"어디서 말이오이까?"

"외삼촌 댁 뒤뜰 구름다리에서……."

"그게 뉘인지 모르시오이까?"

"유모도……. 그걸 어찌 아오?"

"그래도 생각해 보사이다."

유모는 공주의 모습을 새삼스러운 눈길로 바라보았다. 어느덧 저렇게 자랐나 싶다. 바야흐로 망울을 터뜨리려는 한 떨기 꽃봉오리인 양 공주의 모습은 생신하고 아름다웠다. 유모가 홀린 듯이 공주를 바라보고 있는데, 공주가 문득 생각난 듯 입을 열었다.

"참, 어마마마께서 외삼촌과 한창 이야기를 하는데 그 댁 하인이 와서 손님이 오셨다고 고하더이다. 양 학사라고 하던가……."

"그렇소이까?"

"외삼촌은 손님을 맞으러 나가고 어마마마는 외숙모와 이야기 나누시고 그래서 나는 심심풀이로 뒤뜰 구경을 나갔더라오."

유모는 웃음을 띠었다.

"이제 알겠소이다."

유모는 사랑에 넘쳐 공주를 꼭 그러안았다.

얼마 뒤 공주 방에 불은 꺼졌으나, 공주와 유모가 속삭이는 소리는 그칠 줄 모르고 온밤 내 이어졌다.

공작의 노래

몇 달이 지났다.

추석을 며칠 앞둔 초가을 어느 날, 양문희는 인호와 인도를 데리고 사랑마루에 앉아 있었다. 서늘한 가을바람이 더위를 몰아내며 소리 없이 불어오고, 하늘은 구름 한 점 없이 새파랗다.

앞뜰 대숲에서는 학이 이따금 "끼룩끼룩" 울며 가을 정취를 돋우었다. 양문희가 상쾌한 기분으로 아들의 글 읽는 소리를 듣고 있는데, 문득 설 부인이 조심스럽게 들어섰다.

"상공께 여쭐 말씀이 있나이다. 제가 지난날 자식을 바라며 백운사에 해마다 향 사르기를 그치지 않았더니 하늘이 도우사 저렇듯 신통한 아들을 얻지 않았나이까? 지금 다 자란 아들을 보니 그때의 꿈이 새롭나이다. 팔월 한가위도 다가오고 유화동이 예서 멀지 않으니 인호를 보내어 부처님 은혜에 감사드리는 것이 어떠하올지요."

"부인의 말이 허망하나 그다지 해로울 것도 없으리니 뜻대로 하시구려."

양문희는 선선히 응낙하였다.

설 부인은 하인들더러 길채비를 차리게 하였다. 하늘소(나귀)며 안장도 새로 손질하고 치성할 물품도 갖추느라 온 집안이 법석 끓었다.

뜻밖에 유화동 구경을 하게 된 인호는 기뻤다. 유화동 경치가 빼어나다는 말을 듣고 언제 한번 가 보고 싶었으나 감히 청하지 못하고 있었기 때문이다.

팔월 보름날 아침이 되자 마음이 한껏 들뜬 인호는 조심하여 잘 다녀오라고 거듭 당부하는 어머니 설 부인에게 "예, 예." 하는 대답만 올렸다.

이때 인도도 함께 유화동 구경을 가려고 하는데 갑자기 부모님 집에서 하인이 찾아왔다. 아버지가 몸이 편찮아 자리에 누웠으니 다녀가라는 제 형의 분부를 가지고 온 것이다. 인도는 서운해하며 집으로 갔다.

곧 인호는 믿음직한 두 하인과 영리한 아이종을 데리고 유화동으로 길을 떠났다.

"너무 늦지 말고 일찍 돌아오너라."

"도련님을 잘 뫼셔 아무 탈이 없게 하여라."

설 부인은 처음으로 혼자 길 떠나는 아들을 걱정하여 이렇게 인호와 하인들에게 번갈아 당부하며 오래도록 뒤를 바랬다.

하인들을 건사하고 길에 나선 인호의 모습은 참으로 볼만하였다. 이목구비 반듯한 얼굴이며 몸에 꼭 맞는 옥색 도포를 차려입고 하늘소 등에 의젓이 앉은 단정한 몸매며 온화하고 아름다운 용모가 하늘의 해도 수그러들게 하고, 씩씩하고 맑은 기운은 가을 정기도 무색케 했다. 길 가던 사람들도 인호를 보고, 옥경 선인이 하늘에서 내린 듯하여 넋을 잃고 걸음을 멈추었다.

이윽고 절에 다다라 정성껏 향을 사른 인호는 하인에게 다과를 내오게 하여 그곳 중들에게 사례를 표하였다. 향을 올리는 일은 곧 끝났으나 해가 아직 많이 남아 있었다.

인호는 산천경개를 구경하고 싶어 그중 나이 많은 중을 불러 말하였다.

"내 산에 올라 경치를 구경코자 하니 길을 안내해 주시겠소?"

"공자가 산을 구경하려 하시는데 어찌 이 몸이 수고를 아끼리까? 헌데 산길이 몹시 험하니 간편한 차림새로 가사이다."

노승은 이렇게 선뜻 응하였다. 그러자 젊은 중 서넛이 함께 가겠노라고 나섰다. 인호는 하늘소를 버리고 아이종 하나만 데리고 중들을 따라 산에 올랐다.

때는 바야흐로 팔월 한가위라. 산에는 단풍이 타는 듯 붉고 층층 높은 봉우리는 서로 키돋움하듯 치솟았는데 그 위에 흰 구름이 서리어 만 가지 형상을 이루었다. 소소리 높은 봉우리는 어찌 보면 봉황새가 춤추며 날아내리는 듯, 또 어찌 보면 용맹한 장수가 칼을 짚고 서 있는 듯 천태만상의 기이한 광경을 이루어 볼수록 장관이다. 이 모든 것을 한품에 안고 가없이 펼쳐진 가을 하늘은 또 얼마나 맑고 푸른가.

걸음걸음 발길을 옮기는 곳마다 처음 보는 새라새로운 경치가 계속 펼쳐졌다. 이 웅장하고 수려한 경치며, 구름 속에 잠겨 온갖 조화를 다 부리며 때때로 변하는 저 멧부리를, 어찌 한때 봄바람에 흐드러지는 꽃들에 비기랴!

난생 처음으로 이런 경치를 대하니 인호는 가슴이 활씬 열리고 온몸이 가벼워지는 것 같아, 입에서 절로 탄성이 흘러나왔다.

"온 천지의 맑고 고운 기운이 여기 다 모였구나!"

인호의 입이 한번 열리자 붉은 입술 사이로 옥같이 흰 이가 드러나 자연의 아름다움을 보태는 듯하고, 그 맑은 목소리는 높은 하늘에 깊이 잠든 봉황마저 깨울 듯하였다.

풍채 아름다운 양 공자를 이끌어 산에 오르는 중들도 새삼스러이 산의 아름다움에 감탄하며 걸음을 다우쳤다. 중턱을 지나자 산세가 험해지고 구름이 멧부리를 덮어 그 위를 보기 어려웠다.

인호가 노승에게 물었다.

"산 위의 구름은 늘 저렇게 짙소?"

"혹 구름이 걷힐 때도 있지만 저러할 적이 많소이다. 신선이 구름을 타고 내려와 논다 하여 이 산 이름을 선유산이라 하옵니다. 오늘도 날이 이렇듯 맑은데 구름이 두터운 것을 보니 신선이 내려와 있는 듯하옵니다. 이런 때는 누구도 가까이 가지 못하오니 공자도 그만 내려가사이다."

그러나 인호는 산을 내려가기가 섭섭하였다.

"스님들은 예서 기다리오."

인호는 중들에게 이르고 아이종만 데리고 가파른 산길을 톺아 올랐다.

오를수록 산세가 더욱 험해져 발 디딜 곳을 찾기 어려웠다. 한 걸음 한 걸음 발을 제겨디디며 위로 오르니, 얼마 지나지 않아 안개가 앞을 꽉 막아 한 걸음도 더 나아갈 수 없다. 뒤를 돌아보니 바투 따라오던 아이종도 어느새 저만치 떨어져 더는 걸음을 떼지 못하고 있다.

인호는 하릴없이 바위 위에 앉아 쉬며 생각하였다.

'중들 말이 헛말이 아닌가 보다.'

인호는 아이에게 올라오지 말고 내려가라고 손짓을 하고 저도 내려가려고 바위에서 몸을 일으켰다. 그때 홀연 안개가 한쪽으로 젖혀지며 흰옷 입은 동자가 나타났다.

"진 선생께서 공자를 기다리신 지 오래이더니, 이제 오신 것을 보고 공자를 청하시나이다."

인호는 어안이 벙벙했다.

"진 선생이 뉘시오? 선생을 뵈온 적이 없고 산길이 험하니 어이 가리오? 안개와 구름이 앞을 막으니 갈 길이 아득하오."

그러자 동자는,

"가시면 자연 알게 되리다."

하고 손에 들었던 지팡막대를 주면서 말했다.

"이것을 짚고 저를 좇아오소서."

인호가 지팡막대를 받아 짚으니, 구름에 둘러싸여 흐릿하던 앞이 환히 트이고 길이 활짝 열리었다. 걷는 것도 어렵지 않았다.

동자를 따라 단숨에 고갯마루에 올랐더니 맨 꼭대기 평평한 곳에 옥돌이 죽 깔려 있었다. 그 가운데 웬 노인이 앉아 있는데, 양옆으로는 기암괴석이 시위 군사들처럼 우뚝우뚝 서고 상서로운 기운이 주위를 빙 둘러 그 기이함을 이루 말할 수 없다. 아무리 보아도 선경이라고 해야 옳지 인간 세상은 아니었다. 인호는 어린 듯 취한 듯 어찌할 줄을 몰랐다.

이때 선동의 목소리가 들렸다.

"초 상공을 모시고 왔나이다."

"가까이 오라 하라."

인호는 영문을 모르고 몇 걸음 다가서며 노인의 얼굴을 우러렀다. 속세의 때를 벗은 준수한 얼굴 모습이며 처음 보는 기이한 복색이 인호의 눈길을 끌었다.

인호가 공손히 두 번 절하니, 도사는 흔연히 반겼다.

"중경은 그새 무탈한고? 내 여기서 그대를 기다린 지 오래로다. 오래간만에 만나니 참으로 반갑구나."

인호는 더욱 의아하여 엎드려 아뢰었다.

"제 이름은 인호라 하옵니다. 오늘 처음 뵈옵는데 선생은 오래간만이라고 하시니 어인 일이옵니까? 또 저더러 중경이라 하시니 그 까닭도 알 길이 없나이다."

도사는 돌 위에 단정히 앉아 인호를 더 가까이 불렀다.

"그대 전생의 원한을 어느새 잊었느냐? 그대 티끌세상의 아득함을 깨닫게 하려고 내 여기에 이르렀노라."

도사가 동자에게 눈짓을 하자, 동자는 옥병에 든 붉은 차를 금잔에 따라 인호에게 주었다. 인호가 차를 받아 마시자 향긋한 냄새에 온몸이 취할 듯하면서 정신이 상쾌해지고 몸이 가벼워졌다. 인호가 도사의 얼굴을 다시 바라보니 문득 화산에서 진도람 선생을 만나던 일이 어제인 듯 생생히 떠오르며 옛날의 슬픈 감회가 되살아났다.

인호의 낯빛을 살피던 도사가 웃으면서 말하였다.

"이제는 나를 알아보겠느냐?"

인호는 그제야,

"화산 진도람 선생이 아니오이까? 제가 어리석어 선생을 곧 알아보지 못하였나이다."

하였다. 도사가 웃으면서 다시 물었다.

"전생의 일도 생각나느냐?"

인호는 붉은 차를 받아 마신 뒤 정신이 맑아졌으나, 화산 도사를 만나 전생의 원통한 사연을 이야기하던 일, 인간 세상에 다시 내려가라는 석가세존의 명을 받던 일이 어렴풋이 떠오를 뿐 다른 것은 아리송하여 기억나지 않았다.

"티끌세상에 묻힌 속세 인간이라 아득한 옛일을 알 길 없사오니 밝히 가르치소서."

그러자 도사가 인호에게 말하였다.

"그럴 것이니라. 그대는 곧 전생의 초중경이 다시 태어난 몸이로다. 때를 잘못 만나 부부가 함께 젊은 나이에 원통히 죽었으나, 석가세존의 대자대비하심을 얻어 함께 인간 세상에 다시 태어났느니라. 그대 부부는 이제 곧 만날지니 전생의 원한을 풀고 영화로운 삶을 누리도록 하라. 내 그대를 깨우치기 위하여 여기서 기다렸노라."

도인은 품에서 두루마리 하나를 꺼내 주었다.

"그대는 돌아가 여기 적힌 글을 보라. 이 글 가운데 있는 사람이 곧 그대 부부이니, 이 글을 보면 전생의 일을 자세히 알게 되리라."

인호가 두루마리를 받아 보니 첫 줄에 '공작孔雀의 노래'■라는 제목이 적혀 있다. 인호는 합장하여 사례하고 나서 말하였다.

"가르치심을 명심하겠나이다. 다만 전생의 부부를 어이 만나며 만난들 전생의 인연이 있는 줄 어이 알리까? 부디 자세히 가르치소서."

"너무 근심 말라. 내년이면 그대 계수나무 가지를 꺾어 황제의 은덕을 입을지니 좋은 일이 그 가운데 있으리라."

인호는 그래도 석연치 않아 도사에게 더 물으려 하였다. 그러나 도사는,

"천기를 더 누설할 수 없으니 그만 내려가거라."

하였다.

인호는 할 수 없이 도사에게 다시 사례하고 선동을 따라 산을 내려왔다.

이때 양문희 내외는 처음으로 아들을 멀리 보내고 이제나저제나

■ 젊은 나이에 가엾게 죽은 부부를 노래한 옛 중국의 장시長詩. 본디 '공작행孔雀行' 또는 '공작동남비孔雀東南飛'로 알려져 있다.

아들이 돌아오기만을 안타까이 기다리고 있었다. 안채에 홀로 앉아 안절부절못하는 설 부인의 모습은 마치 소중한 보물을 남에게 앗기고 얼이 나간 사람인 듯했다.

날이 저물어서야 인호가 집에 들어섰다.

"이제야 돌아왔나이다."

무사히 돌아온 아들을 맞는 양 학사와 설 부인의 기쁨은 헤아릴 수 없었다.

"네 오늘 처음으로 집을 나서 먼 길을 다녀오느라 몸이 얼마나 고단하겠느냐? 그런데 어이 이리 늦게 돌아와 근심을 끼치느냐?"

인호는 부모 앞에서 사죄하였다.

"백운사에서 향을 사른 뒤 날이 아직 이르기에 절 뒤에 있는 선유산 풍경을 구경하고 왔나이다. 부모님께서 기다리실 생각을 못하고 이리 늦었으니 소자가 어리석은 죄이옵니다."

이어 행장을 풀고 온 식구가 한방에 모여 유화동에 다녀온 이야기를 들었다. 인도도 아버지의 병이 차도가 있어 인차 돌아왔으므로 같이 들었다.

인호는 백운사에서 향을 사른 이야기를 먼저 하고 선유산에 오른 일, 도사를 만난 이야기를 낱낱이 하면서 도사가 준 두루마리를 내놓았다.

"소자가 전생의 일을 알게 되어 마음이 자연 좋지 않삽더니, 도사가 이 두루마리를 주며 전생의 인연을 찾으라 하더이다."

양문희는 아들의 말을 자세히 듣고 '공작의 노래' 라는 시가 적힌 두루마리까지 받아 보자 모든 것을 환히 깨닫게 되었다.

'공작의 노래' 란 옛날부터 전해 오는 유명한 시였다. 서로 끝없이 사랑하면서도 부귀와 권세에 눌려 갈라졌다가 스무 살 꽃나이에 원통히 죽은 난지와 초중경, 그들 젊은 부부의 슬픈 운명에 관한 이야기를 시는 자세히 전하고 있었다.

양문희는 새삼스럽게 인호를 낳기 전에 꿈속에서 보았던 소년이 생각났다.

"저는 성이 초씨요, 이름은 중경이라 하옵니다. 때를 잘못 만나 젊은 몸으로 원통히 죽은 저를 석가세존께서 불쌍히 여기시어 다시 인간 세상에 나가 복록을 누리라고 하옵기에 제 몸을 상공 댁에 의탁하나이다."

그때 소년은 이렇게 말했다.

'아, 그러니 우리 인호가 '공작의 노래' 에 나오는 그 초중경의 후신이란 말인가?'

양문희는 꿈만 같았다. 부인을 돌아보며 말하였다.

"부인은 옛날 채련각에서 기이한 꿈을 꾼 것이 생각나오? 내 이제는 알 만하구려."

다시 인호를 돌아보며,

"이 시는 내가 가지고 있으나 내용이 환하지 못하고 구슬픈 마음만 불러일으키기에 아직 너에게 보이지 아니했노라."

하고, 사람을 시켜 사랑의 장서헌에 가서 '공작의 노래' 라고 쓴 것을 가져오라고 하였다.

설 부인은 모든 것이 기이하여 꼭 꿈을 꾸는 것 같았다.

"참으로 이렇듯 기이한 일이 또 어디 있겠나이까? 우리 아들이 이렇게 기이한 인물이라니, 그 꽃다운 인연을 어디 가서 찾으리까? 참으로 걱정이오이다."

부인의 말에 양문희가 대답하였다.

"우리 어찌 천기를 헤아리리오? 너무 근심 말고 일이 되어 감을 기다립시다."

양문희 내외가 서로 이야기를 나누고 있는데 '공작의 노래'라는 책이 왔다. 인호가 도사에게서 받은 두루마리와 맞추어 보니 한 글자도 틀리지 않고 꼭 같았다.

"네 방에 가서 자세히 읽어 보아라."

인호는 제 방에 가서 '공작의 노래'를 읽기 시작하였다. 초중경과 난지의 원통한 죽음이라.

먼 옛날 어느 마을에 초중경이라는 젊은이가 어머니를 모시고 살고 있었다. 그는 난지라는 아리따운 처녀를 안해로 맞아들였다.

난지는 본디 얼굴이 어여쁘고 마음씨도 곱고 부지런하며 일솜씨도 야무졌다. 열세 살 때부터 베틀에 앉아 천을 짰고, 열네 살 잡히면서는 제 손으로 옷도 마르고 바느질도 하였다. 고운 천발, 촘촘히 누빈 바느질 솜씨는 늘 이웃들의 칭찬을 받았다. 그뿐이 아니었다. 공후는 얼마나 잘 타고, 글은 또 얼마나 잘 외웠는지 모른다.

그러나 난지가 열일곱 살이 되어 시집을 간 뒤부터 눈물로 날을 보내야 했다. 남편 중경은 난지를 맞아들인 뒤 고을 구실아치 일로 몹시 바빴다. 난지는 빈방을 홀로 지키면서 고된 시집살이를 시작하였다. 날마다 닭이 울면 베틀에 앉아 밤늦도록 쉴 새 없이 천을 짰다. 난지가 짜 내는 천은 다른 집 여자들이 짠 것보다 곱절이 넘게 많았다.

그러나 욕심 많은 시어머니는 며느리의 일솜씨가 마뜩지 않았다.

"온종일 짠 천이 겨우 요거란 말이냐? 하루 세끼 밥이 아깝구나."

난지는 시어머니의 역정을 잠자코 들었다. 그리고 이튿날은 더 일찍 일어나 베틀에 앉았다. 그래도 시어머니의 구박은 변함이 없었다. 난지가 남몰래 흘린 눈물이 얼마인지는 아무도 몰랐다.

어느 날 집에 온 중경은 어머니 앞에 불려 갔다.

"네 안해를 제집에 돌려보내라. 일은 하지 않고 게으름만 부리는 며느리는 필요 없다."

어머니의 말을 들은 중경은 안타까웠다. 중경은 안해의 마음씨와 일솜씨를 잘 알고 있었다. 그리고 어머니가 왜 며느리를 박대하는지도 짐작하였다. 제 안해가 시집올 때 해 온 예단이 보잘것없다고 불만스레 여기던 어머니가 일밖에 모르는 안해에게 생트집을 거는 것이 분명하였다.

"어머니, 저는 저만한 안해를 얻은 것을 다행으로 여기나이다. 첫날에 맺은 약속을 굳건히 지켜 황천에 함께 돌아삼이 옳거늘 아무 죄 없는 안해를 어이 내쫓으라 하시나이까? 지어미로서 행실이 부정한 죄 있나이까? 시부모께 불효하고 친척에게 불화한 죄 있나이까? 어인 일로 내쫓으라 하시나이까?"

그러자 어머니는 대뜸 소리를 높였다.

"어미 말에 무슨 대답이 그리 기냐? 아녀자로서 예절이 없고, 아무 일이나 제멋대로 하는 게 잘하는 짓이냐? 남의 집 며느리로 들어왔으면 매사에 조심해야 하느니. 그런데 네 언제부터 어미한테 대드는 버릇이 생긴 게냐?"

"……."

중경이 아무 말 못 하자, 어머니는 오금을 박았다.

"내 벌써 오래 전에 마음을 정했느니라. 이웃집 진씨 댁 처녀가 아름답기 비길 데 없더구나. 너를 위해 미리 언약해 놓았으니 어서 네 안해를 돌려보내라."

중경은 무릎을 꿇고 빌었다.

"제발 어머님, 다시 생각해 보소서. 만약 안해를 보낸다면 맹세컨대 다시는 장가들지 않겠나이다."

그러자 어머니는 앞에 놓았던 상을 밀쳐놓고 노발대발하였다.

"이 돼먹지 못한 녀석, 두려운 줄도 모르는구나! 제 여편네 역성을 들며 기어이 어미 명을 어기려느냐? 다시 생각할 것 없으니 두말 말고 어미가 시키는 대로 하거라!"

어머니는 아들이 더 말을 못 하게 하였다.

아무 말도 못 하고 물러 나온 중경은 내키지 않는 걸음으로 방으로 들어갔다. 반가워하는 안해를 대하니 중경은 가슴이 터질 듯 아프고 쓰렸다.

'저 착한 안해, 아무 죄 없이 부지런하기만 한 안해를 어찌 내보낸단 말인가?'

중경은 어머니의 말이 그른 줄 잘 알면서도 변변히 항변조차 못하고 물러 나온 자신이 한스러웠다. 그러나 지금 형편으로는 별다른 도리가 없었다. 자신은 구실살이에 매인 몸이어서 곧 관아에 들어가야 했다.

'안해를 그냥 두고 나가면 어머니 구박이 더 심해지리라. 마음 여린 안해가 그 괴로움을 어이 이겨 낼 수 있으랴. 독한 마음을 먹고 자결이라도 한다면? 그러느니 차라리 친정에 잠깐 가 있게 했다가 어머니 마음을 돌려세우고 나서 천천히 다시 데려오는 것이 나으리라.'

중경은 하릴없이 안해를 친정에 보내기로 하였다.

"내가 그대를 저버리는 게 아니오. 어머니 성미가 급한 줄은 그대도 알 터이니 잠깐 친정에 가 있구려. 내 이제 관아에 가서 말미를 얻어 가지고 다시 올 터이니 그때까지만 참고 견디오. 곧 다시 돌아와 한집에 모일 터이니 내 말만 믿고 절대로 딴마음 먹지 마오."

난지는 눈물을 흘리며 말하였다.

"긴말 하지 않아도 알겠나이다. 어머님 마음은 내가 더 잘 아나이다. 내 일찍이 이 집안에 들어와 예의와 법도에 어긋난 일 없었고 밤낮으로 부지런히 몸을 놀리면서도 이 한 몸의 고달픔을 달게 여겼나이다. 그런데 이제 어머님께서 내치시니 어찌 다시 돌아오기를 바라리까?"

중경은 난지의 말을 밀막았다.

"제발 그러지 마오. 조금만 참고 기다려 주오."

난지는 태연자약하였다. 이미 이런 일이 닥칠 수도 있다 생각하고 마음을 단단히 먹고 있었다.

"새로 수놓은 비단 저고리 장롱 안에 개켜 넣었고, 그 밑에 붉은 깁으로 만든 휘장도 있나이다. 이 상자 속에 낭군이 철 따라 갈아입을 옷도 갖가지로 만들어 넣어 두었나이다. 낭군이 다른 안해를 맞음 직하지 않삽기로 제 짧은 소견으로 장만해 둔 것이오이다. 이제 다가올 날의 인연은 없을 터이니 낭군은 제 마음을 헤아려 주소서."

중경은 억이 막혀 여러 가지로 안해를 달랬다.

이러는 사이에 날이 밝자 난지는 일어나 길 떠날 채비를 하였다. 옷을 갈아입고 단장을 끝낸 난지는 시어머니에게 하직을 고하고 방울방울 눈물을 흘리며 수레에 올랐다.

난지가 탄 수레 앞에서 말을 몰아가던 중경은 얼마쯤 가다가 말에서 내려 난지의 수레에 올랐다.

중경은 난지의 귀에 대고 속삭이듯 말하였다.

"맹세하노니 그대를 결코 저버리지 않을 것이오. 친정에 잠깐만 가 있으면 곧 말미를 얻어 데리러 가겠소. 우리 서로 저버리지 말 것을 하늘에 맹세합시다."

"그 마음은 알겠나이다. 하지만 우리 부모님 성미가 벼락같이 급하고 모질어 제가 만사를 제 뜻대로 하지 못할까 봐 그것이 두렵나이다."

"모름지기 속이야 타겠지만 하늘에 다진 맹세를 부디 잊지 마오."

중경은 안해를 집까지 데려다 주고 돌아왔다.

얼마 뒤 중경은 뜻밖의 소식을 들었다. 난지가 고을 태수의 아들에게 시집가기로 하여 혼인날이 당장 내일로 닥쳤다는 것이다. 뜻밖의 소식에 놀라 중경은 말미를 얻어 바삐 말을 채쳐 난지의 집으로 달렸다.

날이 어두울 무렵 난지의 집에 거의 다다랐다. 갑자기 중경의 말이 급한 걸음에 너무 고달팠던지 슬피 울었다.

그때 난지는, 태수가 숱한 예물로 꾀고 부모가 윽박질러 저를 태수 며느리로 보내려고 하지만 그에 맞설 힘이 없어 눈물짓고 있었다. 갑자기 울리는 말 울음소리에 낭군이 찾아온 줄 깨닫고 난지는 급히 뛰어나갔다. 아니나 다를까 문밖에는 초중경이 말고삐를 쥐고 서 있었다.

난지는 눈물을 흘리며 안타까운 사연을 쏟아 놓았다.

난지가 집에 돌아왔을 때부터 부모와 오라비의 꾸지람은 이루 말할 수 없었다.

"네 무슨 죄를 짓고 시집에서 쫓겨 왔느냐? 어릴 때부터 바느질이며 베짜기며 제대로 가르치지 않은 게 없고 예의범절도 세세히 가르쳐 보냈거늘 행실을 어찌하였기에 쫓겨났단 말이냐?"

난지는 부끄럽고 억울하였다. 그러나 변명을 해 봐야 아무 소용이 없었다.

집에 돌아온 지 열흘 남짓 되었을 때 그 고을 태수가 매파를 보내왔다. 난지의 미모를 탐내어 며느리를 삼으려는 것이다. 어머니는 태수의 권세에 눌려 난지를 재가시키려고 하였다.

그러나 난지는 남편과 한 언약을 저버릴 수 없었다. 사실을 이야기하고 좋은 말로 거절하여 매파를 돌려보냈으나 태수는 다시 매파를 보내어 혼인을 강요하였다. 재물로 유혹하고 권세로 위협하니 난지의 어머니는 할 수 없지 않냐며 혼인날을 받아 놓았다.

이제 밤이 새면 태수의 집에서 신부를 데리러 올 것이다.

난지의 말을 듣고 중경은 눈앞이 캄캄하였다.

"그대 좋은 집안에 재가함을 하례하오. 내 마음 반석 같아 천 년이 지나도록 변함없으련만 그대 마음은 실처럼 길기는커녕 흔들리는 갈대라 아침저녁으로 변하리니 마음을 돌려 혼례를 이루시오. 내 홀로 황천으로 돌아가리다."

"낭군, 이 어인 말씀이오? 낭군이 저를 집에서 내보낸 것도 피치 못할 사정이요, 제가 태수의 청혼을 물리치지 못한 것도 본뜻이 아니어늘, 무슨 말씀을 그렇듯 하시나이까? 낭군이 황천으로 가시겠다면 제 마음도 같나이다. 그럼 황천에서 만나십시다. 황천에서 우리 두 사람 서로 만나 지난날의 언약을 저버리지 마십시다."

난지의 말은 흐느낌으로 간간이 끊어지곤 하였다.

밤이 깊어서야 두 사람은 서로 헤어졌다.

난지는 헤어지자마자 가난하고 권세 없는 제 처지를 한탄하며 치마를 뒤집어쓰고 연못에 빠져 죽었다. 중경도 부유한 이웃집 처녀에게 다시 장가들라는 어머니의 권고를 뿌리치고 스스로 동남쪽 나뭇가지에 목을 매었다.

시를 읽고 난 인호는 슬픈 마음을 걷잡을 수 없어, 한참을 말없이 앉아 있었다. 두 눈을 내리깔고 눈썹을 찡기며 슬픈 기색으로 앉아 있으니, 마치 청룡이 구름에 싸이고 해가 먹구름에 가리어 빛을 잃은 듯하였다.

얼마 뒤 인호는 저녁 문안을 드리려고 부모님 방에 들었다.

"이리 와 앉아라."

슬픔에 잠긴 아들의 낯빛을 살피며 설 부인이 두 손을 이끌었다.

"그래, 시를 다 읽었느냐?"

아버지가 물었다.

"예, 다 읽었나이다."

"그래, 어찌 생각하느냐?"

"제가 전생에 안해 하나를 건사하지 못하여 죄 없는 여자가 젊은 나이에 목숨을 끊게 하였사오니 그 원통한 사연을 어이 다 이르오리까? 전생 일을 모를 때는 그저 지냈지만 이제 자세히 알고서야 어찌 무심히 지내오리까? 난지도 이 세상에 다시 태어났다 하오니 원컨대 환생한 그이를 만나 전생의 한을 풀겠나이다. 난지의 환생을 만나지 못하면 종신토록 장가들지 않겠사오니 부디 용서하소서."

양문희는 아들이 기특하였다.

"오냐, 알겠다. 내 나이 마흔에 비로소 너를 얻어 지금까지 이시 자라기를 손꼽아 기다려 왔다. 일찌감치 며느리를 맞고 손자도 보고 싶다만 일이 이러하니 어찌 네 소원을 따르지 아니하겠느냐? 도사의 말이 계수나무 가지를 꺾으면 좋은 일이 생기리라 하였다니 이는 전생 인연을 자연히 만나게 될 것이라는 말이 아니겠느냐. 너는 아무 근심 말고 학업에만 힘쓰거라. 나는 그저 네가 장원 급제하여 머리에 계수나무꽃을 꽂고 돌아오기만 기다리련다."

"명심하겠나이다."

인호는 아버지의 말이 참으로 고마웠다.

제 방으로 돌아온 인호는 생각이 많았다.

'내 비록 전생에는 안해 하나를 바로 건사하지 못하였으나, 지금 좋은 집안에서 나고 자라 글공부도 남 못지않게 하였으니 과거에서 장원 급제하기야 무엇이 어려우랴. 하지만 난지의 환생을 만나지 못하면 어이하랴?'

인호는 생각할수록 막막하여 눈썹을 찡기고 한숨을 지었다. 그러자 곁에 앉아 인호의 기색만 살피고 있던 인도가 슬그머니 말을 꺼냈다.

"네 지금 무슨 생각을 하느냐? 아마도 전생의 인연을 사모하는 듯하다만 헛일일 게다. 전생의 인연을 찾기도 어렵거니와 설사 찾는다 하더라도 그이가 외진 산골의 천한 집 자식이 되었거나, 아니면 천하에 못생긴 박색이거나 병신으로 태어났으면 어찌하겠느냐? 그래도 전생의 인연이라고 기어이 혼인하겠느냐? 너만 한 부귀와 너만 한 인물을 가지고 구태여 전생의 인연을 찾을 게 무어냐? 헛된 생각 그만두는 것이 좋으리라."

인도의 말이 너무 뜻밖이어서 인호는 놀란 눈으로 쳐다보았다. 부귀를 따르고 아름다움을 취하는 것이야 인지상정이라 할 수도 있겠지만 부귀를 위해 어찌 의리까지 저버릴 수 있으랴.

인호는 문득 몇 달 전에 본 공주의 모습이 생각났다. 그 아리따운 모습은 인호의 가슴속에 고이 간직되어 있었다. 잔잔한 물결 위에 자그마한 조약돌 하나가 고운 파문을 넓게 그려 나가듯, 공주와 눈길이 마주친 그 순간의 느낌은 시간이 흐를수록 더욱더 간절하게 인호의 가슴을 설레게 하였다.

감히 공주를 바라볼 수는 없으나 그처럼 아리땁고 꽃다운 안해를 맞았으면 하는 것이 꿈이었다. 하지만 이제는 공주의 모습을 잊어야 한다. 난지의 환생을 어디 가서 만날 것인가 하는 걱정뿐, 그를 만난 다음에야 어찌 신분이니 외모니 따지랴 하는 것이 인호의 생각이었다. 그러니 인도의 말이 인호에게는 너무나 뜻밖일 수밖에 없었다.

인호는 숙였던 얼굴을 들며 말하는데 화난 빛이 뚜렷했다.

"형은 어찌 그런 말을 하오? 사람으로 태어나서 사람이 지켜야 할 도리를 저버리고 신의를 귀히 여기지 않는다면 짐승과 다른 게 무엇이오? 전생에 부귀와 권세에 눌려 죄 없는 안해가 억울하게 죽은 것만도 가슴이 아프거늘, 내 지금 다시 부귀빈천을 가리며 인간의 도리를 저버리리오? 나는 오로지 난지의 환생을 만나지 못할까 봐 걱정할 뿐이오. 혹 그이가 남의 집에서 종노릇을 해도, 또는 귀머거리나 소경이 되었다 해도 나는 결코 저버리지 않을 테요."

그 뒤부터 인호는 하루 세때 부모님께 문안하는 것 말고는 제 방문밖을 나가지 않고 오직 학문을 닦는 데만 전념하였다. 타고난 총명과 재질이 있으니 구태여 애쓰지 않아도 저절로 천하의 문장을 이룰 터인데 이렇듯 부지런히 온 힘을 기울이니 그 재주가 빛날 것이야 어찌 말로 다 하랴. 인호의 문장과 재주는 참으로 고금의 이름난 문장가와 재사들을 뛰어넘게 되었다.

양문희 내외는 아들을 기특히 여기며 어서 공명을 이루고 이름을 빛내기만 기다릴 뿐이었다.

환생

팔월 보름날 황궁에서 큰 잔치가 벌어졌다. 황제가 현경궁에서 태자의 문안을 받으며, 황족에 인척까지 다 불러들여 성대한 잔치를 베풀라는 명을 내린 것이다.

밝고 웅장한 현경궁에는 풍성한 음식상이 차려지고, 태자와 태자비, 여러 공주와 부마들이 비단옷과 갖가지 노리개며 치레로 온몸을 단장하고 황제와 황후를 모시고 있었다.

그 호화찬란한 자리에서 문경 공주는 남달리 눈길을 끌었다. 공주의 타고난 아름다움은 울긋불긋 단장한 여러 비빈과 공주들 가운데서 닭 무리 속 봉황처럼 우뚝하다.

황후는 문경 공주의 빼어난 아름다움을 보며 새로이 사랑스러운 마음이 솟구치었다. 단옷날 기이한 꿈을 얻고 공주를 낳던 일하며 세 살 때부터 글자를 익히며 재기를 보이던 일들이 한꺼번에 머릿속에 되살아났다.

문경 공주가 열 살 잡히던 해에는 응운각에 따로 처소를 정해 주었는데, 그때 벌써 공주는 그 고운 얼굴과 아리따운 자태가 월궁의 계수나무꽃이 봄바람에 웃는 듯, 섬돌 곁 난초가 이슬을 머금은 듯 티끌세상 인간의 티가 전혀 없어, 보면 볼수록 하늘 선녀를 대하는 기분이 들었다.

잔치 자리에서 다시금 그 뛰어난 용모를 보고 황후는 새삼스레 부마 고를 일이 걱정되었다. 공주가 커 갈수록, 뛰어난 용모와 재질이 두드러지면 두드러질수록 근심도 함께 커 가는 것이다.

노래와 춤, 그릇 부딪는 소리와 즐거운 웃음 속에서 어느덧 하루해가 저물어 갔다. 잔치가 끝나고 황제와 황후가 내전으로 돌아가려는데 공주가 아버지에게 청을 하였다.

"저는 이제 서원으로 가서 서책을 보고자 하나이다."

공주가 말하는 서원이란 응운각 서쪽에 새로 지은 집이다. 공주의 문장이 뛰어난 것을 기특히 여긴 황제가 공주의 처소에서 멀지 않은 곳에 큰 다락집을 짓게 하고 천하의 이름난 글을 다 모아 쌓아 놓았다. 이 다락집의 이름을 채운루라 하고 공주에게 선물로 주었다. 공주는 아직 서원의 책들을 다 보지 못하였으므로 처소로 돌아가기 전에 들러 보고 싶었다.

황제는 공주의 청을 기쁘게 허락하며 궁녀들에게 공주를 잘 모시라 명하였다.

공주가 채운루에 이르니 서원을 지키던 상궁이 맞아 이끌었다. 공주는 서원을 다 돌아보고 그 가운데서 책 몇 권을 뽑아 가지고 처소로 돌아왔다. 가져온 책을 하나씩 펼쳐 보던 공주는 문득 '공작의 노래' 라고 쓰인 책을 손에 들었다.

공주는 책을 펴 놓고 읽기 시작하였다.

동남으로 날아가는
저 공작새
오 리마다 한 번씩
뒤돌아보누나.

시는 첫머리부터 슬픈 마음을 불러일으켰다.

'무슨 애달픈 사연이 있기에 공작새가 곧추 날지 못하고 자꾸자꾸 뒤돌아보나?'

공주는 계속 읽어 내려갔다. 책을 내려읽는 공주는 얼굴에 차츰 슬픈 빛을 띠더니 난지가 물에 빠지는 장면에 이르러서는 눈물을 방울방울 흘렸다. 그러더니 방금 읽은 대목을 다시 읽었다.

말이 투레질하던 그날
어느덧 해는 지고 어두워져
바야흐로 밤이 깊어 갈 무렵
"이 목숨이 오늘로 끊어지면
몸은 남아도 넋은 날아가리."
치마를 들쓰고 신발을 벗고
푸른 연못 물에 몸을 던졌네.

뜻밖의 변고에 놀란 중경은
세상을 떠날 결심 다졌다네.
나무 밑을 오래도록 거닐다가
동남쪽 솔가지에 목을 매었네.

화산 곁에 둘이 한가지로 묻혀
동서로는 소나무, 잣나무 심고
앞뒤로 두 그루 오동나무 심었네.
가지가지 덮이어 함께 엉키고
잎새잎새 사귀어 서로 통했네.

그 가운데 한 쌍의 새 깃들였으니
이름을 원앙이라 부른다네.
머리 들어 마주 향해 슬피 울면서
한밤을 꼬박이 지새우나니
길 가던 사람들 걸음 멈추고
홀어미는 잠 못 들고 일어나 앉네.

문경 공주는 저도 모르게 한탄을 했다.
"가엾구나, 난지여. 미인은 본디 명이 짧다 하였으나 그대의 절개야말로 아깝고 아깝도다."
공주는 슬픔을 견디지 못해 비단 적삼을 들어 얼굴로 가져갔다.
유모가 그 모습을 보고 다가왔다.

"공주께서 옛글을 많이 보시면서도 이처럼 슬퍼하신 일이 없삽더니 오늘은 웬일이오이까? 곡절을 알 수 없사오나 지나치게 마음 상하시면 옥체에 좋지 못하오니 그만 눈물을 거두사이다."

"유모, 예부터 원통한 죽음을 당한 사람이 한둘이 아니지만 이런 슬픈 이야기는 처음 듣는구려. 그런데 내 마음을 왜 이리 건잡지 못하겠는지 나도 모르겠소."

유모는 공주를 어찌 위로하면 좋을지 몰라 달구경을 하자고 청하였다.

"공주께서 이렇게 슬퍼하시니 제 마음 황송하여 어찌할 줄 모르겠나이다. 이제 바야흐로 동쪽 산마루에 보름달이 솟아오를지니 달구경을 하시며 마음을 가라앉히소서."

공주는 잠자코 대답이 없었다. 곁에 있던 상궁들도 다투어 청하였다.

"마음을 가라앉히시고 어서 달구경을 하사이다."

"어서 함께 달구경을 하사이다."

상궁들이 간청하자 성의를 물리칠 수 없어 공주는 난간 앞으로 자리를 옮기라 하고 유모 손에 이끌려 앞이 환히 트인 곳에 앉았다.

얼마 지나지 않아 과연 보름달이 우렷이 떠올랐다. 높디높은 하늘은 구름 한 점 없이 맑고 깨끗한데 놋쟁반같이 둥그런 달이 누리를 환히 비추며 천천히 솟아올랐다.

떠오르는 보름달을 바라보며 공주는 '명월시明月詩' 한 편을 읊었다.

그러다 공주는 어느새 난지 생각이 났는지 고운 눈썹을 찡기어

여덟팔자를 만들었다. 문경 공주가 슬픔에 잠겨 아미를 찡기니 하늘의 둥근달도 시름에 잠긴 듯 빛을 잃고 못 속의 연꽃도 꽃잎을 오므렸다.

한동안 시름에 잠겨 있던 문경 공주가 상에 몸을 기댄 채 잠깐 눈을 감았다. 문득 흰옷 입은 동자 하나가 앞에 나타나 공주에게 인사를 한다.

"저는 진도람 선생이 보내어 왔나이다. 선생이 이 글을 공주께 드리라고 하시더이다."

동자는 두루마리 하나를 난간에 놓으며 계속 말하였다.

"이 글 가운데 있는 여자가 곧 공주시라 하옵니다. 중경은 양씨 집안에 환생하였으니 이 두루마리를 표적 삼아 다시 전생 인연을 이으라고 하시더이다."

동자는 말을 끝내자마자 몸을 위로 솟구쳤다. 그러자 기다렸다는 듯이 어데선가 백학 한 마리가 날아와 동자를 태우고 먼 하늘로 훨훨 날아갔다.

공주가 놀라서 깨어 눈을 비비고 보니 난간 앞에 두루마리 하나가 놓여 있다. 펼쳐 보니 '공작의 노래' 라는 제목이 눈에 띄었다.

공주는 아직도 꿈을 꾸고 있나 하여 다시 눈을 비볐으나 희한하게도 '공작의 노래' 라고 또렷이 적혀 있었다. 내용을 보니 방금 읽은 난지 이야기가 틀림없다.

'그러면 내가 전생에 난지였더란 말인가? 그리고 중경은 양씨 집안에서 다시 태어났다고?'

공주는 문득 외삼촌 댁 뒤뜰에서 만났던 미소년이 생각났다. 연못 위 구름다리에서 뜻밖에 한 소년과 마주쳤을 때 공주는 당황하고 부끄러운 마음밖에 없었다. 공주는 금실로 꾸민 화려한 비단옷을 입은 왕자와 부마들을 늘 가까이서 보아 왔지만 그 미소년처럼 대번에 마음을 끄는 사람은 처음이었다. 말 한마디 나누지 못하고 되돌아섰지만 공주는 그날 내내 얼굴이 달아오르고 가슴이 울렁거려 진정하지 못했다.

'그날 하인이 말하기를 양 학사가 공자를 데리고 왔다고 하였는데 그 공자가 혹시……?'

공주는 넋 잃은 사람처럼 그 기이한 두루마리를 손에 쥔 채 움직일 줄 몰랐다.

"가을바람이 차고 밤기운이 눅눅하니 이젠 돌아가사이다."

유모의 말에 공주는 비로소 제정신으로 돌아왔다.

방에 들어가 자리에 누웠으나 잠을 이룰 수가 없었다.

'내가 참으로 난지의 몸으로 이렇듯 귀히 되었다면 무슨 한이 있으랴? 허나 중경은 어떻게 되었을까?'

공주는 잠들지 못하고 온밤을 뒤척였다.

날이 밝자 공주는 다시 '공작의 노래'를 펴 들고 읽기 시작하였다.

동남으로 날아가는
저 공작새
오 리마다 한 번씩
뒤돌아보누나.

공주는 자신이 난지의 환생임을 알고 다시 읽으니 뼈를 에는 듯 아팠다. 공주는 시를 읽느라고 아침 문안 드릴 시간이 지난 줄도 몰랐다. 좀처럼 없는 일이었다.

황후는 공주의 문안이 늦어지자 혹시 공주가 몸이 불편한가 하여 시녀를 보냈다. 그제야 공주는 놀라 일어나 급히 눈물 자국을 없애고 단장을 한 뒤 부모님 앞에 이르렀다.

공주가 문안이 늦음을 사죄하고 그만 물러가려고 하니, 황제가 딸애 손목을 쥐며 가까이 앉혔다. 보고 또 보아도 아리땁고 언제나 새삼스럽게 사랑스럽다.

황제는 두 손을 모두어 쥐고 단정히 앉아 있는 공주를 한동안 바라보다가 얼굴을 황후에게 돌렸다.

"우리 문경이 이렇듯 뛰어나게 아름다우니 짐은 매양 부마 얻을 일이 근심스럽소. 용모와 재주가 우리 문경에게 비길 만한 부마를 구하자고 해도 어렵겠거늘, 황후가 기이한 꿈까지 꾸었으니, 어디 가서 부마를 구해야 할지, 요즘은 짐이 밤낮으로 근심을 놓지 못하오."

그러자 황후가 대답하였다.

"과연 그러하나이다. 재능과 용모를 보아 부마를 가리자고 하여도 어렵겠거늘, 문경의 모습이 꿈속 여자와 조금도 다름이 없어 양씨 집안에서 부마를 정해야 한다니 더욱 어렵나이다. 하많은 양씨 집안 어디에 인연이 있는지 알 길 없사오니 난감하오이다."

문경 공주는 놀랐다. 처음 듣는 말이다.

'내가 꿈속 여자와 모습이 꼭 같다고? 그래서 양씨 집안에서 부

마를 정한다고? 어쩌면…….'

공주는 속으로 몹시 놀라며 고개를 더욱 수그렸다.

황후가 공주를 보니 짐짓 태연한 낯빛으로 앉아 있으나 눈썹에 시름이 어려 전과 같은 화기를 찾아볼 수 없었다.

"어디 몸이 편치 않느냐? 낯빛이 좋지 않구나."

공주는 드디어 옷깃을 여미고 부모님 앞에 사연을 털어놓았다.

어제 서원에서 가져온 '공작의 노래'를 보고 마음이 좋지 않은 이야기며, 달구경하러 나갔다가 시가 적힌 두루마리를 얻은 이야기며, 동자가 하던 말을 차례로 여쭈었다. 그리고 아침에 다시 그 시를 읽어 보다가 문안이 늦어진 것까지 이야기하자, 황후는 시녀를 보내어 그 두루마리를 가져오게 하였다.

황제와 황후가 두루마리를 받아 보니 이상한 빛을 뿜는 신비스러운 종이며 두루마리를 꾸민 정교한 솜씨가 인간 세상의 물건은 분명 아니었다.

황제와 황후의 입에서 절로 탄성이 흘러나왔다.

"우리 문경에게 이렇듯 기이한 일이 있을 줄 어찌 뜻하였겠소."

황제가 기뻐하자 황후는,

"제가 공주를 낳을 때 꿈이 하도 기이하여 부마 얻을 근심을 놓지 못하였사온데, 이제 하늘이 이렇듯 도우시니 우리 문경의 경사를 무슨 말로 다 이르오리까? 이 두루마리를 표적 삼아 배필을 구하라 하였다니, 부마 간택을 할 것이 아니라 조정에 이 일을 알려 이런 시 두루마리를 얻은 이를 구하면 좋을까 하나이다."

하고 말하였다.

"옳은 말씀이오."

황제가 고개를 끄덕였다.

문경 공주가 도인에게서 '공작의 노래'를 얻은 이야기는 그날로 궁중에 퍼졌다. 공주의 아름다움을 흠모하던 궁 안의 모든 사람들이 다 같이 신기하게 여기며 감탄을 금치 못하였다.

황제는 다음 날로 조정 대신들 앞에서 부마 구하는 사연을 널리 알리려고 하였다. 그런데 갑자기 몸이 편찮아 열흘 남짓 조회를 받지 못하여 잠깐 미루어졌다.

간교한 꾀

어느 날 양문희 집에 경진이라는 사람이 찾아왔다. 경진은 학문이 깊지 못하나 남의 비위를 잘 맞추고 권세에 붙좇기 좋아하는 사람이어서 중승이라는 꽤 괜찮은 벼슬자리를 차지하여 살림이 넉넉하였다.

양문희는 경진과 그다지 가까이 지내는 사이가 아니다. 다만 양정희의 맏아들인 인오의 안해가 경진과 한집안이었으므로 자연 낯을 익히게 되어 인사나 나누고 지내는 사이였다.

양문희가 경진과 한창 이야기를 나누는데 문득 인호가 글 읽는 소리가 바람결에 들려왔다. 경진이 듣자니 목소리가 맑고 깨끗하면서도 웅장하여 듣는 사람의 마음을 시원하게 해 주었다. 경진은 나이 찬 딸이 있었으므로 글 읽는 소년에게 절로 관심이 갔다.

"지금 책을 읽는 이가 뉘오이까?"

"우리 아들애요."

"훌륭한 아드님을 두셨구려. 한번 보고자 하니 허락하소서."

양문희는 달갑지 않아 좋은 말로 거절하였다.

"아들애가 글공부를 게을리 하여 방금 전에 꾸짖고 글을 읽게 하였으니 지금 다시 부르기는 좀 어렵소. 뒷날 맞춤한 때 보도록 하심이 어떠하오?"

경진은 인호의 용모를 한번 보고 싶어 몸이 달았으나 하릴없이 그냥 집으로 돌아왔다.

경진에게는 아들 둘에 딸 하나가 있는데, 아들들은 다 장가들이고 딸을 아직 여의지 못하였다. 딸은 나이 열다섯인데 얼굴이 곱고 재주도 있었다. 그러나 천연스러운 아름다움은 적고 눈에 교태가 흘러 방탕한 남자의 마음을 홀릴 법했다. 게다가 제 조그마한 재주를 믿고 교만 방자하게 굴었다. 부모는 딸의 용모와 재주만 기특히 여겨 방자한 마음을 부채질할 뿐 덕행을 쌓는 데 힘쓰도록 제대로 가르치지는 못하였다.

경 소저는 늘 용모와 재주를 겸한 옥인 군자가 아니고는 몸을 허하지 않으리라 하며 웬만한 혼처는 다 퇴를 놓았다. 오라비가 누이를 걱정하여,

"그러다 규중처녀로 늙겠다."

하면,

"차라리 홀로 늙을지언정 마음에 없는 남자는 택하지 않겠소."

하고 대답하곤 하였다.

경씨 부부는 이러한 딸자식을 오히려 기특히 여겨 딸의 청이라면

무엇이든 다 들어주었다. 경 씨의 집은 번화한 십자 거리에 있었는데, 딸을 위하여 따로 다락집을 높이 지어 주었다.

경 소저는 그 누각에 있으면서 날마다 얼굴 단장 곱게 하고 앉아 거리를 지나는 사람들을 살펴보았다. 눈에 드는 사람을 직접 고르려는 것이다. 날마다 수많은 소년 명사들이 거리를 오갔지만 경 소저의 눈에 드는 사람은 아무도 없었다.

"세상에 옥인 군자가 한 사람도 없단 말인가?"

경 소저는 이렇듯 모든 사람들을 제 눈 아래로 보며 사람 없음을 한탄하였다. 그리하여 경진은 늘 딸의 혼사 문제로 마음을 쓰던 터라, 양문희의 집에서 인호가 글 읽는 소리를 듣고 몸이 달았다.

경진이 양문희의 집에 다녀간 지 얼마 뒤였다.

양정희의 생일이 되어 인도가 집에 갈 채비를 하였다. 양문희도 사촌 동생의 생일잔치에 같이 가려 하였으나 갑자기 몸이 좋지 않아 할 수 없이 인호를 불렀다.

"오늘 네 당숙 생일이라 내 가 보고자 하였으나 몸이 편치 않으니, 네가 인도와 한가지로 다녀오너라."

인호는 예복을 차려입고 하늘소(나귀)에 올라 인도와 함께 길을 떠났다. 뒤에는 예물을 진 하인이 따랐다. 그들이 집을 나서 경진의 다락집이 있는 십자 거리를 지날 때였다. 그날도 경 소저가 여느 날과 같이 다락 위에 올라 오가는 사람을 살피던 중에 문득 그들 일행의 모습이 걸려들었다.

경 소저가 보니 두 소년이 하늘소를 타고 나란히 지나가는데, 호화로운 차림이며 아름다운 용모가 얼른 눈에 띄었다. 자세히 보니 나이 좀 들어 보이는 소년은 얼굴이 둥그스름하니 아름다웠고, 좀 어려 보이는 소년은 키가 훨씬 크고 얼굴이 옥을 깎아 다듬은 듯 말쑥하고 깨끗한 데다 두 눈에 정기가 어리고 태도가 늠름하여 보는 이의 넋을 빼놓았다.

경 소저가 넋을 잃고 내려다보는데 길 가던 사람들도 걸음을 멈추고 그 소년을 홀린 듯이 바라보고 있었다.

경 소저는 기쁨을 참지 못하여 급히 다락을 내려와 아버지를 찾았다.

"아버지, 저기 좀 보사이다. 두 소년이 거리를 지나가고 있는데 그중 어려 보이는 키 큰 소년이 참으로 마음에 드나이다. 뉘 집 도령인지 알아보사이다."

인호는 누각 위에서 문발 사이로 저를 내려다보는 처자가 있는 줄 모르고 길을 계속 걸었다. 숙부 집에 이르니 큰 잔치가 열려 노랫소리 드높고 춤추는 소매가 어지러웠다. 인호는 사랑으로 가 숙부를 뵙고는 아버지가 오지 못하는 곡절을 고하고 즐거이 하루를 보냈다.

저물녘이 되어 손님들이 대충 흩어지고 친한 사람들만 남았다. 사람들이 인호를 보고 칭찬하는 소리와 감탄하는 소리가 그치지 않으니, 양정희는 취중에 그저 제 아들 인도를 칭찬하는 소리인 줄 알고 끝없이 즐거워하였다.

남은 손님들도 다 돌아가자 인호는 숙부에게 인사를 하고 다시 하늘소에 올라 집으로 돌아갔다. 인호가 십자 거리를 지나 얼마쯤 갔을 때 하인이 말하였다.

"하늘소 뒤에 어떤 사람이 오는데 우리를 따르는 것 같으니 이상하옵니다."

인호가 돌아보니 과연 조금 떨어져서 따라오는 사람이 있는데 옷차림을 보니 뉘 집 하인인 듯하였다. 의아한 생각이 들었으나 집에 다다르면 절로 알게 되겠기에 그닥 마음에 두지 않고 계속 걸었다. 집에 이르러 뒤를 보니 뒤따르던 사람은 이미 보이지 않았다. 인호는 그저 제 길을 갔으려니 하고 다시 생각지 않았다.

인호의 뒤를 따르던 자는 바로 경진의 하인이었다. 그날 아침 딸의 말을 듣고 경진이 하인 하나를 시켜 돌아가는 인호의 뒤를 좇게 한 것이다. 인호가 집으로 들어가는 것을 멀찍이서 보고 돌아간 하인은 그대로 사실을 고하였다.

경진은 손뼉을 치며 기뻐하였다.

"그 공자가 양 학사의 아들이었구나."

그러지 않아도 어떻게 하면 양문희의 아들을 한번 볼 수 있을까 하고 골몰해 있었는데 이렇듯 일이 맞아떨어지니 이것이 하늘이 정해 준 연분이 아닌가 하는 생각까지 들었다.

이튿날 아침 경진은 일찌감치 양정희의 집으로 찾아갔다. 인사를 마치기가 바쁘게 경진은 찾아온 사연을 이야기했다.

"양 형, 한 가지 청이 있어 왔소이다."

"무슨 청이오?"

"양 형이 중매를 좀 맡아 주시오."

경진은 딸 자랑을 한참 하고는 양문희의 집에 청혼하려 하니 힘 좀 써 달라는 말을 길게 늘어놓았다.

양정희는 잠자코 있었다. 경 소저가 인물 좋고 바느질 솜씨가 능하며 특히 그림에 뛰어난 재간이 있다는 말을 들은 적이 있다. 또 집안 형편도 넉넉하여 경 소저를 며느리로 맞고 싶어 하는 사람들이 많았지만 청혼하는 집마다 퇴를 당한다는 말도 들었다.

양정희도 인도 장가들일 나이가 지났으므로 맞춤한 혼처를 구하고 있던 참이다. 그런데 경진이 제 아들은 안중에도 두지 않고 인호에게 중매를 서라고 하지 않는가. 양정희는 마음이 좋지 않았다.

"내 조카아이는 인물이 범상치 않고 또 우리 형님이 며느리 고르기를 예사로 하지 않으니 성사시키기가 어려우리다."

양정희는 좋게 거절하였다. 그러나 경진은 물러서려 하지 않았다.

"그대 형님이 허혼하는가 않는가 하는 것이야 양 형의 수단에 달린 게 아니오이까? 이 혼사만 이루어지면 양 형의 수고를 모른다고 할 내가 아니오이다."

경진은 거듭 청하였다. 양정희는 별수 없이,

"내 이야기는 해 보겠지만 믿지는 마시오."

하는 정도로 말을 받아 두었다.

경진이 돌아간 뒤 양정희는 오 씨를 찾아 내당으로 들어갔다. 오 씨에게 경진이 다녀간 이야기를 하자 오 씨는 안절부절못하였다. 오 씨도 경 소저 이야기를 맏며느리에게서 들어 알고 있었던 것이다.

"아니, 그 집에서 인호에게 구혼한단 말이오이까? 제가 전부터 경 소저에게 통혼할 마음이 있었지만 여지껏 말을 떼지 못하고 있었소이다. 듣자니 경 소저가 그 많은 매파를 다 막고 다락 위에 앉아 스스로 신랑감을 고른다 하옵디다. 그래서 말을 못한 것인데……."

오 씨의 말에 양정희는 무릎을 쳤다.

"그게 정말이오? 제 눈으로 신랑감을 고르다니. 거 참, 규중처녀치고는 드문 인물이로군. 규중 아녀자가 풍류 호걸의 틀이 있으니 참 기특하구려."

"그뿐인 줄 아시오이까? 그 재주는 또 어떻고요? 경 소저의 그림은 이름난 화공들도 혀를 내두른다고 하옵디다."

양정희는 오 씨의 말을 들으니 그 혼사 자리를 놓치고 싶지 않았다. 그리하여 인도와 경 소저와의 혼사를 어찌하면 성사시킬 수 있을까 궁리하기 시작했다.

이때 인도가 방에 들어왔다.

"마침 잘 왔구나. 지금 네 혼사 걱정을 하는 중이다."

양정희는 인도에게 경진의 통혼 이야기를 하면서,

"그 혼사를 네게 돌렸으면 좋겠구나."

하였다.

"경 소저가 제아무리 천하일색이라 하여도 인호와는 혼사가 성사되지 않을 것이옵니다."

인도는 이렇게 말하면서 인호가 선유산에 갔다 온 이야기를 하였다. 이야기가 두루마리를 얻는 데 이르자 오 씨는 깜짝 놀랐다.

"이런 일이 있나? 그러면 인호가 문경 공주와 인연이 있단 말인가?"

"어머님, 그건 또 무슨 말씀이옵니까?"

이번에는 인도가 깜짝 놀랐다.

오 씨는 며칠 전 언니인 오 귀비한테서 들은 이야기를 하였다.

오 귀비는 본디 남의 아름다움을 칭찬하지 않는 사람인데, 문경 공주에 대해서만은 칭찬을 아끼지 않았다. 그날도 귀비는 문경 공주의 용모가 돋는 해와 같다느니, 그 뛰어난 재주와 높은 덕행은 세상에서 다시 찾아보기 어렵다느니 하며 한참 칭찬을 하고 나서, 뒤이어 공주를 낳을 때 황후가 기이한 꿈을 얻은 이야기며, 며칠 전 보름날 공주가 또 시가 적힌 두루마리 하나를 도인에게서 얻은 이야기를 다 하고 나서, 말끝에 그전에는 양씨 집안에서 부마를 택하리라는 말을 듣고 맞춤한 기회에 황제 폐하께 인도 이야기를 하려고 했는데 이제는 안 되겠다는 말도 했다. 그때 오 씨는 귀비의 말을 들으며 귀한 보물을 손에 넣었다 놓쳐 버린 듯 몹시 아쉬웠다.

그런데 지금 인도의 말을 들어 보니 공주의 인연은 분명 인호에게 있었다. 오 씨의 마음속에 불현듯 샘이 불 일듯 솟구쳤다. 오 씨는 마치 자기가 얻은 보물을 인호가 훔쳐 가기나 한 듯 분한 마음이 들었다.

이때 양정희가 오히려 반가워했다.

"여보, 경 소저가 인호를 바라보지 못하게 되었으니 우리 인도에게 혼사를 옮기도록 합시다."

그러나 지금 오 씨에게 남편 말이 들릴 리 없었다. 황제가 양씨 집안에서 부마를 고른다면 황제의 총애를 받는 언니 귀비가 마땅히 인도 일에 힘써 줄 것이다. 그런데 그 좋은 인연을 인호에게 빼앗겨야 하지 않는가? 이제 와서 경 소저가 무슨 큰 인물이랴.

오 씨는 남편의 말에 지청구를 하였다.

"상공은 고작 그 생각이오이까? 경 소저가 아무리 아름다운들 공주의 자색과 재덕에야 어찌 비기며, 경진의 집 사위가 어찌 부마와 같은 부귀영화를 바라오리까? 상공이 고작 경 소저 취할 생각에 머무시니 제 좁은 소견에도 답답하오이다."

"아무리 그렇더라도 다른 수가 없지 않소?"

"왜 없다고만 하시오? 공주의 인연을 우리 집으로 옮기면 되지요."

"아니, 그걸 무슨 수로?"

"그야 생각을 짜내야지요. 생각해 보사이다. 경 소저와 인호의 혼사를 먼저 성사시키면 공주의 인연을 인도에게 돌리기 쉽지 않겠소이까?"

그리하여 양정희 내외는 부마 자리라는 부귀와 권세 앞에서 위로는 황제를 속이고 아래로는 형제의 우애를 저버릴 간사한 계교를 꾸미게 되었다.

이튿날 마침 경진이 또 양정희를 찾아왔다. 양정희는 기다렸다는 듯 반가이 맞아들였다.

"지금 막 찾아가려는 중인데 이렇게 또 오셨으니 다행이외다."

경진은 어제와 달리 반갑게 대해 주니 기쁜 소식이 있나 하여 양정희의 입만 쳐다보았다. 그런데 양정희는 말을 하기 전에 먼저 이맛살부터 찡기었다.

"내가 그대에게 좋은 사윗감을 고르게 하고 또 우리 형에게는 아름다운 며느릿감을 천거하려 했더니 뜻대로 되지 않는구려. 손꼽히는 소년 재사에 천하일색의 규수가 짝이 꼭 맞을 듯싶건만 알고 보니 그간 기이한 일이 있었더이다. 그런 뜻밖의 일로 좋은 일에 마가 낄 줄 어찌 알았겠소?"

"뜻밖의 일이라니 무슨 일이오?"

경진은 조바심이 나서 못 견뎠다.

"내 아들 형제를 두고 딸이라곤 그 아이 하나뿐이오. 인물과 재주가 뛰어나 온갖 사랑을 쏟아 부으며 길렀소이다. 나이가 차니 신랑을 널리 구하여 훌륭한 짝을 맺어 주려 하였건만 천하의 문인 재자를 다 눈 아래로 보는구려. 다행히 무슨 연분인지 양 공자를 한 번 보고는 벌써 마음을 허락하고 그가 아니면 규중에서 홀로 늙겠다고 하니 어찌하면 좋겠소이까? 신랑감이야 왜 없으리까마는 사정이 이러하니 근심하는 바이오. 그대와 나는 집안 식구나 마찬가지라 속 이야기를 하오이다. 양 학사의 기이한 사연이 무엇인지 어서 말씀 좀 하시오."

경진이 거듭 간청하자, 양정희는 해서 안 될 이야기를 한다는 듯 딱한 얼굴로 앞뒤 이야기를 하고 나서,

"그러니 누구든 난지의 환생이 틀림없다는 표적만 있으면 곧바로 성례를 할 것이요, 그렇지 않으면 하늘의 선녀라도 돌아보지 않으리다."

하는 말로 뒤를 꼭 눌렀다.

이 말은 혼사를 이루려면 딸이 난지의 환생이라는 표적을 만들라는 암시가 담긴 말이다. 경진이 그 뜻을 모를 리 없었다. 경진은 알

았다는 듯 돌아가서 다시 의논을 하겠노라 하고 자리에서 일어났다.

집으로 돌아온 경진은 부인과 자식들에게 들은 이야기를 다 하고 나서 딸에게 일렀다.

"전생의 연분을 찾으려는 양 공자의 뜻이 굳다고 하니 너는 마음을 돌려라. 내 너에게 맞춤한 신랑감을 널리 듣보리라."

그러나 경 소저는 양미간에 시름을 띠고 고개를 숙이고 앉아 아무 대답이 없다.

딸의 마음을 짐작하고 경진의 처 가 씨가 남편을 나무랐다.

"딸애 마음이 저렇듯 고집스럽고 또 양 공자가 고금에 드문 인물이라 할진대 어찌 좋은 사윗감을 남에게 앗기리까? 양 공자는 마침 도인을 만나 전생 일을 안다고 하지만 사람마다 다 전생 일을 알지는 못할지니 우리 딸아이를 난지의 환생이라 우긴들 참인지 거짓인지 누가 알리까? 상공은 다시 생각하소서."

"그런데 무슨 수로 우리 딸아이가 난지의 환생이라는 표적을 만든단 말이오? 양 공자는 시 두루마리를 받아 가지고 있지만, 우리야 무엇으로?"

경진 내외가 옳거니 그러거니 하고 있자, 곁에 있던 맏아들 경소가 끼어들었다.

"부모님들은 너무 근심 마소서. 돌 틈에도 솟아나는 물이 있다 했으니 제가 누이를 위해 계교를 쓰겠나이다. 양 공자가 허망한 일을 믿는다고 하니 우리도 허망한 일로 속여 인연을 맺으면 되지 않겠나이까? 이를테면 남의 계책을 써먹자는 말이옵니다."

경진이 어리둥절하여 대답을 못 하고 있는데, 가 씨가 인차 아들의 말을 받았다.

"네 말이 옳다. 하자고 하면 이 혼사가 별로 어려울 게 없으리라. 우리가 비록 저를 속인다 한들 서로 해로운 일은 없을 게고, 혼사를 이룬 다음에야 무슨 다른 근심이 있으리오?"

경 소저는 그제야 찌푸렸던 눈썹을 폈다.

경진은 이 일을 아들에게 맡겨 버렸다.

"그럼 네 생각대로 이 혼사를 이루어 보거라."

경진은 본디 심지가 바르지 못한 사람이나 그렇다고 간교한 속임수로 남을 능갈치고 없는 일을 만들어 내는 그런 수완은 없는 사람이다. 다만 권세를 붙좇기 위해서라면 의를 저버리고 남의 말에 따라 이랬다저랬다 하며 줏대 없이 행동할 뿐이었다. 지금도 인호의 재주와 용모가 탐나지만 궁리가 모자라 쩔쩔매는 것이다.

경진에 대면 경소는 일을 꾸미는 수완이 있었다. 글도 좀 읽어 문장을 지을 줄도 알고 잇속을 차리기 위해서라면 간교한 꾀를 낼 줄도 알았다. 지금 누이동생의 속마음을 잘 아는 경소는 무슨 수로 이 혼사를 이룰까 궁리하기 시작하였다.

도둑맞은 전생연분

며칠 뒤 양정희가 양문희의 집을 찾았다. 경 소저와 인호의 혼사를 기어이 성사시키려는 것이다. 경진의 집에서 누가 찾아올 수도 있으니 인도를 집에 남겨 두었다. 큰아들 인오는 일을 제대로 처리할 인물이 못 되므로 부득이 인도를 남아 있게 했다.

그런 줄 모르는 양문희 내외는 사촌 동생을 반갑게 맞아들이면서 물었다.

"인도는 무슨 일로 오지 않았느냐? 몸에 탈이라도 난 게냐?"

"오늘 같이 오려고 했지만 제 어미가 몸져누웠기에 오지 못하였나이다. 그리고 저도 형님께 긴히 여쭐 말씀이 있어 집안사람들은 두고 단출하게 왔나이다."

"무슨 일인데 그러느냐?"

"제가 며칠 전에 인호가 도사 만난 이야기를 듣고 혼사가 늦어짐을 근심하며 마음을 놓지 못하고 있었는데 어제 기이한 이야기를 들었나이다."

"기이한 이야기라니?"

양문희는 자나 깨나 아들의 혼사가 늦어지는 게 걱정인지라 동생이 그 일로 저를 속이리라고는 꿈에도 생각지 못하고 다우쳐 물었다.

양정희는 신이 나서 이야기를 시작했다.

"전번에 경진이 제 딸 이야기를 하며 인호와 혼사를 성사시켜 달라 부탁하옵디다. 하지만 인도에게 들은 말이 있어 물리치고 말았는데 이런 기이한 일이 있을 줄 어찌 알았겠소이까?"

양문희 내외는 무슨 일인가 하여 그의 입만 바라보았다.

"제 며느리가 경진의 일가가 아니오이까? 어제 며늘애가 와서 하는 말이 경 소저 아름답기가 세상에 짝이 없을 뿐 아니라 재주 또한 뛰어나다 하옵니다. 청혼하는 이가 줄을 지어 늘어섰건만 무슨 곡절인지 다 물리치고 양씨 집안에만 허혼하리라고 한다 하오니, 혹시 경 소저가 형님이 구하시는 난지의 환생이 아닌가 하옵니다. 그렇지 않으면 어인 일로 양씨 집안에만 허혼한다 하오리까? 들어 보니 참으로 기이하여 바삐 와서 고하나니, 형님 내외분 생각에는 어떠하시온지요?"

이 말을 들은 양문희 내외는 놀랐다.

"우리 내외가 밤낮으로 근심하는 것은 오직 아들애 혼사 문제인데 그 말을 들으니 꿈만 같구먼. 그러니 좀 더 자세한 내막을 알아야겠구나."

"자세한 건 이제 제가 알아보겠나이다. 그저 형님 뜻이 어떠하온지 그걸 몰라서 여쭈러 왔나이다."

"뜻이 어떠할 게 있나. 처녀 쪽에서 꼭 양씨를 구한다면 반드시 곡절이 있을 것이니 그걸 알아보아 우리 인호의 전생연분인 것만 명확히 알면 되는 것이지."

양문희는 얼굴을 돌려 아들을 보며 물었다.

"네 생각은 어떠하냐?"

"제게 무슨 다른 생각이 있으리까? 부모님과 숙부님께서 자세히 살피어 하시옵소서."

"알겠노라."

양문희는 마음이 즐거워졌다.

'아들의 혼사 문제가 이렇게도 쉬이 풀리는가?'

참으로 뜻밖이었다. 문득 지난번에 경진이 놀러 왔다가 인호 글 읽는 소리를 듣고 아들을 보여 달라고 조르던 일이 생각났다.

'그러면 그때 경진이 무슨 생각이 있어서 인호를 보자고 하였는고?'

양문희에게는 이런 생각까지 들었다.

"우리가 이제 한시름 놓는가 보오."

양문희는 아들의 등을 어루만지며 기뻐하는 부인한테도 웃어 보였다. 그러고 다시 동생에게 당부하였다.

"이 일은 예삿일이 아니니 네 조금도 소홀히 말고 자세히 알아보아라. 나는 그저 아우만 믿노라."

양정희는 뛸박질이라도 하고 싶었다. 혹시 형이 꼬치꼬치 캐물으며 직접 알아보려 들면 어쩌나 조마조마했는데 일이 너무나 쉽게 뜻대로 되었기 때문이다.

양문희는 화색이 가득한 동생의 얼굴을 보며 고마워하였다.

동생이 돌아간 뒤 양문희는 인호가 그다지 즐거워하는 기색이 아닌 듯하여 아들에게 물었다.

"이제 네 소원이 풀릴 듯하여 우리는 기쁨을 가누지 못하거늘 너는 어찌하여 기뻐하는 빛이 없느냐?"

"다른 일은 없나이다. 다만 숙부님께서 오늘 기뻐하심이 지나치신 듯하여 그럴 뿐이옵니다. 물론 숙부님께서 저를 사랑하시기 때문이며 부모님께서 기뻐하심을 다행히 여기시는 것임은 아옵니다.

하지만 예부터 사람이 모든 일에서 도를 지나치면 진실함이 오히려 적다고 하지 않았나이까? 제가 외람되이 숙부님을 의심하는 것은 아니오나 일이 그러하므로 말씀드리옵나니, 거듭 살피시어 일을 그르치지 않도록 하시옵소서."

양문희에게는 아들의 말이 뜻밖이었다. 생각해 보면 그 말이 사리에 맞는 듯하나 정리로 보면 맞지 않는 것이다. 양문희는 아들의 말을 웃으면서 넘겨 버리고 말았다.

"네 말에도 일리가 있다만 너무 많이 아는 것도 탈이란 말이 있느니라, 허허. 확실한 증표가 있는가 알아보고 일을 처리하면 되지 않느냐? 네 너무 근심 마라."

그러자 인호는 두말없이 인사를 하고 물러났다.

한편, 양정희는 득의양양하여 집에 당도하였다.

"벌써 오시나이까?"

아들 인도가 반가이 맞았다.

"그래, 그사이 집에 찾아온 사람은 없었느냐?"

"경진 어른 댁 경소 형이 왔다가 방금 돌아갔나이다."

"그래, 무슨 일로 왔더냐?"

"참 희한한 일이 있나이다."

인도는 얼굴에 야릇한 웃음을 띠며 대답하였다.

"희한한 일이라니?"

"들어가서 자세히 말씀드리겠나이다."

그리하여 바람같이 방에 들어 마주 앉았다. 인도는 아버지에게 자초지종을 이야기하였다.

양정희가 문을 나서고 얼마 뒤 경소가 찾아왔다. 인도와 경소는 마주 앉자마자 뜻이 통하니 걸맞은 짝이었다. 본디 유유상종이라는 말이 있지 않은가.

"내가 여기 온 것은 누이 혼사를 위함이오. 내 누이에게 어찌 아름다운 신랑감이 없으리오마는, 어머님께서 누이를 낳으실 때 기이한 꿈을 얻으시어 양씨 집안에 연분이 있는 것으로 알고 있었소이다. 그런데 어느 날 누이가 이인을 만나 그림 족자 한 폭을 얻었는데, 그 이인이 누이더러 그림을 주면서 '이 그림과 얼굴이 같은 사람이 네 배필이니라.' 하더라오.

이 일을 아버님은 미처 모르시었고 어머님과 나만 알고 늘 근심하였는데, 하늘이 이끄셨던지 지난번에 양 학사 댁 아드님이 우리 집 앞길을 지나가는데, 얼핏 보니 누이가 얻은 그림과 모습이 조금도 다르지 아니하였소. 하여 아버님께 고하여 시랑 어른께 중매를 청하였는데 아직 소식이 없어 온 식구가 답답해하고 있다오. 그대 아버님께 우리 집 사정을 여쭈어 좋은 인연을 맺게 해 주시면 그 은덕 잊지 아니하리다."

인도는 오 귀비가 전한 공주 이야기를 이미 들었기 때문에 경소의 말에 웃음을 참기 어려우나 그의 빤드름한 거짓말에 속는 척할 수밖에 없었다. 하여 웃음을 참고 신중한 낯빛을 지으며 감탄하는 척하였다.

"그게 정말이오? 그대 누이한테 그런 희한한 그림이 있다니? 우리 동생 인호도 도인의 가르침을 받고 전생연분을 찾으려 애쓰건만 아직 찾지 못하여 근심이라오. 알고 보니 우리 동생의 연분이 그대 누이에게 있는 걸 그랬구려. 이야말로 하늘이 정해 준 배필이니 얼마나 아름다운 연분이오? 우리 아버님은 오늘도 그대 누이의 혼사 일로 큰아버님 댁에 가 계시니 그대 마땅히 돌아가서 그림 족자를 얻은 사연을 자세히 적어 그림과 함께 보내 주오. 그러면야 이 혼사가 어찌 더뎌지겠소?"

"그림은 가져오려니와 여러 번 어려운 걸음 하시게 하여 마음에 미안하오."

"그런 걱정은 마시오."

이러한 이야기들을 나누고 경소는 집으로 돌아갔다.

이에 양정희는 속으로 쾌재를 부르며 인도더러 일렀다.

"학사 형을 속여 경 씨네와 혼인을 이루게 하고 인호의 두루마리를 가만히 가져다 오 귀비께 드리면 부마 자리는 네 것이 될 것이로다. 이 어찌 하늘이 주심이 아니겠느냐?"

"이는 부모님께서 주심이옵니다."

인도는 부마가 다 된 듯 이렇게 대답하며 어머니 오 씨에게 말하였다.

"어머님은 귀비께 기별하여 황제 폐하께서 부마를 뽑으려고 무슨 영을 내리시면 미리 알아 두었다가 기별해 달라고 하소서."

"네 말이 옳구나."

양정희와 오 씨는 아들의 궁량이 대견하여 서로 얼굴을 마주 보며 웃었다.

다음 날 경진의 집에서 하인이 왔다. 편지와 그림 족자를 보낸 것이다.

편지는 경소가 밤새워 쓴 것으로, 가 씨가 딸을 낳을 때 꿈 이야기며 경 소저가 이인을 만나 그림을 받던 이야기를 아름다운 문구로 그럴듯이 꾸며 엮어 놓았다. 그림은 경 소저가 직접 그린 것이었다.

경 소저가 길 가는 인호를 본 날 인호의 아름다운 모습이 눈에 밟혀 잠을 이루지 못하다가 좋은 비단 한 폭을 끊어 있는 재간을 다해 인호를 본 대로 그려 내었다. 본디 그림 재간이 있는 데다 온 정성을 다 기울여 그렸으니, 얼굴 모습이 인호와 조금도 다름이 없었다. 경 소저는 이 그림을 제 방에 걸어 두고 하루에도 몇 번씩 보고 또 보며 홀로 속을 태웠다. 그런데 우습게도 지금 이 그림을 도인에게서 받은 것이라 하려는 것이다.

양정희 내외는 경진네 집에서 보내온 편지와 그림을 펴 보며 혀를 내둘렀다. 그림도 신통했거니와 꾸며 낸 신인 이야기가 어찌나 그럴듯한지 누가 보든 속지 않을 수 없을 성싶었다.

"이 그림 족자면 형님을 속이기 어렵지 않으리라."

양 시랑은 얼굴에 웃음이 피어 아들에게 말하였다.

"이제는 네가 인호의 두루마리만 슬그머니 가져오면 되겠구나."

양 시랑은 인도에게 경 씨가 보내온 편지와 그림을 주어 그날로 형의 집으로 보냈다.

편지와 그림 족자를 받은 양 학사와 설 부인은 기뻐 어쩔 줄 몰랐다. 꿈 이야기가 너무도 신통하고 그림 또한 인호의 모습과 꼭 같아 그저 신기하기만 하였다. 아들의 얼굴과 그림을 번갈아 보며 내외는 입을 다물지 못하였다. 친동기보다 더한 우애로 대하고 친자식보다 더한 사랑을 기울여 온 양정희 부자가 그처럼 우애와 사랑을 저버리고 간교한 계교를 낼 줄은 꿈에도 생각 못 한 것이다.

"어머니가 병환 중에 있는데도 네가 이렇게 부지런히 편지를 가지고 오다니 기특하구나. 내 이제 경씨 집에 허혼하는 뜻을 알려야겠구나."

양문희는 곧 회답 편지를 쓰려고 채비하였다. 그러자 옆에 조용히 앉아 있던 인호가 말하였다.

"아버님, 아직 납폐는 하지 마옵소서. 옛말에 급히 먹는 밥에 목이 멘다고 하지 않았나이까. 옛말 그른 데 없다 하였으니 일을 너무 서두르지 마옵소서."

양문희는 그저 즐거운 마음이 되어,

"오냐, 알았다."

하며, 우선 혼인을 허락하겠노라 간단히 적어 동생네 집에 사람을 띄웠다.

인도가 보니 큰아버지와 큰어머니와 달리 인호는 덤덤하였다. 별로 기뻐하는 빛이 없을 뿐 아니라 오히려 꺼리는 눈치였다.

인도는 인호와 함께 사랑 작은방에 돌아와 형수에게서 들은 체하며 입에 침이 마르도록 경 소저를 칭찬하였다. 그리고 그림 족자를 다시 펴 보며 연거푸 감탄하였다. 하지만 인도가 몸이 달아서 경 소저를 칭찬할수록 인호는 기분이 언짢았다. 인도의 부자연스러운 태도, 과장된 말투, 그리고 상대방을 떠보려는 듯한 점잖지 못한 눈길 따위가 마음에 들지 않았다.

양 학사 내외는 인호의 이런 기분을 모르고, 그 뒤 여러 번 집으로 찾아온 경진을 반가이 대접하는 한편 길일을 골라 납폐를 보내려고 서두르고 있었다.

양문희의 집에서 이런 일이 벌어지고 있는 사이에 황제는 병이 좀 나아, 어느 날 황후와 마주 앉았다.

"내일은 신하들의 조회를 받으면서 공주의 혼사 일을 의논하려 하오. 그동안 있었던 신기한 일들을 조정에 널리 알리고 두루마리를 얻은 사람이 있는가 알아보게 하면 부마 맞는 일은 그리 어렵지 않을 듯하오."

"그리하시는 것이 참으로 마땅할 듯하옵니다."

황후도 기뻐하였다.

그런데 이때 황제에게 문안하러 왔던 오 귀비가 곁에서 이 말을 다 들었다. 오 귀비는 동생 오 씨가 보낸 편지를 받고 황제에게 이 사실을 여쭐 기회만 엿보던 중이다. 동생네가 황제를 속이는 엄청난 일을 꾸미는 줄이야 어이 알았으랴. 그리하여 오 귀비는 황제 앞에 꿇어앉아 여쭈었다.

"폐하께서 공주의 배필을 근심하시옵기에 저 또한 시름이 깊사온데, 오늘 말씀을 들으니 참으로 다행한 줄 아옵니다. 제 아우가 지금 공부 시랑으로 있는 양정희의 안해이온데, 둘째 아들 인도가 지난 보름날 산에 올랐다가 기이하게도 이인을 만났다고 하옵니다."

오 귀비의 말을 듣고 있던 황제의 검은 눈썹이 꿈틀하였다. 황후도 못내 놀란 얼굴로 오 귀비의 다음 말을 기다렸다.

오 귀비는 말을 이었다.

"제 동생이 그 아이를 낳을 때도 기이한 꿈을 얻어 지금 나이 열여섯이 되었으나 아직 혼인을 하지 않고 있다 하오니, 청컨대 폐하께서 자세한 사정을 알아보시면 다행할까 하나이다."

황제는 반가웠다. 오 귀비의 말이 사실이라면 공주의 인연은 양정희의 아들에게 있는 듯했다. 이렇게 가까이 있는 줄 모르고 그새 얼마나 근심했던가.

"내일 조정에 널리 알리려고 했더니 먼저 양 시랑의 아들 일을 알아보아야겠소."

황제는 곧 오 귀비에게 심복을 보내 주면서 인도가 두루마리 얻은 것이 있는가 알아보라 명하였다.

오 귀비는 다행스러운 마음으로 그 관리를 동생네 집으로 보내면서 이러이러하게 잘 알아보고 오라고 신신당부하였다.

한편, 인도는 인호와 함께 지내며 두루마리를 훔쳐 내려고 틈을 노리면서도 좀처럼 손을 쓰지 못하고 있었다. 어디에 간수했는지 알 수도 없고 인호가 방을 비우는 일도 없으니 마음만 바빴다.

그러던 어느 날 설 부인이 찬 바람을 쏘여 자리에 눕게 되었다. 온 집안이 근심에 싸이고 설 부인의 동생들인 설평장 형제까지 문병차 누이를 찾아왔다. 인호는 어머니 약시중으로 바빴다.

인도는 이 틈을 타서 온 방을 뒤져 서갑의 깊고 깊은 곳에서 두루마리를 찾아냈다. 두근거리는 가슴을 누르며 두루마리를 옷소매에 넣고는 떨리고 불안해서 곧바로 집으로 돌아가려다가 다시 생각해 보니 갑자기 돌아가면 이상히 여길 듯도 하였다. 그리하여 이틀 밤을 더 잔 뒤 설 부인의 병이 차도가 생기자 잠깐 집에 다녀오겠다고 큰아버지의 허락을 받았다.

인도가 하늘소를 채찍질해 바삐 돌아와 보니 마침 궁에서 오 귀비가 보낸 사람이 와 있었다.

그 사람에게 두루마리를 보내라는 귀비의 편지를 받고 어찌하면 좋을지 몰라 쩔쩔매던 오 씨는 인도가 문에 들어서자 반색을 하며 물었다.

"두루마리는 어찌 되었느냐?"

인도는 사연을 짐작하고 웃으면서 품에서 두루마리를 꺼냈다.

그리하여 두루마리는 그날로 궁으로 들어갔다.

황제와 황후가 오 귀비에게서 두루마리를 받아 보니 공주가 가지고 있는 것과 조금도 다름이 없었다.

"기이한 일이로다. 참으로 예부터 다시없을 기이한 일이로다."

황제, 황후는 기쁨을 못 이겨 오 귀비에게 고운 비단을 상으로 내리고 심부름한 사람한테도 선물을 내렸다.

다음 날 아침, 황제가 정전에 앉아 신하들의 조회를 받을 때였다. 여러 문무 신하들이 반열대로 줄지어 섰는데 황제의 위엄 있는 목소리가 울렸다.

"짐이 오늘 경들에게 알릴 것이 있노라. 문경 공주가 방년 열세 살인지라 마땅히 덕과 재주를 갖춘 소년 재자를 널리 모아 그 가운데서 부마를 뽑을 것으로되, 그동안 기이한 일이 있어 양씨 집안에서 이인의 두루마리를 얻은 이를 부마로 뽑으려 하였노라. 그런데 어제 공부 시랑 양정희의 아들 인도가 이인에게서 받은 두루마리를 바치었으니, 이는 하늘이 정해 준 인연이라 따로 부마 간택을 하지 않으려 하노라. 공부 시랑 양정희는 곧 공자를 입조케 하라."

줄지어 서 있던 문무백관은 곡절을 알지 못하여 궁금했으나 모두 부마가 정해진 것을 축하하여 예의를 표하였다.

양정희는 공경스러운 태도로 짐짓 사양하는 체하였다.

"황공하오나 어리석은 제 자식에게 금지옥엽 같은 공주를 내리시니 신이 감당치 못하리로소이다."

그러나 황제는 어서 아들을 입궐시키라고 재촉할 뿐이다. 양정희는 못 이기는 체하며 자리에서 물러났다.

이때 함께 반열에 서 있던 양문희는 몹시 놀라 제정신이 아니었다. 마른하늘에서 벼락이 내린들 이보다 더 놀라우랴. 인호가 가지고 있는 두루마리를 인도가 바쳤다는 것도 놀랍거니와 공주가 같은 두루마리를 가지고 있을 줄은 더구나 천만뜻밖이었다.

'그런즉 인호의 천정연분이 공주에게 있단 말인가? 그런데 그 두루마리를 인도가 바치다니!'

양문희는 기가 막혔다. 어서 집으로 돌아가 인호의 두루마리가 어찌 되었는지 알아보고 싶었다. 하지만 무엄하게 황제 앞에서 먼저 물러날 수는 없어 마음을 눅잦히려고 애쓰면서 반열에 그저 서 있었다.

이때 양 시랑의 집에서는 인도를 치장하느라고 온 집안이 야단이 났다. 얼굴에 분칠을 하고 고운 붓으로 눈썹을 덧그리고 귀밑을 각별히 다스린 뒤 칠보 당건 눌러쓰고 촉단청라의蜀緞青羅衣에 금장식 띠를 둘렀다. 이렇게 여느 때 없이 단장하여 치레를 마치고 손에는 칠보액옥편七寶額玉片[*]을 쥐고 문을 나서는데, 양정희는 황제 앞에 나설 때와 물러설 때의 예절을 가르치며 무슨 실수라도 할까 봐 안절부절못하였다.

얼마 뒤 인도는 대궐에 들어 황제 앞에 나아갔다.

황제는 그를 가까이 불러 자세히 살피었다. 인도는 얼굴에 화기를 지으며 몸가짐을 난정히 하려고 애썼다. 황제가 보니 그 용모와 태도에 탓할 만한 것은 없으나 빠른 눈길에 간교함이 비치고 대인

---

[*] 칠보 장식을 한 옥으로 만든 홀. 홀은 정복을 입을 때 오른손에 쥐는 비망기를 적던 패로 나중에는 치레로 들었다.

군자의 의젓한 풍모와 문인 재자의 우아한 기상은 찾아볼 수 없었다.

문득 황제의 눈썹이 여덟팔자를 그렸다. 얼굴의 웃음도 사라졌다. 아무리 몸치장을 하였어도 공주에 대면 하늘과 땅처럼 차이가 나니 공주궁의 노비로나 삼으면 맞을 듯싶었다.

황제는 서운한 마음을 누르며 나이를 물었다.

"올해 열여섯 살이옵니다."

대답하는 목소리도 또한 맑지 못하였다.

"네 두루마리를 어찌 얻었는지 말해 보아라."

황제는 다시 인도의 말을 들어 보려고 하였다.

인도는 당숙인 양문희가 가까운 곳에 서 있으니 등에 땀이 날 지경이었다. 그러나 마음을 가다듬어 인호에게서 들은 이야기를 하나도 빼놓지 않고 그대로 하였다.

황제는 인도의 용모와 행동거지가 마음에 들지 않으나 그의 말이 공주의 꿈과 꼭 맞아떨어지는 데는 놀라지 않을 수 없었다.

'어찌할 것인가?'

황제는 말없이 생각을 가다듬다가,

"뒷날 다시 부를 터이니 그만 물러가거라."

하고 조회를 마쳤다.

곁에서 인도가 하는 양을 다 보고 난 양문희는 몹시 놀랍고 분하여 어쩔 줄 몰랐다. 그처럼 우애를 나누고 사랑을 기울여 온 사촌 동생과 조카가 이런 엄청난 일을 꾸밀 줄 어찌 알았으랴. 분하여 몸을 떨었으나 당장은 사실을 밝힐 만한 아무런 증거가 없었다. 대신

된 체면으로 증거 없는 일을 가지고 황제 앞에서 시비를 가리려 들 수는 없는 일이다.

양문희는 황제 앞에서 아무 말도 못 하고 조회가 끝나자 인차 수레에 몸을 실었다. 집에 들어서자마자 인호에게 선유산에서 얻은 두루마리를 가져오라고 하였다.

얼마 뒤에 인호가 얼굴이 하얗게 질려 방으로 들어왔다.

"아버님, 서갑에 넣어 두었던 두루마리가 없어졌나이다."

"잘 찾아보았느냐?"

"서갑에 없어서 온 방을 샅샅이 뒤졌으나 간 곳이 없나이다."

양문희는 손으로 방바닥을 쳤다.

"그럴 줄 알았느니라! 천하에 고얀 놈 같으니라고!"

인호는 영문을 몰라 아버지의 얼굴만 쳐다보았다.

'아무도 모르게 서갑 밑에 깊숙이 두었던 두루마리가 없어진 것도 귀신이 곡할 노릇인데, 아버님은 또 어인 일로 이리 노하셨을까.'

인호는 일찍이 이렇듯 노한 아버지를 본 적이 없었다.

어느새 사연을 알고 설 부인이 방에 들어섰다.

"상공은 무슨 일로 그리 노하셨나이까?"

"모든 게 다 내 불찰이니 누구를 원망하리오."

양문희는 아들과 부인 앞에서 사실을 이야기하며 한탄해 마지않았다.

"내 동기도 없고 자식도 없어 저들 부자를 친형제, 친자식같이 여겼건만 그처럼 인정도 의리도 다 저버리고 불의한 짓을 저지를 줄이야 어찌 알았겠소. 내가 어리석어 생긴 일이니 이제 탓한들 무슨 소용이 있으리오."

설 부인은 사색이 되어 할 말을 찾지 못했다.

인호도 가슴이 터질 것 같았다. 불현듯 잊어버렸던 공주의 모습이 눈에 선히 안겨 왔다. 그날 구름다리 위에서 공주를 얼핏 보았을 때는 자기와 인연이 있는 사람인 줄 꿈에도 생각지 못했다. 다만 그가 공주라는 말을 듣고 놀랐을 뿐이었다. 그런데 이게 무슨 일이란 말인가.

인호는 놀랍고 분한 마음을 이기지 못해 고개만 숙이고 있다가 이윽고 입을 열었다.

"아버님, 그렇다면 경씨 집에서 보낸 그림은 거짓이니 곧 돌려보내옵소서. 숙부네가, 제가 먼저 경 씨를 취하게 하고 나중에 두루마리를 훔쳐 황제 폐하까지 속였으니 소자는 결코 경 씨와 혼인하지 못하겠나이다."

양문희는 그제야 경씨 집 일을 생각했다.

"네가 지난번에 혼사 일을 달가워하지 않기에 의심이 지나치다 생각했더니 네 사리에 밝음은 이 늙은 아비가 따르지 못하겠구나. 혼사는 물리려니와 그 뒷일은 어찌하며, 인도가 저지른 불의한 짓은 어찌 밝혀내랴. 네 천정연분을 앗기고 전생의 한을 더하게 되었으니 이 일을 어이하리오."

양문희는 생각할수록 가슴이 터질 것 같았다. 그날로 경진의 편지와 그림을 도로 보내고 혼사를 물리더니 문밖출입을 않고 집에 들어앉고 말았다.

양문희의 넓은 도량으로도 이러하거늘 설 부인의 마음이야 더 말해 무엇 하랴. 설 부인은 식음을 전폐하고 자리에 누웠다.

다만 인호만이 분한 마음을 누르고 태연히 글 읽기에 힘쓰면서 부모님을 위로하려고 애썼다.

인도가 썼으나 인호의 시요

황제는 조회를 끝내고 신하들을 돌려보내고서 내전으로 발길을 돌렸다.

황후가 부맛감이 어떠한 사람인지 궁금하여 조회가 끝나기만 기다리고 있다가 바삐 일어나 황제를 맞았다.

"부맛감을 보셨나이까? 문경과 비겨 어떠하더이까?"

"……."

황제는 얼른 대답을 못 하였다.

"양 공자가 입조하지 못하였나이까?"

황후는 조급한 마음을 숨기지 못하였다.

"아니, 불러서 이야기를 들어 보았소."

황제는 인도가 하던 선유산 이야기를 그대로 전하면서,

"신기한 일이기는 하나 그 사람됨이 문경과 비길 바 못 되고 인물도 그저 예사로울 뿐이니 짐이 섭섭한 마음을 금할 수 없소."

하였다. 그 말을 들은 황후도 마음이 허전해졌다.

"그러면 재주는 어떠하더이까?"

재주라도 있었으면 하여 묻는 말이다.

"조회 시간이 너무 길어져 재주는 시험치 못하였소. 나중에 다시 들어오라 하고 보냈으니 그때 재주를 시험해 보리다."

황제가 이처럼 마음이 기쁘지 않아 황후와 함께 근심하고 있는 사이에, 며칠 안에 인도를 다시 불러 재주를 시험해 보리라는 말이 그날로 양 시랑 내외의 귀에 가 닿았다. 시녀들을 통해 황제와 황후가 나눈 이야기를 엿들은 오 귀비가 곧바로 동생에게 편지를 써 보낸 것이다.

그리하여 양정희 내외와 인도도 근심에 잠겼다.

"오늘 폐하의 표정을 보니 기쁘신 빛이 전혀 없었는데, 이제 재주를 시험하려 하시면 장차 어찌하겠느냐? 네 재주가 전혀 없지야 않지만 조정에 일없이 글만 읽는 자가 어디 한둘이더냐? 게다가 학사 형의 높은 문장은 세상이 다 칭찬하느니라. 황제 폐하께서 늘 이들의 글을 보시어 눈이 높을 것이니 이 일을 어쩌면 좋단 말인고?"

양정희는 황제가 친히 글재주를 시험할 줄 몰랐으니 당황할 수밖에 없었다.

이때 인도가 가만히 앉아 있다가 문득 좋은 생각이 떠오른 듯 머리를 들었다.

"아버님은 걱정 마소서. 인호의 기이한 글재주는 오히려 큰아버지를 뛰어넘는 줄 아옵니다. 인호가 지은 글이 숱하온데 제가 이미 다 베껴 두었으니 글제만 미리 알면 아무 걱정 없사옵니다. 아버님은 폐하께서 무슨 제목으로 시험하실지 그것만 알아 주사이다."

"그걸 어찌 알아낸단 말이냐? 고양이 목에 방울 달기보다 더 어려운 일이니라."

양정희가 입맛만 다시고 있는데, 인도가 다시 꾀를 내놓았다.

"경 씨 댁에서는 큰아버지께 퇴혼을 당했지만 처음 아버님이 혼사를 이루도록 힘써 준 것에 감격해하고 있나이다. 그러니 그 댁 어른을 추겨서 과거를 베풀고 여러 선비들과 제 재주를 겨루도록 폐하께 말씀드리도록 하소서. 폐하께서 그 청을 들어주신다면 시험관에게서 미리 글제 하나를 받아 두었다가 인호의 글을 옮겨 써 바치면 되옵니다. 이 얼마나 좋사옵니까?"

인도가 내는 꾀는 하나부터 열까지 꼭 같은 것이었다. 그러나 아버지는 아들이 대견하기만 하였다.

"참 묘안이로다. 우리 아들의 지혜는 옛날 꾀 잘 쓰기로 이름난 장자방보다도 낫도다."

이때 경진은 딸의 혼사가 틀어지자 양문희를 신의 없는 사람이라고 원망하며 분통을 터뜨렸다. 도적이 매를 드는 격이다.

그 아들 경소도 제 계책이 파탄 나자 어떻게든 인도를 도와서 인호가 부마 자리를 바라지 못하게 하겠노라고 벼르고 있었다. 그리고 경 소저는 퇴혼 당한 수치를 견딜 수 없어 문을 닫아걸고 자리에 누워 버렸다.

그리하여 양정희가 경진의 집을 찾아가니 그는 인사를 나누기가 바쁘게 양문희를 원망하는 소리부터 늘어놓았다.

"사나이 말 한마디가 천금보다 중하다 했거늘 막중한 인륜대사를 그리 가벼이 여기니 양 학사가 그런 사람인 줄 몰랐소이다."

간사한 꾀로 남을 속인 제 못된 짓은 뒷전에 밀어 놓고 남 탓만 하는 경진이야말로 우습기 그지없었다. 그러나 양정희는 맞장구를 쳐 주었다.

"허허, 일이 참 안되었소. 나도 우리 형이 일을 그리 처리할 줄은 몰랐구려."

이렇게 양문희를 같이 욕하더니,

"그런데 내가 오늘 여기에 온 것은……."

하고 말머리를 돌렸다.

양정희는 황제가 친히 인호의 글재주를 시험한다는 이야기를 하며 경진의 귀에 대고 무엇인가를 수군거렸다. 경진은 그저 머리만 끄덕거렸다.

"그럼 나는 그대만 믿겠소."

양정희는 이 말을 남기고 바삐 집으로 돌아갔다.

며칠 뒤 조회 때였다.

이날 황제는 조회를 끝낼 무렵 인도를 다시 들게 하라 명하였다.

이때 경진이 나서서 여쭈었다.

"아뢰옵기 황송하오나 폐하께서 양 공자의 재주를 시험하시고 나서 부마의 자리를 주고자 하시니 마땅한 일인 줄 아옵니다. 허나 한 사람만 놓고 글을 짓게 하시면 비록 재주가 없어도 그 허물이 드러나지 않을 것이요, 또 기이한 재주를 가졌다 해도 그 뛰어남이 나타나지 않을까 하옵니다. 청컨대 여러 선비를 모아 과거를 베풀고 그 가운데서 양 공자의 재주를 시험해 보시는 것이 어떠할까 하옵니다."

황제가 생각해 보니 일리가 있는 말이었다. 그리하여 인도를 부르려던 일은 그만두고 선비들을 널리 불러 과거를 보이도록 나라 곳곳에 알리게 하였다. 먼 곳에 있는 선비들도 빠짐없이 다 올 수 있도록 날짜를 이듬해 봄으로 정하였다.

이때 공주는 유모에게서 양 공자를 부마로 정했다는 이야기를 전해 들었다. 공주는 혹시 그 양 공자가 외삼촌 댁에서 만났던 미소년이 아닐까 하는 생각이 들어 좀 더 자세히 알아보라고 유모에게 부탁하였다. 그런데 알아보니 그 양 공자는 양 학사의 아들이 아니라 그 사촌 동생인 양 시랑의 아들이라고 했다. 그리고 또 황제께서 불러 보시고 마음에 들지 않아 내년 봄에 과거를 보여 여러 선비들과 재주를 겨루게 한다는 것이다.

공주는 책도 읽고 바느질도 하면서 허전한 마음을 달래며 내년 봄을 기다리고 있었다.

그렇게 몇 달이 흘러 새봄이 왔다. 유은은 양문희가 오래도록 조회에도 나오지 않으며 심지어 문밖출입을 아니 하는 것을 이상히 여기고 있었다.

그러던 어느 날 유은은 인도의 사람됨을 살피려고 궁궐에서 나오는 길로 곧장 양정희의 집으로 갔다.

양정희는 유 추밀이 이르렀다는 하인의 전갈을 받자 바삐 옷차림을 바로 하고 문밖까지 마중 나와 맞아들였다. 주인과 인사를 마치자 유 추밀은 아들이 부마로 뽑힌 것을 축하하였다.

얼마 뒤 인도가 유 황후의 친동생이 왔다는 소식을 듣고 인사하러 들어왔다.

유 추밀이 머리를 들어 살펴보니 옷차림이 요란하고 얼굴 치장을 지나치게 하여 보기에 오히려 민망하였다. 그러나 아무런 내색도 하지 않고 그의 아름다움을 칭찬하며 시나 한 수 지어 보라고 청하였다.

양정희는 유은의 칭찬에 만족하여 아들에게 말하였다.

"들었느냐? 유 공께서 청하시니 시 한 수를 지어 사례하여라. 겸하여 가르침도 듣고."

인도는 짐짓 사양하였다.

"제 재주란 게 보잘것없는데 어찌 존귀하신 어르신 앞에서 붓을 희롱하리까."

"공자는 사양치 말라. 한 번 수고하여 주옥같은 글귀로 내 무딘 눈을 닦게 하라."

유은은 거듭 청하였다.

그리하여 곧 아이종을 시켜 문방구와 비단을 내오게 하였다.

인도가 글제를 청하려 하는데, 문득 뜰에서 하인의 목소리가 울렸다.

"문 어사와 범 상서께서 이르셨나이다."

문 어사와 범 상서란 유 추밀이 가까이 지내는 문언박과 범중엄이다. 두 사람 다 글을 좋아하고 성질이 곧아 유 추밀이 속을 터놓고 지내는 사이였다.

그들은 유은을 나무랐다.

"우리 두 사람이 조금 전에 그대를 찾아갔더니 여기에 왔다고 하기에 곧추 따라왔소이다."

"어찌하여 우리를 버리고 혼자 갔는가 나무랐더니 이렇게 아름다운 공자와 자리를 같이하고 있구려. 우리를 찾아 함께 오면 아니 되오?"

문언박과 범중엄은 이렇게 번갈아 말하며 마주 앉아 있는 인도를 바라보았다.

유은은 손을 내저으며 웃었다.

"내 대궐에서 나와 바로 이리 왔기에 그리되었소. 이제 그대들 집에도 가려고 했는데 미리 찾아와서는 버리고 왔다고 나무라는구려, 허허."

"모를 말이오. 우리를 따돌리고 혼자 와서 좋은 일을 즐기면서 무슨 할 말이 있소?"

범중엄의 말에 모두 즐거이 웃었다.

범중엄은 인도 앞에 문방구가 벌여 있는 것을 보고 시를 한 수 지어 보라고 청하였다.

그러자 유은은,

"그러지 않아도 내 지금 양 공자의 재주를 구경하려고 앉아 있는데 그대들 때문에 좋은 일이 더뎌지오."

하며 그들을 나무랐다.

"원, 우리가 무슨 방해로 된다고 그러오?"

범중엄은 유은에게 이렇게 대꾸하며 인도에게 물었다.

"글제를 얻었느냐?"

"아직 못 얻었나이다."

그러자 범 상서는,

"글 짓는 데 제목을 어찌 정하지 않으리오. 저 뜰 앞에 휘늘어진 버들가지가 참으로 볼만하니 버들로 제목을 달아 지어 보아라."

하였다.

유 추밀과 문 어사도 그게 좋겠다고 찬성하였다.

인도는 이름난 문장가들 앞에서 시를 짓자니 속이 떨렸다.

'내가 아무리 잘 짓는다 해도 저 어른들이 반드시 눈 아래로 볼 테니 어찌한다?'

이리저리 궁리하던 인도의 머릿속에 얼핏 떠오르는 것이 있었다.

'그렇지!'

인호가 지은 '봄버들'이라는 시가 생각난 것이다. 글방에서 우연히 그 시가 눈에 띄어 운치 있는 글귀라고 여겨 베껴 두지 않았는가.

인도는 잠시 볼일을 보러 가는 척하고 일어나 제 방으로 갔다. 인호의 시를 얼른 보고 다시 손님들이 있는 방으로 왔다. 붓을 들고 글귀를 고르는 척 입속으로 몇 번 읊조려 보더니 붓을 휘둘러 대번에 시 한 수를 적어 놓았다.

조마조마한 마음으로 아들의 행동거지를 바라보던 양정희는 안도의 숨을 쉬며 얼굴에 웃음을 피워 올렸다.

유은과 범중엄은 인도가 붓을 거두기 바쁘게 시를 받아 들었다. 시를 읽어 본 두 사람은 감탄하였다. 글귀가 아름답고 뜻이 호방하였던 것이다. 또 시의 품격은 얼마나 높은가. 글자 한 자 한 자가 다 제자리에 놓여 흠잡을 데가 없었다.

두 사람의 입에서는 동시에 탄성이 흘러나왔다.

"공자의 시를 보니 어두웠던 눈이 트이는 듯하오. 아니, 마음까지 넓어지고 정신이 깨끗해지오."

"좋은 글이오. 이야말로 고금에 드문 재주로군."

두 사람이 번갈아 칭찬하자, 문언박이 시를 넘겨받았다.

"나도 좀 보게 이리 주오."

문언박이 시를 보는 사이에도 두 사람의 칭찬은 계속되었다.

"아드님의 글재주가 저렇듯 빛나고 뛰어나니 올봄에 장원 급제는 문제도 없겠소이다."

"황제 폐하께서 부마 고르기를 아무리 엄히 하시어도 부마 자리는 틀림없이 공자에게 돌아갈 것이니 얼마나 기특하오."

그런데 웬일인지 문언박은 얼굴에 야릇한 웃음을 띨 뿐 시를 거듭 읽기만 하며 아무 말도 하지 않았다. 그러더니 잠시 뒤에야 칭찬을 하였다.

"시는 참 훌륭한 시요. 암, 이만한 재주면야 장원 급제가 문제없고말고."

양정희는 만족하여 손을 내저으며 겸손한 체하였다.

"이만한 글을 가지고 무에 그리 요란히들 칭찬하시오이까? 장원

"요즘 그대에게 무슨 일이 생긴 게 아니오? 문밖출입을 통 아니하니 어인 일이오?"

"그럴 일이 있소이다."

양문희는 한마디로 어찌 대답해야 좋을지 몰라 입맛만 다셨다.

"무슨 일인지 말씀 좀 하시구려."

"아니, 별일은 없소이다. 그저 근심거리가 생겨 마음이 어지러워 그러오."

양문희는 말을 받으며 아들을 불러 인사를 시켰다. 유은과 문언박은 인호를 본 적이 있으나 범중엄은 오늘이 처음이었다.

범중엄은 인호의 아름다운 용모와 의젓한 태도에 감탄하면서 양문희를 나무랐다.

"양 형은 어인 일로 부녀자들처럼 방에 들어앉아 나오지 않으시고, 또 한창나이 아들까지 규수의 몸가짐을 본받게 하시오?"

그 익살에 모두 즐거이 웃었다.

범중엄이 인호에게 물었다.

"네 나이가 몇이나 되었느냐?"

"지금 열넷이옵니다."

우렁우렁하고도 씩씩하였다.

범중엄은 다시금 인호를 칭찬하였다.

"공자를 보니 큼직한 키며 숙성한 외모가 열네 살 어린 소년 같지가 않소. 오늘 우리가 복이 많아 기이한 재주를 먼저 보고 또 이렇듯 옥골선풍을 대하니 어찌 즐겁지 않으리오."

"그대들이 너무 추어주니 다 받아들이기 어렵거니와 뉘 집에서 또 기이한 재주를 보았소?"

양문희가 이렇게 묻자 그동안 잠자코 있던 문언박이 빙글빙글 웃으며 말하였다.

"유 추밀은 어서 그 글을 꺼내 양 학사를 보여 주오. 깜짝 놀라게. 그런 좋은 글을 어찌하여 아직까지 꺼내지 않고 있소?"

"참, 그 글을 어서 꺼내 보여 주시구려."

문언박의 말에 범중엄이 덩달아 유은을 재촉하였다.

유은은 소매에서 둘둘 말아 든 시를 꺼내 양문희에게 주며 문언박을 돌아보았다.

"이 글이야말로 세월을 두고 오래오래 전함 직하거니와 그대가 웃는 뜻을 나는 아직 모르겠구려."

문언박은 여전히 빙글거리며 말하였다.

"이제 곧 알게 될 것을 그대는 너무 조급하구려."

양문희는 그들의 말에는 별로 개의치 않고 비단에 쓴 시를 펴 들었다. 얼핏 보니 인도의 글씨인데 붓을 휘두른 품이 아주 멋을 부렸다.

'저 고명한 인사들이 글에는 눈이 높아 웬만한 것은 다 눈 아래로 보더니 오늘은 웬일인고? 더구나 인도의 글이야 무슨 뛰어난 것이 있다고.'

양문희는 의아한 마음으로 글을 읽어 내려갔다.

헌데 이것은 지난해 봄에 인호가 문 어사 앞에서 지은 '봄버들' 시가 아닌가! 이상해서 다시 읽어 보았으나 한 자도 틀림이 없었다. 그런데 끝에는 "아무 달 아무 날에 양인도 지음"이라고 뚜렷이 적혀 있다.

양문희는 영문을 몰라 세 사람의 얼굴을 번갈아 바라보았다.

양문희의 표정을 보고 유은이 의아하여 물었다.

"시를 보고 어찌 그리 놀라오?"

양문희가 대답할 말을 찾지 못해 머뭇거리니, 문언박이 빈정거리는 투로 말하였다.

"양 형이 놀라는 것을 이상스러이 생각 마오. 아들의 글재주와 조카의 필법이 겸한 시를 보고 놀라는 거야 당연한 일 아니오?"

"그건 또 무슨 소리요?"

유은과 범중엄이 놀라 물었다.

그제야 문언박은 사실을 이야기하였다.

유은과 범중엄은 모든 것을 알고도 여지껏 입을 다물고 있은 문언박이 야속한 듯 따졌다.

"그대가 아까부터 자꾸 웃은 것이 그 때문이었소? 그런데 양 시랑의 집에서는 왜 같이 칭찬을 하였소?"

문언박은 또 웃었다.

"나야 시를 칭찬했지 언제 양 시랑의 아들을 칭찬했소? 글이 좋으니 열 번 보아도 칭찬이 나오는 걸 어쩌겠소?"

유은은 함께 웃을 수밖에 없었다.

이윽고 화제는 인도의 이야기로 넘어갔다. 인도가 부마로 된 경위며 공주의 재덕에 대한 이야기, 그리고 황제가 인도의 사람됨을 못마땅히 여기는 이야기 들이 오갔다.

양문희는 할 수 없이 인호가 선유산에 가서 두루마리를 얻은 이야기부터 시작하여 그 뒤에 일어난 일들을 빠짐없이 이야기하였다. 세 사람은 모두 처음 듣는 이야기여서 입을 떡 벌렸다.

"그런데 양 형은 어찌하여 아무 말 없이 그러고 있소?"

문언박은 몹시 분하여 어쩔 줄 몰랐다.

"폐하께서 인도를 불러 보실 때 나도 반열에 서 있었건만 인도가 조금도 거리낌 없이 인호한테 들은 이야기를 제가 겪은 듯 옮겨 놓으니 얼마나 기가 막혔겠소. 증거도 없이 임금 앞에서 다툴 수도 없고 하여 아무 말 못 하고 물러났으나 속에서 불이 나 견딜 수가 없었소. 그래서 이렇게 들어앉아 있소."

양문희의 말이 끝나자 유은이 물었다.

"가만, 오 귀비가 양 시랑의 안해 오 씨의 친언니라고 하지 않았소?"

"그렇소."

양문희가 대답하자 유은은 짚이는 데가 있다는 듯 낯빛이 무거워졌다.

"이제 알 듯하오. 양정희, 그 사람이 형제간의 우애도 저버리고 부마 자리를 탐내 폐하마저 속였구려. 내 곧 폐하께 사연을 다 아뢰리다."

그러나 양문희는 얼굴을 찡기며 유은의 옷소매를 붙잡았다.

"유 형, 그러지 마오. 이 모든 게 다 내 탓이오. 저는 비록 나를 저버렸지만 나는 차마 아우가 곤욕을 당하는 것을 보지 못하겠소. 아직 폐하께는 여쭈지 말고 일이 되어 가는 것을 더 두고 봅시다."

"아니, 무엇을 더 기다릴 것이 있다고 그러오?"

"그 사람이 지금 분별을 잃고 제정신 못 차리고 있지만 본디 악한 사람은 아니니 곧 마음을 바꾸지 아오? 제발 폐하께 여쭙는 일은 서둘지 말아 주오."

양문희는 간청하다시피 하였다.

"허허, 정 그러면 어디 좀 기다려 봅시다. 그러나 아무 소용 없으리다."

유은은 자기대로 생각이 있어 이렇게 대답하고 말았다.

이때 인호는 아버지 곁에 앉아 주고받는 말을 다 들으면서도 낯빛을 조금도 바꾸지 않고 있었다. 속마음을 감추고 예의를 차리는 모습이 기특하여 세 사람 다 혀를 찼다.

얼마간 더 한담을 나누다가 날이 저물자 손님들은 제가끔 집으로 돌아갔다.

손님들이 다 돌아간 뒤 오늘 있은 일을 다 들은 설 부인은 분한 마음을 누르며 인호에게 말하였다.

"인도를 세 살 때부터 데려다 기르며 십여 년 세월을 내 아들과 조금도 다름없이 대해 왔건만 이다지도 인정을 저버리다니. 허나 이제 폐하께서 친히 과거를 베푸신다 하니 네가 장원으로 뽑히면 일이 바로잡히리라."

그러자 인호는 머리를 저었다.

"방금 듣자오니 경 소저의 아버지가 황제 폐하 앞에서 과거를 베풀자는 의견을 냈다 하오니, 이는 폐하께서 친히 인도 형의 재주를 시험코자 하시는 것을 나서서 막는 것이 아니오이까. 여기에 또 무슨 꾀가 있지 않나 싶나이다. 제가 과거장에 나가야 아무 보람이 없을 듯하니 차라리 과거를 보지 않을까 하나이다."

양문희는 아들의 말에 일리가 있다고 생각했다. 경진이 황제 앞에서 과거를 베풀자는 의견을 낸 것을 우연한 일로만 볼 수는 없다. 그렇다면 누가 시관이 될지 두고 볼 일이다. 경진이나 그와 짜고든 다른 간사한 자가 시관이 된다면 과거는 보나마나였다.

양문희는 새삼스럽게 아들의 총명에 놀랐다. 그러나 다른 생각 말고 공부나 열심히 하라고 아들을 타일렀다.

계수나무꽃을 머리에 꽂고

어느덧 과거 날이 이틀밖에 남지 않았다. 유은은 인호의 일이 걱정되어 양문희의 집을 또 찾아갔다.

"모레가 과거 날인데 아들을 어찌하려오?"

유은이 묻자 양문희는 딱한 얼굴로 대답하였다.

"우리 아이는 기질이 약하고 재주도 보잘것없어 과거 보일 마음이 없소이다."

"그대 아들과 같은 재주를 가지고 과거를 보지 않으면 누가 과거를 보겠소? 하물며 폐하께서 여러 선비들을 널리 모아 재주를 나투게 하시는데 신하 된 사람이 어찌 자식을 감추어 두고 재주를 펴지 못하게 하오? 신하의 도리가 아닌 줄 아오."

유은은 양문희에게 아들을 꼭 과거장에 내보내라고 신신당부하고 돌아갔다.

다음 날 조회를 하는데 과거를 하루 앞둔 날이어서 황제는 신하들 앞에서 명하였다.

"내일 있을 과거는 늘 있는 과거와 다르니 시간을 짧게 정해 재간이 뛰어난 자를 뽑으라."

그리고 시험관으로는 경진을 임명하였다.

조회에 참가했던 유은은 깜짝 놀랐다.

'어찌 경진이 시험관으로 뽑혔단 말인가?'

우연한 일로만 볼 수는 없었다.

유은은 시관이 마땅치 않음을 아뢰려고 하다가 그만두었다. 가만 보니 그자들이 일을 벌이는 품이 예사롭지 않았다. 황제 앞에서 시관을 바꾸자 간한들 그자들이 다시 무슨 일을 꾸밀지 알 수 없을 터이니 차라리 아무것도 모르는 체하고 뒤로 대책을 세우는 것이 낫겠다 싶었다.

조회가 끝나자 유은과 범중엄, 문언박 세 사람은 약속이나 한 듯 양문희의 집에 모였다.

"경진이 시험관이 되었으니 그대 아들이 장원으로 뽑히기는 틀렸소. 아무래도 황제 폐하께 오늘 중으로 상소를 해서 양정희의 죄를 밝혀야겠소."

문언박은 열을 내며 말하였다.

그러자 유은은,

"그대들은 너무 떠들지 마오. 간사한 무리들을 그냥 둘 수는 없지만 과거 날이 내일로 닥쳤으니 내일을 기다려 봅시다. 내게 생각이 있어서 하는 말이오."

하고 그들을 말렸다. 두 사람이 응하였다.

한편, 이날 조회를 마치고 대궐을 나선 양정희와 경진은 기쁨이 하늘에 닿을 듯하였다. 양 시랑이 오 귀비를 통해 주선한 일이 뜻대로 되어 경진이 시관이 되었다.

경진은 유 추밀의 심복이 제 뒤를 따르는 줄도 모르고 곧바로 양정희의 집으로 갔다.

유은은 경진이 시관이 되는 것을 보고 그가 무슨 일을 벌이리라 바로 알아챘다. 그리하여 소풍이라는 영리한 하리下吏를 시켜 뒤를 밟게 한 것이다.

양정희 집에서는 그의 아들들이 경진을 기다리고 있다가 별채 으슥한 곳으로 안내하여 갖가지 음식과 맛 좋은 술을 내왔다.

경진은 양정희의 계책으로 시관이 되었으니 이제 양정희가 시키는 대로 할 판이다. 그는 심복 하인에게 수레 앞을 떠나지 말라고 이르고 자기는 양정희와 내일 일을 의논하려고 관복을 벗고 편안히 앉았다.

이때 경진을 뒤따르던 소풍은 양정희의 집 문 앞에 이르러 잠시 낌새를 보았다. 가만히 살펴보니 여러 하인들이 모여 앉은 가운데 다른 복색을 한 사람이 하나 있는데, 다른 하인들이 그를 진 아무개라 하며 깍듯이 존대를 하였다. 행동거지를 보니 경진이 데려온 종이 분명하였다.

소풍은 주막으로 가서 좋은 술과 삶은 거위를 샀다. 그릇까지 얻어 어깨에 메고 다시 돌아온 소풍은 문을 들이밀어 보고 물러섰다가 다시 들이밀어 보며 사람을 찾는 척하였다. 그 모양을 눈여겨보던 양정희 집 문지기와 경진의 하인들이 물었다.

"누구를 찾소?"

소풍은 천연덕스레 말하였다.

"나는 먼 데서 온 사람인데 진 아무개라 하는 친척을 찾아왔소. 황성에 온 김에 찾아보려 하였더니 댁 어르신을 모시고 이곳에 와 계시다고 하기에 만나 보고 가려고 그러오."

남의 집 마당에서 주인이 나오기만 기다리던 경진의 하인들이 모두 소풍이 어깨에 멘 술방구리와 삶은 거위에 눈길을 돌렸다. 그 가운데서도 진미의는 누가 자기를 찾아온 것이 반가웠다.

"내 친척이 이곳에 많이 있어도 누구 하나 찾는 이가 없더니, 내가 경 중승 댁 창두 진미의요. 그대가 오촌에 있는 권장이 아니오?"

소풍은 반가운 낯빛을 지었다.

"옳게 맞혔소. 내가 오촌 마을에 사는 권장이오. 마침 일이 있어 서울에 왔다가 들렀소. 시골 구석진 곳에 살던 몸이 이렇게 그대를 만나니 반갑기 그지없소."

이렇게 말하며 소풍은 술방구리와 삶은 거위를 내놓고 권하였다.

진미의는 주는 대로 술을 거푸 마시더니 얼마 뒤 혀 꼬부라진 소리를 하며 몸을 제대로 가누지 못하였다. 소풍은 곁에 앉아 한담을 하며 안으로 들어갈 틈만 엿보았다.

문득 안에서 미의를 부르는 소리가 났다. 미의가 대답하고 들어가는데 비틀비틀 걸음이 갈지자를 그렸다. 소풍은 미의를 부축하여 같이 들어가며 말하였다.

"내 들으니 서울 재상집은 죄다 어마하게 화려하여 구경함 직하다고 하니 그대를 따라 들어가 구경 좀 하겠소."

미의는 웃으면서,

"이 댁도 화려하지만 우리 어르신 댁은 더욱 볼만하니 나중에 낮에 와서 구경하오."

하였다.

소풍이 따라 들어가니 경진이 관복을 벗어 미의를 주면서 간수하라고 하였다. 미의가 관복을 받아 들고 나오려는데 문득 소풍이 경진의 눈에 띄었다.

"저 사람은 뉘인고?"

"예, 소인의 먼 친척이온데 마침 서울에 일이 있어 왔다가 저 보려고 찾아왔나이다. 시골 사람이라 이 댁 구경을 하겠다고 따라 들어왔나이다."

양정희와 경진은 다 곧이듣고 소풍을 눈여겨보지 않았다.

미의가 관복을 들고 나가려 하는데, 소풍은 뒤에 떨어지며,

"그대 먼저 나가오. 나는 잠깐 저 뒷동산 구경이나 하고 나가겠소."

하였다. 미의는 취중이라 별생각 없이 그리하라 하고 혼자 밖으로 나왔다. 소풍은 문 뒤에 몸을 숨기고 안에서 나오는 소리에 귀를 기울였다.

양정희 패거리는 엿듣는 사람이 있는 줄은 모르고 술상을 앞에 두고는 마음 놓고 말을 주고받고 있었다.

"이제 그대가 시관이 되었으니 이는 우리 부자에게 큰 복이오.

내일 글 짓는 시간을 짧게 한다고 하니 우리 아이가 아무리 재주 있다 하여도 시간이 넉넉함만 하겠소? 과거장에 들어가 제목을 듣고 지으나 미리 지어 두었다 바치나 짓기는 마찬가지요. 미리 지었다 바치면 글이 더 빛날 텐데 어찌 생각하오? 우리 아이 재주로 다른 근심은 없되 다만 인호가 과거장에 나오면 그 아이에게 장원을 빼앗길 듯하니 그 때문에 걱정이 되어 그러오."

경진은 웃으며 말하였다.

"글제는 예서 들으나 과장에서 들으나 다름이 없으리니 내 어찌 그대 아들을 위해 그만한 일을 아끼리오? 그리고 인호는 근심치 마소. 폐하께서 친히 과장에 나오시면 어찌 될지 모르겠으나 오늘 아침 그러한 말씀은 없었으니 내일 내가 인호의 글을 깔아 버리리다. 그래서 혼인 물린 값을 톡톡히 받아 내고 그대 아들도 도우리다."

"그렇게만 해 주면야 그 은혜를 어찌 모른다 하겠소? 내 반드시 은혜를 갚으리다. 그럼 먼저 글제를 내 주시구려."

경진은 내일 제가 마땅히 글제를 내게 되리라고 생각하고 다른 생각 없이 글제를 고르려고 하였다. 그러나 본디 문장이 짧은지라 좋은 글제가 떠오르지 않아 괴로이 생각을 굴리며 끙끙거렸다. 그 사이에 곁에 있던 인도는 제껍 제가 가지고 있는 인호의 글 가운데서 좋은 제목 하나를 골라 주었다.

경진은 무릎을 치며 칭찬하였다.

"그 글제 참 좋도다. 네 재주 이렇듯 기이함을 미처 몰랐노라. 내일 이 제목을 낼 것이니 미리 준비하여라."

경진은 깁 한 폭을 달라고 하여 제 손으로 미리 제목을 써 놓았다. 그리고 인도에게 그 글제로 쓰게 하고는 넘겨받아, 눈에 띄게 보람을 하여 함께 둘둘 말았다.

"그대 취중에 혹시 실수라도 있을까 걱정이니 그것을 관복과 함께 맡기구려."

양정희가 곁에서 깨우쳐 주었다.

경진은 미의를 불러 관복과 함께 간수하라고 맡겼다.

소풍은 술에 취해 비틀거리는 미의를 따라 나왔다. 미의는 관복을 수레에 걸어 놓고 깁은 손에 든 채 취기를 이기지 못해 수레 곁에 앉아 스르르 눈을 감았다.

"형이 매우 곤한 듯하구려. 그러다가 주인어른이 맡긴 물건을 잃으리다. 내가 가지고 있다가 주인이 나오시거든 그때 드리리까?"

미의는 다행으로 생각하고 손에 들었던 것을 소풍에게 맡겼다.

소풍은 앉아서 미의가 잠들기를 기다리다가 잠든 것을 보고 문득 생각난 듯 곁에 있는 하인들에게 주점에 그릇을 갖다 주고 오겠노라고 하며 자리를 떴다.

한동안이 지나서야 미의가 정신을 차렸다. 깨어 보니 소풍이 없었다. 그릇 돌려주러 갔다는 말에 소풍이 오기를 앉아 기다리고 있는데, 경진이 술에 잔뜩 취하여 나왔다.

집으로 돌아가서 미의는 주인이 맡긴 물건을 잃은 줄도 모르고 있다가 날이 저물어서야 비로소 기억해 냈다.

'이를 어쩌나, 잃은 줄 알면 꾸중하실 터인데. 에라, 모르겠다. 어르신이 술 취해서 한 일은 잊기 잘하시니 모르는 체하자.'

과연 어두울 때 경진이 술이 깨어 잠깐 양정희와 무언가 언약을 나눈 것을 기억하고 미의를 불렀다.

"내 맡긴 것이 있더냐?"

"없나이다. 관복만 맡기셨나이다."

경진은 미의를 아들 경소보다 더 믿는지라 의심치 않고 글제만 기억해 두었다.

한편, 소풍은 주점에 들렀다가 그길로 양문희의 집으로 가 유은을 비롯 여럿 앞에서 제가 보고 들은 이야기를 자세히 하고 나서 글제 쓴 깁과 인도가 글 쓴 종이를 내놓았다. 그들이 보니 글제는 경진의 글씨가 분명하고 인도가 쓴 글은 인호가 지은 글을 베낀 것이었다. 그런 일이 있을 줄 미리 짐작하고 있었으므로 이제는 그자들 하는 짓거리가 놀랍지도 않았다. 그리고 다행히 증거까지 쥐었으니 그자들이 벌인 불의한 짓은 아무 때나 밝힐 수 있게 되었다. 그들은 좀 더 이야기를 하다가 헤어졌다.

손님들이 다 가고 난 뒤, 양문희는 안채로 들어가 아들을 불러 일렀다.

"내일 내 조정에 들어가 폐하께서 친히 나오지 않으시면 곧바로 돌아오고, 나오시면 돌아오지 못할 것이니, 내 곧 돌아오지 않으면 과거를 보거라."

그러고는 경진이 벌인 일을 낱낱이 이르니, 인호는 아버지 명을 받들어 과거장에 들어갈 채비를 하였다.

그날 밤이었다. 황제는 과거 날을 내일로 앞두고 공주의 일을 생각하며 잠을 못 이루고 뒤척이고 있었다. 그런데 문득 흰옷 입은 동자가 앞에 나타나 공손히 절을 하였다.

"폐하께서 문경 공주의 배필을 구하시려면 거듭 살피시어 천정 연분을 어기지 않게 하소서. 한을 더하지 마소서."

황제는 자세히 묻고 싶어 동자를 가까이 불러 앉히려고 하였다. 그러나 한 가닥 바람을 타고 간곳없이 사라졌다. 황제가 놀라 일어나 보니 한 자락 꿈이었다.

아무래도 무슨 사연이 있다고 생각하고 황제는 이튿날 과거장인 봉청전 앞뜰로 걸음을 옮겼다.

멀고 가까운 곳에서 재주를 다투려고 모여든 젊은 선비들로 과거장이 차고 넘쳤다. 황제가 친히 베푸는 과거이므로 글공부하는 사람이라면 누구라 할 것 없이 모여든 것이다.

신하들의 시위를 받으며 황제가 친히 과거장에 들어서는 것을 보자, 양정희와 경진은 마음이 불안해졌다. 황제가 친히 글제를 내겠다고 하면 이제까지 뒤에서 은밀히 꾸며 온 모든 일이 다 허사가 될 것이다.

아니나 다를까 황제는 시관 경진을 불러 글제를 주고 일렀다.

"오늘 과거는 예사로운 것이 아니니 시간을 절반으로 줄이고 시험지는 글씨와 내용을 다 갖춘 것을 골라서 올리되 실수 없도록 충분히 조심할지어다."

황제의 위엄 있는 목소리에 경진의 얼굴은 흙빛이 되었다.

그러자 추밀사 유은이 나아가 아뢰었다.

"이번 과거는 예전과 달라 선비들이 열 갑절이나 더 모여들었으니, 시관 혼자 감당하면 날이 저물까 하옵나이다. 자정전 학사 일곱 사람을 뽑아 시관과 한가지로 살피게 하심이 어떠하옵니까?"

황제가 허락하니, 양 시랑은 낯빛이 변한 것도 깨닫지 못하였다.

새로 일곱 사람이 시험관이 되어 봉청전에 들어오고 글제가 내걸렸다. 여기저기서 모여든 선비들은 서둘러 글을 짓기 시작하였다. 인호도 글제를 보자마자 붓에 먹물을 맞춤하게 묻혀 휘둘렀다. 붓끝에서 구름이 일고 용이 서리는 듯하여 보는 사람마다 눈이 부셨다.

어렵지 않게 글 한 편을 지어 바친 인호는 인도가 앉은 쪽을 바라보았다. 옷치레를 요란히 하고 꺼드럭거리며 앉아 있던 인도는 글제가 바뀌고 시험관이 늘어나자 당황하여 덤벼치고 있었다. 몇 자 쓰다가 찢어 버리고 다시 몇 줄 쓰다가 또 구겨 버리기를 벌써 세 차례나 하였다. 시간이 거의 다 되어서야 가까스로 경진에게 시험지를 바친 인도는 얼굴이 벌게서 앉아 있다.

경진은 꾸몄던 일이 다 허사로 돌아가자 더 손쓸 계책이 없어 다만 인도의 글을 황제께 올릴 글들 쪽에 넣고 나서 넋 잃은 사람처럼 멍하니 앉아 있었다.

황제는 시험관들이 올려 보낸 글을 하나하나 읽어 내려갔다. 글들이 아름답기는 해도 신통한 것이 없어서 말없이 시험지만 뒤져보더니, 한 시험지에 이르러서는 문득 눈을 크게 떴다.

누가 쓴 것인지 먹빛이 유달리 검고 필체가 힘이 있어 땅 위에 용이 서리고 봉이 춤추는 듯하였다. 이윽고 글을 내려 읽는 황제의 눈썹이 꿈틀하더니 눈빛에 기쁨이 서렸다. 필체만 힘 있는 것이 아니라 내용도 훌륭하였던 것이다. 바다처럼 뜻이 깊고 문체 또한 아름다워, 한 번 읽으니 가슴이 시원하고 두 번 읽으니 마음을 사로잡혔다. 황제는 몹시 기뻐 '장원' 이라고 크게 써 놓고 시험관들에게 넘겨주었다.

얼마 뒤 태학사 양문희의 아들 양인호가 장원임을 발표하였다.

"장원은 태학사 양문희의 아들 인호, 나이 십사 세요."

인호는 뭇사람들의 눈길을 받으며 앞으로 나갔다.

황제가 보니, 가을 달이 맑은 하늘에 걸린 듯 환한 용모며 단정한 이목구비, 특히 시원스럽게 뻗은 눈썹, 천지의 조화와 일월의 정기가 담긴 듯 빛나는 눈동자, 지어낸 티를 찾아볼 수 없는 천연스러운 태도가 대번에 마음에 들었다.

황제는 인호를 전각 위로 올라오라 하여 한림원 편수를 제수하고 손수 머리에 계수나무꽃을 꽂아 주었다.

한 쌍의 원앙 다시 만나니

인호에게 어사화를 내리고 나서 황제는 인도의 일이 궁금하여 시관들에게 인도의 글을 찾아 올리라고 명하였다.

얼마 뒤 인도의 글이 올라왔는데 잔 재간을 부린 흔적이 있을 뿐 달리 취할 만한 것이 없었다. 더구나 인호의 글에는 댈 것이 못 되어 말없이 시관들에게 도로 내주었다.

황제는 마음이 즐겁지 않았다. 이인의 두루마리는 인도가 올려 왔는데 장원은 인호가 하였다. 두 사람 다 성이 양가다. 혹시 무슨 곡절이 있지나 않은지? 그리하여 황제는 인도를 불러 두루마리 얻은 사연을 다시 한 번 알아보리라 생각했다.

이때 유은, 범중엄, 문언박 세 사람이 연명한 상소문이 올라왔다.

황제가 웬일인가 하여 서둘러 펴 보니, 양정희 부자가 부마 자리를 탐내어 인호의 두루마리를 훔쳐 낸 이야기, 경진을 끌어들여 과거 시험마저 농간하려고 갖가지 꾀를 꾸민 이야기와, 그들을 법으로 다스려 달라는 내용이 적혀 있었다.

이처럼 간사한 자들을 신하들의 반열에 한시라도 편안히 두어서는 아니 될 것이오니 원컨대 폐하께서는 엄한 벌로 다스려 뒷사람을 경계토록 하소서.

상소문을 다 읽은 황제는 노여움이 하늘에 닿았다.

"이렇듯 간특한 놈들이 세상에 어디 있느뇨? 이런 놈들을 그대로 두지는 못할지니 양정희 부자와 경진을 당장 옥에 가둘지어다. 공주의 길례를 지낸 뒤 마땅히 죄목을 명백히 하고 엄히 처치하리라."

다음 날 아침 조회에 신임 한림 편수 양인호도 황제에게 문안드리려고 궁궐에 들어갔다.

황제가 나오기를 기다려 신하들이 제가끔 자리를 차지하고 서 있을 때, 저쪽 경운루에는 여러 비빈과 태자비가 모여 있었다.

장원으로 뽑힌 신임 한림 편수 양 공자가 양 학사의 아들로 천하에 드문 소년 재사이며 그가 이제 부마로 되리라는 소문이 벌써 온 궁에 퍼졌다.

경운루는 자정전에 잇닿아 꺾어 지은 다락집이어서 전에 오르는 신하들의 모습을 볼 수 있었다. 그리하여 비빈, 태자비 들이 인호를 한번 보려고 조회가 시작되기만 기다리고 있었다. 모두가 문경 공주를 찾아가서 함께 경운루에 올라가자고 청하였으나 공주는 아니

가겠다 하였다.

'장원이 양 학사의 아들이라면 분명 외삼촌 댁에서 만났던 그 미소년일 터이지.'

공주는 생각만 해도 얼굴이 달아오르고 가슴이 두근거렸다. 그리하여 손을 잡아끄는 비빈들을 뿌리치고 유모와 함께 제 방에 있었다.

드디어 시간이 되어 황제가 자정전에 들어서자 신하들이 차례로 문안을 올렸다. 경운루에 모인 비빈들은 문안드리는 신하들을 발틈으로 내다보다가 한림 편수 인호가 오르자 숨을 죽이고 그의 용모며 행동거지를 눈여겨보았다. 의젓하고 천연스러운 태도며 뛰어난 용모가 듣던 바와 조금도 다름이 없었다. 저 용모에 글재주까지 겸했다면 그야말로 하늘이 낸 인물일 것이다.

여인들이 탄성을 올렸다. 곧 경운루를 내려온 비빈들은 황후를 찾아가 입을 모아 장원의 인물을 칭찬하였다. 황후는 유 추밀 등이 상소한 내용을 알고 있었으므로 비빈들의 하례를 기쁜 마음으로 들었다.

이날 황제는 신임 한림 편수 양인호를 부마로 선포하였다.

양정희 부자는 전날 저희 죄과가 다 드러난 줄도 모르고 인호에게 장원과 부마 자리를 빼앗겼다고 원통해하며 앙앙불락한 마음으로 마주 앉아 다시 일을 뒤집을 계책을 짜내기에 골똘하였다. 그런데 갑자기 밖이 들레며 문지기가 달려와 옥리가 왔음을 고하였다.

부자가 얼이 빠져 어찌할 줄 모르고 헤덤비는데, 어느새 옥리가 들어와 황제의 명을 전하고 두 사람을 묶어 끌고 나갔다. 갑자기 당하는 일에 오 씨와 식솔들이 울음을 터뜨렸다. 죄는 지은 대로 가는 법이니 이제 와서 후회한들 무슨 소용이 있으랴. 이날 경진도 잡혀와 세 사람은 한 옥에 갇혔다.

한편, 문경 공주의 부마 정한 이야기와 '공작의 노래' 두루마리 사연이 알려지자 온 궁은 기쁨에 휩싸였다. 하늘의 선녀인 듯 어여쁘고 또 어여쁜 문경 공주의 연분이 장원 급제한 신임 한림 편수 양인호에게 있었다니 이 얼마나 기이한 일인가.

황제는 예부에 명하여 공주의 혼례 준비를 갖추게 하였다. 그리하여 그날로 양문희의 집 곁에 공주궁을 짓는 역사가 벌어졌고 몇 달 뒤 공주궁이 지어졌다. 공주궁 역사가 끝나자 황제는 '연향궁'이라는 현판을 써서 보내 고 혼례 준비를 빈틈없이 하라고 거듭 명을 내렸다.

드디어 봄빛이 흐드러진 어느 날 공주의 혼례식이 벌어졌다. 이날 예법에 맞추어 차려입은 아들을 궁궐로 보내는 양문희 내외는 감회가 이루 말할 수 없었다. 설 부인은 대견한 마음으로 아들의 어깨를 어루만지고 또 어루만졌다.

궁궐에서는 부마 행차가 이르자 궁중 신하들이 숱하게 나와 맞아 내전으로 이끌었다. 신랑이 내전에 이르자 어여쁜 궁인들이 땅에 철철 끌리는 긴치마를 입고 향초를 들고 나의 좌우로 씽씽이 이끌어 명광전으로 향하였다. 황제와 황후가 그곳에서 부마를 기다리고 있었다. 양옆으로 태자와 여러 왕들을 비롯하여 태자비, 왕비, 그리고 황족들이 죽 늘어서 있었다.

곧 신랑 신부가 절을 주고받는 예식이 진행되고 인호는 신부에게 기러기를 전하였다.

모여든 사람마다 부마의 용모 아름답기가 공주에게 짝지지 않는다며 황제와 황후에게 축하 인사를 올렸다. 황제와 황후는 크게 만족하여, 한 쌍의 원앙인 양 나란히 앉은 부마와 공주를 보고 또 보았다.

드디어 신랑 신부를 떠나보낼 때가 되었다.

"덩을 대령하라."

황제의 명이 떨어지자마자 궁인들이 계단 밑에 칠보 덩을 대 놓았다. 바퀴에 금테를 두르고 갖가지 빛깔 고운 보석을 줄줄이 드리운 호화찬란한 덩이었다. 공주는 유모와 나인들의 결부축을 받으며 외씨같이 고운 발을 살짝 들어 덩에 올랐다. 그 눈부신 모습을 궁인들 모두 넋을 잃고 바라보았다.

인호가 덩 문을 잠그자 일행은 천천히 공주궁으로 나아갔다. 황제는 공주를 모시는 상궁을 불러 공주궁의 일을 가끔 와서 알리라고 신신당부하였다.

드디어 혼례 행차가 궐문을 나섰다. 화려한 칠보 덩, 그 뒤를 따르는 수많은 나인들, 훤칠하고 당당한 부마의 모습, 그 뒤에 딸린 긴 행렬은 일찍이 보기 드문 장관이었다.

공주와 부마의 일행이 공주궁에 이르렀다. 수백 칸 연향궁에서 다시 공주를 맞아들이는 행사가 성대히 벌어졌다.

설 부인이 덩에서 내리는 공주를 보니 그 아리따운 용모에 눈이 부셨다. 부끄럼을 머금어 두 볼은 발그레 물들었고, 얌전히 눈을 내리깔고 머리를 숙인 채 외씨 같은 발을 옮겨 디딜 때면 허리에 찬

노리개가 잘랑잘랑 소리를 냈다. 드디어 고운 손을 들어 시부모께 폐백을 드리고, 다시 부마와 나란히 서서 앵무잔에 자하주를 따라 받들어 올렸다.

부마 된 아들과 공주의 잔을 받는 양 학사와 설 부인은 얼굴에 차고 넘치는 웃음을 감추려 하지 않았다.

폐백을 받은 뒤 양 학사는 사랑에 나가 손님들을 맞이하고 설 부인은 부인들과 자리를 같이하였다.

어느덧 날이 저물어 손님들을 다 보낸 뒤 양 학사 내외는 부마와 공주를 가까이 앉혔다.

공주의 아름다움은 촛불 아래서 더욱 빛나고 새로웠다. 설 부인은 공주의 두 손을 꼭 잡아 쥐고,

"편히 앉으소서."

이르고는, 두 상궁에게 입을 열었다.

"늦게야 자식을 얻어 자식의 못남은 생각지 못하고 어찌하면 훌륭한 며느리를 얻을까 밤낮으로 근심했다오. 천만뜻밖에 황은이 미치어 천금 같은 공주를 맞았으니 생각할수록 꿈만 같다오. 이 영화로움을 어찌 말로 다 할지."

설 부인이 공주를 이토록 어여삐 여기니 두 상궁도 몹시 감사하고 기뻐하였다.

얼마 뒤 양 학사와 설 부인은 신랑과 신부를 남기고 공주궁을 떠나며 연약한 몸 상하지 않도록 공주를 편히 모시라고 상궁에게 당부하였다.

이윽고 부마는 부모님을 바래고 신방에 들어섰다. 공주는 아직

단장을 풀지 않고 촛불 아래 앉아 있었다. 이제야 단둘이 남게 된 공주와 부마는 서로 전생을 생각하여 슬픈 마음이 치오르고 감회가 깊어졌다.

인호가 먼저 입을 열었다.

"내 아직 나이 어린 사람으로 학문이 얕고 덕행이 모자라거늘 분에 넘치게 부마로 되었으니 황제의 은총을 저버리게 되지 않을까 밤낮으로 근심이로소이다. 지난해 산에서 이인을 만나 전생의 인연을 알게 되었으나 그 인연이 있는 곳을 몰라 여적 속을 태웠소이다.

전생에 신의를 지키지 못해 크나큰 죄를 지었는데 전생연분을 찾지 못하면 이생에 또 의리 없는 인간이 될 것이고 부모님들께도 불효가 되겠으니 이 마음이 어떠했겠소. 앉으나 서나 내 운명이 기구함만 한탄해 왔소이다. 다행히 황은이 미치어 공주를 만나고 의리와 효도를 두루 갖출 수 있게 되었으니 이렇듯 다행한 일이 없을까 하오. 공주는 부모님께 효도하고 어진 마음을 베풀어 전생의 한을 푸소서."

부마의 말은 간단하였으나 공주에게는 한마디 한마디가 뼈에 새겨졌다.

인호의 관옥 같은 얼굴에 온화한 모습이 사라지고 두 눈썹에 슬픔이 깃드니 밝은 달이 먹구름을 만난 듯, 환하던 촛불이 빛을 잃은 듯하였다. 잠자코 앉아 부마의 말을 듣는 공주의 두 볼로 맑은 이슬이 방울져 흘렀다.

공주가 드디어 앵두 같은 입을 열었다.

"전생에 우리 팔자 궁박함도 다 제 운명이 험하고 죄악이 큰 때문이었나이다. 군자에게까지 그 화가 끼치게 하였으니 제 죄를 무엇으로 다 씻으오리까. 다만 생각건대 이생에나 시부모님 곁에서 군자의 시중을 들며 백년해로할까 하나이다."

인호는 공주의 고운 마음씨에 감동하여 그의 손목을 잡고 말하였다.

"공주의 죄라니 그게 무슨 말씀이시오. 다 이 몸이 어리석어 겪은 화인데 그걸 어이 공주의 죄로 돌리리까. 다만 그대 이생의 복록으로 전생의 한을 풀면 죄스러운 이 마음에 위로가 되리다."

"군자의 그 마음 고맙소이다."

공주는 다시금 두 줄기 눈물을 주르륵 흘렸다. 공주와 부마가 이렇게 정회를 나누는 사이에 밤은 소리 없이 깊어 갔다.

하늘의 삼태성이 기울 무렵 인호는 촛불을 끄고 공주를 잠자리로 이끌었다.

다음 날부터 공주는 아침에 일어나면 시부모님께 아침 문안을 올리고 밤들어 자리에 눕기 전 저녁 문안을 올리며 효성을 다하였다.

양문희 내외는 아침저녁으로 대하건만 공주의 아리따운 모습이 늘 새롭고 기쁘기 한량없었다.

"공주께서 친히 문안하시니 이 늙은이 마음이 불편함을 이기지 못하나이다. 연연한 몸으로 너무 애쓰지 마소서."

설 부인이 공주의 수고를 걱정하면 공주는 오히려 옷깃을 여미며 온화하게 대답하였다.

"변변치 못한 몸으로 시부모님의 크나큰 사랑을 입으며 도리어 근심을 끼치오니 오히려 제 마음이 불안하옵니다."

옥쟁반에 구슬 구르는 듯 맑은 목소리, 붉은 입술 사이로 가지런히 내비치는 흰 이, 양문희 내외는 사랑스러운 공주를 대할 때마다 세상의 복을 다 안은 듯 기쁘기 그지없었다.

간사한 죄상이 다 드러나니

공주의 길례를 마치고 나니 양정희 부자와 경진의 죄를 다스리라고 날마다 상소가 올라왔다.

양문희는 벗들을 만나 양정희 들을 널리 용서하여 가벼이 처리해 달라고 부탁하였으나 형부에서는 그 말을 여겨듣지 않았다. 그들은 그들대로 죄목을 명백히 하여 법대로 처리하라는 황제의 엄명을 받은 것이다.

어느 날 형부에서 공초를 받기 위해 옥에 있는 양정희 부자와 경진을 불러올렸다. 형부에는 상서 위형을 비롯하여 형부의 시랑과 낭관 들이 줄지어 앉고 수많은 벼슬아치들이 수풀같이 늘어서 위엄이 늠름하였다.

큰칼 쓴 채 꿇어앉은 죄인들을 지켜보노라니 하리들까지도 몸이 떨리고 마음이 송구하였다.

하지만 양정희 부자와 경진은 명백한 증거가 없음을 믿고 죄과를 인정하지 않으며, 그저 억울하다는 말만 곱씹었다. 형부에서는 죄인의 공초를 제대로 받지 못해 어찌할 바를 몰랐다.

바로 이때였다. 궁궐문 밖에 매 놓은 등문고가 둥둥 울렸다. 등문고는 급한 일이 있어 황제를 꼭 만나야 할 때에만 치게 되어 있는 비상 신호 같은 것이다. 몇 년 사이 한 번도 울린 적이 없는 등문고가 갑자기 요란히 북소리를 내자, 황제가 깜짝 놀라 어서 곡절을 알아오라고 신하들을 궁 밖으로 내보냈다.

양정희의 맏아들 인오와 경진의 아들 경소가 등문고를 울렸다는 것을 듣고 황제는 그들을 불렀다.

인오와 경소는 자기들의 아버지와 형제가 옥에 갇힌 뒤 날마다 불안해하며 지내다가 드디어 함께 등문고를 치기로 약속하였다.

"우리 아비와 아우가 아무 죄도 없다고 우기면 무슨 증거로 죄를 내리리오? 두 어른이 형벌의 괴로움을 이기기 어려울 것이니 우리 두 사람이 등문고를 울려 아무 죄도 없음을 황제께 여쭈어 죄를 면하게 함이 옳으리다."

경소의 말을 그럴듯하게 여긴 인오는 형부에서 오늘 죄인들을 문초한다는 소식을 듣고 부랴부랴 등문고를 친 것이다. 궁 안에 불려 들어오자마자 무릎을 꿇고 엎드렸다. 먼저 인오가 말하였다.

"신은 공부 시랑 양정희의 아들 인오이옵나이다. 신의 아비가 남의 모함을 입사와 죽을 곳에 빠지었으니 바라옵건대 폐하께서는 밝히 살펴 주시옵소서. 지금 신의 아비가 황제 폐하의 밝으신 눈을 속였다는 모함을 입었사오나, 두루마리의 사연을 아뢰온 것을 보면 신의 동생 인도가 얻은 것이 분명하온데 지금 남의 것을 훔쳤다 하오니 억울하기 끝이 없나이다. 아무 증거도 없이 폐하를 속였다는 죄목을 씌우는데 발명할 길이 없사와 등문고를 울렸사오니 해와 달같이 밝으신 폐하께서 잘 조처하여 주시기만 바라옵나이다."

다음 경소가 또 이어 제 아비의 무죄를 거듭 고하면서 형부에서 증거 없이 죄 없는 사람을 협박하여 죄를 씌우려 하니 억울하다며 사정을 살펴 달라고 하였다.

황제는 두 사람의 말을 다 듣고 나서,

"물러가 기다리라."

하고는, 이튿날 아침 다시 신하들의 의견을 물었다.

간사한 것들이 등문고를 울려 사실을 뒤집으려고 하면서 줄곧 아무 증거가 없다고 고하였다는 말에 유은을 비롯한 사람들은 노하여 어쩔 줄 몰랐다. 유은은 미리 품속에 넣고 온 것을 꺼내서 황제에게 올렸다. 미리 이런 일이 있을 것을 짐작하고 과거 전날 거두어 둔 물건이었다. 경진의 필적으로 된 시제와 인도가 글을 미리 써 둔 것이었다.

"폐하, 양정희와 경진이 증거 없다고 우기며 죄를 벗어나려 하오나 이것이면 증거로 될까 하옵니다. 경진과 양정희가 과거 전날에 계교를 꾸민 사실은 신이 이미 상소문에 적은 바이옵고, 이것은 신의 하리가 그날 경진의 창두에게서 얻은 것이오니 살펴보시면 자연 저들의 간사한 죄상이 나타나리다."

신하들이 받들어 올리는 것을 꼼꼼히 살펴보던 황제는 얼굴에 노기를 띠었다.

"자정전 학사에게 경진과 인도의 글씨가 있을 것이니 바삐 찾아 오너라."

곧 인도의 시험지와 경진의 글씨가 올라왔다. 두 사람의 글씨를 하나하나 대보던 황제는 경소와 양인오 또한 옥에 가두는 한편 백운사 주지승을 부르게 하였다.

며칠 뒤 다섯 사람을 황제가 친히 문초하는데, 그들은 과거 전날의 일이 이미 증거로 드러난 것을 알고 미리 글제를 받아 글을 베껴 써 바쳤다는 것을 사실대로 털어놓았다.

그러나 두루마리 일만은 증거가 없으려니 하고 계속 인도 제가 백운사에 갔다가 선유산의 도인에게서 얻은 것이라고 우겼다.

"백운사 주지승을 들여보내라."

황제의 영이 떨어지자마자 늙수그레하면서도 말쑥한 중 하나가 들어와 꿇어 엎디었다.

"네 이 사람을 알쏘냐?"

칼을 벗고 전 아래 꿇어앉은 인도를 가리키며 황제가 물었다. 주지승은 얼굴을 들어 인도를 한참 보더니,

"처음 보는 소년이로소이다."

하였다.

"지난해 팔월에 백운사에서 향을 사른 이가 아닌가 잘 보아라."

"아닌 줄로 아뢰옵니다. 지난 팔월에는 양 학사 댁 공자가 절에 왔다 갔나이다."

"알겠노라. 그만 물러가라."

황제는 주지승을 보낸 뒤 크게 노하여,

"양정희 부자와 경진은 다시 옥에 가두었다가 다음 날 목을 베어 뒷사람을 징계하게 하고, 경소와 양인오는 등문고를 함부로 울린 죄로 곤장 열 대씩 안기도록 하라."

하고 형부에 명을 내렸다.

이 기별을 들은 양 부마는 아버지를 만나 말하였다.

"숙부님이 끝내 잘못을 뉘우치지 않으니 어쩌면 좋나이까? 분명 목숨을 보전하지 못할 듯하오니 소자가 상소를 할까 하나이다. 황제 폐하께서 마음을 돌리시어 목숨을 살려 주시면 다행한 일이 아니겠나이까?"

"네 말이 옳다. 혹시 한집안이라 하여 사사로운 정을 둔다고 뒷말하는 사람이 있을지 모르나 어찌 그만한 혐의를 꺼려 형제간의 정리를 저버리랴. 네 뜻대로 하여라."

다음 날 인호의 상소문을 받아 읽은 황제는 다시금 인호의 문장에 감탄했다. 종숙부를 한 번만 용서해 달라는 그 뜻이 간절하여 돌 심장을 가진 사람이라도 마음이 움직일 듯하고 문장이 아름답고 글씨가 활달하여 읽고 난 뒤에는 저도 모르게 마음이 풀리는 것이었다. 황제는 드디어 양정희 들을 용서하라는 교지를 내렸다.

이때 중형을 입고 다시 옥에 갇힌 세 사람은 서로 눈물을 흘리며 지난 일을 뉘우쳤다. 헛되이 부귀공명을 꿈꾸어 형제간의 의리와 신하의 도리를 저버리고 끝내 이 지경에 이르렀으니 누구를 탓할 수도 없었다. 곤장으로 터진 아픈 몸을 제대로 움직이지도 못하고 막막한 심정으로 기대앉아 있는데 문득 옥문이 열리며 옥졸이 들어와 황제의 교지를 전하였다.

양정희 부자와 경진의 죄악은 마땅히 머리를 베어 뒷사람을 징계할 것이로되 부마의 상소에 따라 특별히 용서하나니, 모두 목숨을 살려 먼 곳으로 내쫓으라.

세 사람은 꿈을 꾸는 것만 같았다. 이제 죽은 줄로 알았는데 목숨을 살려 준다니 믿기 어려웠다.

얼마 뒤 두 사람의 집에서 수레를 가져와 운신 못 하는 그들을 태워 갔다.

양정희 부자가 집에 거의 이르렀는데 문득 앞에 으리으리한 행차가 머물러 있다가 다가왔다. 양문희와 부마였다. 그들은 양정희 부자를 만나기 위해 우정 위의를 덜고 왔지만 그 빛나고 으리으리한 차림에 양정희 부자는 눈이 부셨다.

처음엔 웬일인가 하여 놀랐다가 누구인가를 알아보고는 부끄러워 얼굴을 들 수 없었다.

"그동안 얼마나 고생했느냐?"

양문희가 스스럼없이 묻자, 양정희는,

"이 어리석은 아우가 형님을 저버리고 죽을 곳에 빠졌거늘 형님은 이를 미워하지 않으시니 할 말을 찾지 못하겠나이다."

하고 진정 어린 목소리로 말하였다.

인도도 부끄러워 부마가 된 인호를 마주 보지 못하고 그저 잡은 손을 어루만질 뿐이다.

"자, 길가에서 이러고 있을 수 없으니 어서 집으로 가서 이야기 하세."

양문희는 이렇게 말하며 말 머리를 돌렸다. 곧 부마와 양문희의 으리으리한 행차가 떠나고 뒤따라 죄인을 실은 수레가 천천히 움직이기 시작하였다.

얼마 뒤 형장 맞은 상처가 낫자 두 집에서는 인도와 경 소저의 혼례를 간단히 차렸다. 그 좋은 일에 손님도 청하지 못하고 쓸쓸히 치르고 나서 두 집 식구들은 짐을 꾸려 가지고 황성을 떠났다. 목숨을 건진 것만도 다행이지만 그래도 막상 길을 나설 제는 눈물이 흘렀다.

수천 리 먼 길을 떠나지만 이웃에서는 바래 주는 이 하나 없고 뒤에서 손가락질만 할 뿐이었다. 다만 양문희와 부마가 나와 길가에서 이별주를 부어 주며 먼 길에 몸조심하라고 당부하였다.

자손들 거느리고 복록이 끝이 없더라

세월은 흐르고 흘러 공주는 어느덧 아들 다섯, 딸 하나를 거느리게 되었다. 아들딸 모두가 부모를 닮아 곤륜산의 옥을 다듬은 듯, 푸른 바다의 진주를 건져 낸 듯 끼끗하고 아름다우며 자질 또한 뛰어났다. 양 공과 설 부인은 손자, 손녀를 손안의 보물처럼 두 손에 받들어 키웠다.

그리하여 아들딸 모두가 다 이름을 떨치고 부귀를 갖추 누렸다. 맏아들 경은 참지정사 문언박의 손녀사위가 되었다. 문 소저의 꽃같이 고운 얼굴과 현숙한 태도가 문경 공주에 못지않아 누구나 공주의 며느리라 과연 다르다고 칭찬해 마지않았다.

그 아래 아들들도 차례로 이름난 집안의 딸들에게 장가들었다. 둘째 아들 명은 태학사 석인의 맏손녀사위가 되고, 셋째 아들 흥은 이부 상서 노원의 사위가 되고, 넷째 아들 몽은 한림시독 유진의 둘째 손녀사위가 되고, 막내아들 영은 병부 시랑 범현의 사위가 되었다. 네 며느리도 다 문 소저에 짝지지 않고 한결같이 어여쁘고 덕스러웠다.

공주가 다섯 며느리를 거느리고 시부모님께 문안하러 올 때면 옛말에 나오는 서왕모가 선녀들을 거느리고 요지瑤池에 벌여 선 듯 위의가 호화찬란하고, 부마가 아들들을 거느리고 문안 올 때면 태을진인이 신선들을 거느리고 옥경에 조회하는 것 같으니, 양 공 내외는 나이 아흔에 흐뭇하기가 이루 말할 수 없었다.

또 딸 선강은 형부 상서 위형의 막내아들과 혼인하였는데, 사위 역시 아들들 못지않게 자질이 뛰어났다.

다섯 아들과 사위가 차례로 과거에 급제하여 나라에 이름을 떨치니 공주와 부마의 복록이 끝없음을 누구나 부러워하였다.

이 글을 짓는 사람은 백운사에 왔다가 주지승을 만나 이 이야기를 듣고서, 이처럼 신기한 일을 처음부터 자세히 적어 이야기책을 만들었노라.

란초재세기연록 원문

이 소설에 관하여

란초재세기연록蘭焦再世奇緣錄

권지일卷之一

진도람 일견송림 감해원陳圖南一見松林勘解冤

화설話說[1], 진도람[2] 선생이 한번 화산華山 석실石室 중에 들어 도를 닦을새, 석상石床에 비겨 백 날을 자매 정신을 모으고 기운을 수습하여 진토塵土의 혼탁한 기운을 물리치고 조화의 신기한 틀을 앗으매 맑은 정신은 위로 건상乾上을 사맛고[3] 활연豁然[4]한 흉금胸襟은 시세時世 길흉吉凶과 기운機運 왕래往來[5]를 자연히 모를 것이 없더니, 일일一日은 선생이 석실 밖에 나와 산경山景을 보더니 때 정히 삼춘화시三春花時라. 화류花柳는 고운 빛을 자랑하고 백초百草는 푸른빛이 새로우니 스스로 즐겨 산보하여 뫼 높은 곳에 올라 머리를 들어 두루 관망觀望하더니, 홀연 보니 화산 기슭의 한 곳에 송백松柏과 오동梧桐이 창창蒼蒼하여 수풀을 이뤄 하늘에 닿았는데, 그 가운데 수운愁雲이 사색四塞하고 비풍悲風이 습습習習하여[6] 봄빛이 없거늘, 선생이 괴이히 여겨 뫼에 내려 수풀을 다시 돌아보니, 가운데 쌍조雙鳥 있어 서로 향하여 우니 그 소리 처절하여 원怨하는 듯 한恨하는 듯하는지라. 선생이 한 번 들으매 천추원혼千秋怨魂인 줄 알고 척연 변색戚然變色[7] 왈,

"차희嗟噫[8]라, 어떤 원혼이 원기冤氣를 타 이렇듯 참담한 경색景色이 일었느뇨? 근본을 알아 제도濟度[9]하리라."

---

1) 옛 소설에서 첫 시작을 뗄 때 첫머리에 쓰던 말. '이야기인즉' 이라는 뜻.

2) 송나라 말에 화산에 들어가 신선이 되었다는 진단陳搏. 자는 도남圖南이다.

3) 하늘을 통하고.

4) 시원하게 툭 터져서 환한 것.

5) 시운이 돌아가는 형편.

6) 구름이 사방에 가득하고 바람이 선들선들하여.

7) 마음이 슬퍼져 얼굴빛이 달라짐.

8) 슬퍼서 한탄하는 소리.

9) 부처의 도로 중생을 고통에서 건져 극락세계로 인도함.

이에 송백 사이로 나아가니 수풀 사이 거친 곳에 오동이 서로 얽혔으니 남글(나무를) 휘오고 풀을 헤쳐 들어가니 그 가운데 옛 무덤이 있고 묘전墓前 잣남게(잣나무에) 원앙이 앉아 우니 이 정히 수풀 밖에서 듣던 소리라. 선생이 참연慘然하여 생각하되,

'이 반드시 묘중 원혼이라.'

하여 손에 짚었던 장杖을 둘러 이르되,

"슬프다, 춘기 화창함을 당하여 초목 곤충이 다 화기를 머금거늘 원앙은 어이 홀로 처창한 소리로 춘산春山의 경물景物로 하여금 화려함을 발치 못하고 처초凄楚[10]함을 머금게 하나뇨. 네 이 묘중 원혼이어든 내게 고하면 마땅히 제도하리라."

언필言畢에[11] 그 새 날아 선생의 앞에 두 번 돌고 묘 앞 수풀 속에 앉거늘, 선생이 그 새 앉은 곳을 보니 큰 돌이 있거늘 손으로 풀을 헤쓸고 보니 그 묘전에 세웠던 것인 줄 알리러라.

전면에 크게 썼으되 '초중경焦仲卿과 난지蘭芝의 뫼라.' 하였거늘, 선생이 견파見罷에[12] 그 새 선생을 바라 두어 소리를 다시 우니, 선생이 가로되,

"너희 하는 뜻을 알았으니 중하仲夏[13] 단오일에 내 옥제玉帝께 조회朝會할 것이니, 그때에 나를 좇아오면 너희 원을 풀게 하리라."

새 다시 울고 나무 수풀 들거늘, 선생이 석실로 돌아와 잠심 치정潛心致情[14]하여 중하 단오일이 다다르니, 선생이 화산 신령을 불러 이르되,

"이 뫼 아래 송백 수풀이 기운 곳에 두 원혼이 화하여 원앙이 되었으니 네 이제 그 혼을 인리하여 와 내게 뵈라."

사신이 청령聽令하고 가더니 수유須臾에 돌아와 고 왈,

"선생 명대로 두 사람을 데려왔나이다."

선생이 석상에 좌坐하여 양인兩人을 부르니, 젊은 남자와 소년 여자 들어와 뵈니, 남자는 유지柳枝 같은 풍채와 관옥冠玉 같은 용모에 원산 쌍미遠山雙眉[15]에 시름이 가득하고, 여자는 구름 같은 두발頭髮이 흐트러져 옥빈玉鬢[16]을 덮었고 아미蛾眉에 수한愁恨이 잠겨 추파 쌍안秋波雙眼에 옥루玉淚[17] 맺혔으니, 꽃이 시름하고 달이 근심하는 듯 원한이 두우斗宇[18]에 끼쳤으니, 선생이 양인더러 왈,

---

10) 슬프고 마음이 아픔.
11) 말을 끝내니.
12) 보고 나니.
13) 음력 오월을 달리 이르는 말.
14) 어떤 일에 마음을 두어 깊이 생각함.
15) 먼 산과 같은 두 눈썹이라는 뜻으로, 잘생긴 눈썹을 이르는 말.
16) 옥 같은 귀밑머리란 뜻으로, 젊고 아리따운 여자의 얼굴을 이르는 말.
17) 맑은 가을 물결 같은 눈에 구슬같이 방울지는 눈물.

"내 이제 옥제께 조회하니 너희 나를 좇아가면 너희 원을 좇아 제도하리라."
양인이 머리 조아 사례謝禮 왈,
"우리 양인이 운수運數 유액有厄하고 시운時運이 불리하여 청춘에 부부 한가지로 원사冤死[19]하니 천추만세千秋萬歲에 원怨하는 넋이 되어 한을 풀 날이 없거늘, 금일 선생이 호생대덕好生大德[20]으로 구제코자 하시니 세세생생世世生生에 결초보은結草報恩하리다."
선생이 이에 구름을 타고 두 사람의 혼백을 거느려 구천九天에 올라 정히 향할새 모든 선관仙官 선녀仙女 채운彩雲과 난봉鸞鳳을 타고 길에 연連하였고, 노군老君이 도동道童을 거느려 청운靑雲을 타 지나거늘, 선생이 그 뒤를 좇아가더니 문득 서녘으로서 백운白雲과 서기瑞氣 방광放光한 가운데 석가세존釋迦世尊이 오백 나한五百羅漢과 제불諸佛을 거느려 오다가 선생의 뒤에 두 사람을 보시고 돌아 아란阿難, 가섭迦葉을 보아 가라사대,
"진도람의 뒤에 어떤 원혼이 좇았느뇨?"
두 존자尊者 대對 왈曰,
"부처 자비코자 하시면 영초 밖에 다다라 물으시면 아시리다."
이에 영초전 밖에 다다르니 선관 선녀 다 모두였더라.
세존世尊이 물으시되,
"어이 이리들 머무시느뇨?"
노군이 가로되,
"조회 받으실 때를 물렸기에 때 일러 머물렀나이다."
세존이 제불을 거느려 연대蓮臺에 앉으매, 선생이 나아가 세존께 여쭈오되,
"빈도貧道 뫼으로서 올 때 이 두 사람을 얻자오니 청춘 원사冤死하여 천만세千萬世에 원기冤氣를 타 원怨을 펴기 어려우니 정상 가긍하와 이에 들어와 부처의 자비하사 제도하심을 바라나이다."
세존이 들으시고 금갑신金甲神[21]을 명하여 두 사람을 불러,
"청령하라."
하니, 언파言罷에[22] 한 신령이 두 사람을 인하여 연대 하에 꿇리니, 세존이 물으시되,
"너희 어떤 사람으로 이런 원기를 인하여 다니난다?"
양인이 다시 꿇어 대 왈,
"천생賤生 초중경은 동진東晉 적 현령縣令의 부리府吏[23]러니, 어미 명으로 동향同鄕 난

18) 온 세상.
19) 원통하게 죽음.
20) 죽을 목숨을 살려 주는 큰 은덕.
21) 쇠로 만든 갑옷을 입은 장수 신神.
22) 말이 끝나자.

가蘭家의 여女를 취하여 결발結髮 삼 년에[24] 어미 처를 무죄無罪히 핍박하여 내치니 천처賤妻[25] 돌아가매 십여 일이 못하여 현령과 태수太守의 구함으로 제 부모 형제 핍박하여 뜻을 앗으려 하더니, 천처 절節을 지키어 부귀를 귀히 아니 여겨 몸을 멱라汨羅에 장葬하니[26], 천생이 어미를 두고 그 뜻을 거슬러 처자를 위하여 죽는 것이 효 아닌 줄을 모르리까마는 난지 천생을 인因하여 함원含怨 요절夭折하니, 내 스스로 죽임이 아니나 천생이 한 처자를 거느리지 못하여 태수 구혼求婚한 후도 또한 항거치 못하여 죽을 곳에 처케 함이 이 다 천생의 연고라 또 어찌 다른 처자를 얻어 즐기리꼬. 무죄한 여자로 하여금 죽을 곳에 빠지우고 스스로 즐김이 의義 아니요 인仁이 아니라. 다만 일신一身이 노모老母를 데려 종효終孝코자 하되, 어미 난지를 내침이 동린同隣[27] 진녀秦女의 부요富饒함을 흠모하여 취코자 함이라. 천생이 살아 신의信義를 저버리고 노모의 뜻을 좇지 아니하니, 어미 동가東家 진녀를 취치 못하여 주야晝夜 번뇌하여 침식寢食이 편치 않아 하는지라. 이에 한번 죽어 어미께 사례하고 부부 한가지로 돌아오매 굳은 인연을 버히고(베고) 긴 목숨을 그침이 다 부모와 권귀權貴의 핍박하인 바라. 원한을 이제 이를 곳이 없삽더니, 진 선생의 은덕恩德으로 인진引進[28]하심을 인하여 부처의 자비하심을 만나오니, 원컨대 세존은 대자대비大慈大悲하소서."

여자 버들 같은 눈썹을 찡기고 옥 같은 소리로 애원哀怨히 옷깃을 여미고 꿇어 왈,

"중경이 이미 진정을 다 고하였사오니 다시 고할 말씀이 없어, 다만 청년에 원사冤死하와 한을 머금어 조운모우朝雲暮雨[29]의 의지 없는 넋이 되어 하소할 곳 없사옴을 설워하옵더니, 부처의 자비하심을 입사오니 원컨대 어여삐 여기사 자비하소서."

세존이 가라사대,

"가련하다, 정성이여. 마땅히 원을 좇을 것이니 발원發願하라."

"양인이 다시 인세人世에 나 부부 되어 전세前世 한을 풀고, 미천한 자식으로 세가勢家의 핍박하인 바 되어 이십 청춘에 부부 원사하였사오니 귀한 집 귀한 자식이 되어 인간 복록을 갖추 누려 삼생三生에 다 이같이 하게 하시면 나중에 부처의 뒤를 좇아 제자 되리다."

세존이 가라사대,

23) 고을 관아의 구실아치.

24) 결혼한 지 삼 년이 지나.

25) 자기를 낮추어 자기 안해를 이르는 말.

26) 멱라는 초나라 재상 굴원屈原이 빠져 죽은 강 이름. 여기서는 물에 빠져 죽었다는 뜻으로 쓰였다.

27) 한마을.

28) 인도함.

29) 아침에는 구름이 되고 저녁에는 비가 되어 내린다는 뜻으로 남녀간의 정이 깊음을 말한다.

"발원이 지극하니 너희 원대로 하리라. 난지는 집이 한미하여 남에게 핍박하여 절사節死[30]하니 송국宋國 황제 딸이 되게 하고, 중경은 송조宋朝 재상의 자식이 되게 하여 인세에 부부 다시 만나 복록을 극진히 갖추 누리게 하나니, 황건역사黃巾力士는 이 두 사람을 인引하여 때를 어긋지 말라."

역사 청령聽令하니, 양인이 합장 백배사례百拜謝禮하고 물러나니, 관음대사 나아가 여쭈오되,

"변경邊京 동문 안에 양문희란 사람이 적덕積德이 있어 자손의 보응報應이 있을 것이요, 불가佛家에 공을 들인 지 오래니, 중경을 이 사람에게로 인진함이 어떠하니이꼬?"

세존이 허許하시다.

진 선생이 세존께 여쭈오되,

"중경의 동가東家 여女와 난지를 구하던 태수太守 자子 이제 여러 해 되었사오나 일단一端 사심邪心이 오히려 풀리지 아니하였사오니 인세人世에 나 중경의 인연을 희지을까 하나이다."

"태수 자와 진녀 처음 행사가 죄악이 관영貫盈[31]하나 천도天道 사죄赦罪[32]함이 있더니 천만세 지나도록 개회지심改悔之心[33]이 없고 방종한 욕심을 잊지 않아 다시 옛 뜻을 품을진대 반드시 다스리는 법을 인세에 밝혀 인세로써 알게 할지니 어찌 천명을 거슬러 남의 호구好逑[34]를 앗게 하리오."

선생이 사례하고 중경더러 왈,

"이제 십삼 년 만에 다시 서로 찾으리라."

양인이 선생을 향하여 무수사례하고 역사 누른 번旛[35]을 들어 인하매 바람으로 좇아 양인을 보지 못할러라.

선생이 제선諸仙과 한가지로 옥제께 조현朝見[36]하고 산으로 돌아와 송림을 바라보니 수운愁雲이 흩어지고 참담한 경색이 없으니 선생이 차탄嗟歎함을 마지아니하더라.

---

30) 절개를 지켜 죽음.

31) 가득함.

32) 죄를 용서함.

33) 뉘우치는 마음.

34) 좋은 배필.

35) 불교에서 부처의 성덕盛德을 나타내는 깃발.

36) 신하가 조정에 나아가 임금을 뵈는 것.

양 부마 복록기楊駙馬福祿記

차설且說[37], 변경 동문 안 취현교에 일위一位 명환名宦이 있으니 성명은 양문희라. 대대 명공거경名公巨卿으로 공에게 이르러 청년靑年 입조立朝[38]하여 벼슬이 용도각 태학사龍圖閣太學士[39]에 이르렀고, 위인爲人이 관홍대도寬弘大度하고 현명 특달賢明特達하며[40] 문장이 빛나니 시인時人이 앙망仰望하고[41], 천자天子 중히 여기시더라.

부인 설 씨는 설관의 장녀니 현숙한 덕도德道 일세一世에 미칠 이 없는지라. 부부 진중하고 영화 부귀 겨룰 자 없되, 연然이나 공이 사십이 거의로되 한날 사속嗣續[42]이 없으니 매양 슬퍼하더니, 이때 취현교에 이십 리는 한대 도성 동문 밖에 한 뫼 있고 그 가운데 유화동이란 골이 있으니 경개 절승하여 별유천지別有天地러라. 그곳에 백운사란 절이 있어 극히 영신靈神하니 경성 사람이 서민庶民[43]이 이르러 분향焚香하는 이 긋지(그치지) 않은지라. 설 부인이 사속을 위하여 진향進香함이 여러 춘추春秋[44]로되 영응靈應[45]이 없으니 부부 매양 슬퍼 탄식뿐이로되, 그러나 부인이 일찍 백운사 진향을 게을리 아니 하더니 중하 단오일에 공이 부인으로 더불어 후전 채련각에 주렴珠簾을 걷고 포진鋪陳[46]을 배설排設하여 파하매 연지蓮池의 연엽蓮葉은 녹파綠波에 엿보거늘 옥계玉階의 난초는 향기를 자랑하고 황앵黃鶯은 유지柳枝에 깃들이고 제비는 양상梁上에 새끼 쳐 분분히 왕래하여 경색을 돕는지라. 학사 홀연 탄하여 가로되,

"내 불행하여 안항雁行이 외롭고[47] 나이 사십에 다다랐으되 농장弄璋[48]함이 적막하여 슬하 자애慈愛를 알지 못하니, 이제 연앵燕鶯이 이르러 새끼를 희롱하여 천륜지정天倫之情이 있거늘 나는 홀로 연자燕子[49]만 같지 못하뇨. 슬프다 조상 혈식血食[50]을 내게 와

---

37) 옛 소설에서 이야기를 돌려 새 문장을 시작할 때 쓰던 말.
38) 젊은 시절부터 일찍 벼슬을 함.
39) 용도각은 송나라 태종太宗의 글과 문집, 보물 등을 보관해 두고서 나라의 문서를 관장하던 관서.
40) 사람됨이 너그럽고 도량이 크며 남달리 어질고 사리에 밝아.
41) 당시 사람들이 우러러보고.
42) 대를 이음. 또는 대를 이을 아들.
43) 많은 사람.
44) 여러 해.
45) 신령스러운 보응.
46) 자리, 또는 자리를 까는 것.
47) 형제가 없음을 이르는 말.
48) 아들이 자라 큰 벼슬아치가 되길 바라는 마음에서 반쪽 홀을 장난감으로 만들어 준 데서 나온 말이다. 장璋은 반쪽 홀.

그치리로다."

허희歔欷 탄식이어늘, 부인이 또 탄식 왈,

"이는 첩의 적악積惡이 중重한 연고라. 현문 귀가賢門貴家에 재취再娶하여 사속을 보심이 마땅하니 이 뜻을 여러 번 하되 첩의 인사人事 불민不敏하고 말씀이 서어齟齬하여 군자君子의 찬납贊納[51]하심을 얻지 못하니 탄할 뿐이로소이다."

공 왈,

"이는 내 팔자 기구함이라. 내 자식이 없을작시면 여러 사람을 모은들 무엇이 유익하리오. 부질없는 말을 다시 말라."

언파言罷에 시아侍兒 금준 향온金樽香醞과 옥반 진찬玉盤珍饌[52]을 올리니 공이 이에 삼배三杯를 연連하여 거우르고(기울이고) 난간에 비겨 졸더니 문득 천중天中에 향운香雲이 일어나며 청풍淸風이 슬슬瑟瑟하고[53] 금갑金甲 신인神人이 번旛을 들어 인하는 곳에 한 소년이 앞에 나아오니 옥모선풍玉貌仙風이 각중에 보이는지라. 공이 놀라고 기이히 여겨 묻고자 하더니, 그 사람이 절하고 이르되,

"나는 성은 초씨고 명名은 중경이라. 시운時運이 부제不齊[54]하여 청춘靑春 원사冤死함을 부처 긍측矜惻히 여기사 다시 인간에 나 복록을 받게 하시니 의탁할 곳을 알지 못하여 하더니 관음대사 인진引進하거늘 상공께 의탁하나이다."

언파에 금갑 신인이 소리하여 왈,

"중경은 돌아가 한을 풀라."

이 소리에 공이 놀라 깨니 한 꿈이라, 난간에 의지하여 졸았더라. 돌아 부인을 보니 주함朱檻[55]에 비겨 또한 졸거늘 깨워 몽사夢事를 이르니, 부인도 이런 꿈을 얻으니 하늘이 아니 자식으로써 주심인가 서로 이르고 정당正堂으로 왔더니, 부인이 홀연 이달부터 잉태하니 공과 부인이 크게 기꺼 생남生男함을 바라더라.

공부 시랑工部侍郎 양정희는 학사 종제從弟[56]니 명문名門 사류士類요 외모 풍신이 타인에 내리지 않고 약간 문재文才 있되, 다만 심지心志 부정不正하여 사류士類의 맑은 뜻이 없고 탐심貪心이 비비霏霏[57]하여 권귀權貴를 섬기매 못 미칠 듯하고, 빈한한즉 아무 현인

---

49) 제비.

50) 조상을 위해 지내는 제사.

51) 찬성하여 받아들이는 것.

52) 금 술잔의 향기로운 술과 옥 소반의 진귀한 음식.

53) 맑은 바람이 가볍게 불어오는 것을 나타내는 말.

54) 일정하지 않음.

55) 붉은 난간.

56) 사촌 동생.

57) 눈발이나 빗발이 펄펄 날리는 것처럼 탐욕스러운 마음이 강함을 이른 말.

군자賢人君子라도 멸시할 것으로 알아 스스로 양양揚揚하여 하며 집이 부요하고, 처 오 씨는 오 귀비吳貴妃 친제親弟라 사치하고 교종驕縱[58]함이 더욱 더으나(더하나), 다만 양 공의 부귀를 흠모하고 엄숙함을 기탄忌憚하여 붙좇으며, 또 학사 늦도록 자식이 없고 시랑은 연하여 삼자三子를 두니 그윽이 학사의 계후繼後[59]하기를 바라 더욱 정성되이 섬기니, 양 공은 충후 관인忠厚寬仁한 사람이요 형제 없고 나이 많도록 자녀 없어 가중家中이 심히 적막한지라, 시랑으로 동기와 다름이 없고 제 질아姪兒를 기출己出[60]같이 하니, 부인이 또한 자가 사속自家嗣續이 없는지라, 시랑의 여러 남아男兒 있음을 사랑하여 오 씨를 자로(자주) 청하여 후한 뜻을 베풀고 정으로 대접하니, 시랑 부부 양 공 내외를 섬겨 그 뜻 얻기를 요구하며 아자兒子를 각별 치례하여 학사와 부인의 눈에 들기를 그윽이 바라니, 양 공과 부인은 일가一家 지친지정至親之情으로 비록 시랑 내외의 정대인명正大仁明치 못함을 아나 불인不仁을 뵌 일이 없으므로 극진히 후대할 따름이요, 시랑의 삼자 중 장자長子 인오, 필자畢子[61] 인모는 용추庸醜[62]한 인물이요, 제이자第二子 인도, 형제 중 솟아나 휴휴休休[63]한 기도氣度와 충후한 면목에 간활奸猾함이 감추였으나 주순백치朱脣白齒[64]와 면색面色의 흰빛이 시랑으로 다름이 없으니, 부모 자애慈愛함이 제자諸子 중 으뜸이요 삼사 세에 글자를 해득解得하니 기동奇童[65]으로 지목하기로, 양 공 부부 데려와 사랑함을 기출같이 하여 무휼撫恤함을 지극히 하니, 시랑은 스스로 영자英姿 기동奇童을 두어 학사의 거둠을 만나괘라 하여 양 공의 가업 기물家業器物[66]은 다 인도에게 속하리라 하고 자득自得하더니, 인도 연年이 삼 세에 설 부인이 회잉懷孕[67]하니, 시랑 내외 행여 생남生男할까 아연啞然하나 거짓 흔연히 기꺼하니, 보는 이 학사 종형제의 우애를 아니 일컬을 이 없더라.

차설且說, 송국 진종眞宗 황제 정종 유劉 황후는 동제왕東齊王 유지의 장녀시니 의용儀容이 명숙明淑하시고 덕도德道 마馬, 등鄧[68]에 지나시니 상上이 공경하시고 신민臣民이 열복悅服하더라. 그러나 지엽枝葉이 선선詵詵치 못함[69]을 매양 탄하시더니, 차년此年 중

---

58) 교만하고 방종함.
59) 뒤를 잇는 양자로 되는 것.
60) 자기가 낳은 자식.
61) 막내아들.
62) 용렬하고 추함.
63) 아름답고도 큰 모양.
64) 붉은 입술과 흰 이란 뜻으로, 아름다운 용모를 이르는 말.
65) 재주 있고 꾀 많은 아이.
66) 전해 내려오는 가업과 살림살이들.
67) 임신.
68) 마무馬武와 등우鄧禹를 아울러 이르는 말. 두 사람 다 후한後漢 광무제光武帝가 임금으로 될 때 공을 세운 사람들로, 덕망이 높기로 이름이 있다.

하 단오일에 태자비太子妃와 육 원員 비빈妃嬪[70]이 문안하니, 후后 명하사 수작酬酌을 베퍼(베풀어) 왕비, 공주, 비빈을 입궐하라 하사 배반杯盤[71]을 내오시고 한설閑說[72]하사, 날이 늦으매 파하시니 모두 물러나고 후 성열盛熱을 띠어 금상金床에 비겨 계시더니 향취香臭 표표飄飄하며 청중青中[73]에 경운輕雲이 어리고 금갑 신인이 번幡을 들어 인引하고 뒤에 소년 여자 들어오되, 그 여자 유지柳枝 같은 신체 쇄연灑然 묘려妙麗하여 자약自若한 용광容光이[74] 이목耳目에 보이는지라. 놀라 물으시되,

"네 어떤 여잔다?"

그 여자 용상龍床 하下에 나아와 낭랑히 대對 왈,

"천첩賤妾은 동진東晉 적 사람이요 성명은 난지라. 명도命途 다 천하고 운액運厄이 무궁하와 동향同鄕 초중경으로 결발結髮 삼 년에 그 모母의 뜻을 잃어 무죄히 핍박하여 내침을 만나매, 태수太守 구하니 부모 형제 뜻을 앗으려 하니, 의탁할 곳이 없어 원한을 머금어 멱라에 몸을 던지니 중경이 또 동가의 진녀를 사양하여 한가지로 돌아가매, 천만세 원기를 풀기 어렵더니 부처의 자비하심과 진 선생의 덕으로 낭랑娘娘[75]께 의탁하나니, 중경은 양가楊家에 의탁하였으니, 원컨대 양 씨와 인연을 이루어 느꺼이 돌아간 넋을 위로하소서. 슬하에 종효終孝하리다."

옥성玉聲이 쟁연錚然[76]하고 절세絶世한 풍모 이목에 조요照耀하니 흠신欠伸[77]하여 깨시니 남가일몽南柯一夢이라. 그 여자의 면목 음성이 명명明明하니 기이히 여기시더니, 이 달부터 잉태하시니 심중에 기이히 여기시더라.

재설再說[78], 양 학사 부인이 회태懷胎하매 생남生男하기를 원하더니 세월이 여류如流하여 이해 지나고 명년 중춘仲春[79] 십오 일 인시寅時[80]에 부인이 순산順産 생자生子하니 이 일척一尺 형옥瑩玉[81]이라. 웅호쇄락雄豪灑落[82]한 골격과 준호峻豪한 기상에 미려美麗한

---

69) 자식이 많지 않음을 이르는 말. 선선詵詵은 메뚜기들이 우글우글하다는 뜻으로, 자식이 많음을 표현한 말이다.

70) 여섯 명의 후궁들.

71) 술상에 차려 놓는 그릇들. 또는 거기에 담긴 음식.

72) 한가롭게 이야기를 나눔.

73) 푸른 하늘.

74) 몸가짐이 깨끗하고 아리따우며 태연한 용모가.

75) 황후나 귀족의 안해를 높여 부르는 말.

76) 목소리가 구슬같이 맑고 고움.

77) 하품하며 기지개를 켬.

78) 옛 소설에서 이야기를 돌려 새 문장을 시작할 때 쓰던 말. 차설且說과 같은 말.

79) 음력 2월을 달리 이르는 말.

80) 오전 세 시부터 다섯 시까지.

안색이 유아의 태도 아니요 고금에 비할 데 없는지라. 공과 부인이 대희大喜하여 서로 치하하고 명名을 인호라 하고 자字를 천보라 하다.

시랑 내외는 설 부인의 생남함을 듣고 경악함을 이기지 못하나, 시랑이 은근히 기꺼하는 빛으로 이에 와 공께 만만 치하致賀하고 유아를 한번 보매 이 범골凡骨이 아니라 심중에 더욱 불열不悅하나, 다시금 치하 왈,

"늦게야 아자兒子를 얻어 이렇듯 기이하니 만래晩來 복록福祿[83]을 소제小弟[84], 위하여 기쁨을 이기지 못하나 말씀이 서어하여 치하 성언成言[85]치 못하나이다."

공이 답答 왈,

"이제 소아를 얻으니 바라던 뜻을 위로하나 이렇듯 청약淸弱하니 이는 우형愚兄[86]이 과誇치[87] 아니하는 바라 치하를 감당하리오?"

시랑이 흔연히 화답하고 돌아가다.

차시此時에 유 황후 중춘 망일望日[88] 인시에 정궁正宮에서 일개一介 공주를 탄생하시니, 이 일척 옥순一尺玉筍[89]에 백설白雪이 어리었는 듯 혈육 소아血肉小兒[90]의 거동이 아니라. 아미蛾眉는 신류新柳[91] 푸른빛을 채 머금지 못하였고, 추파 쌍안秋波雙眼은 빛나고 단순丹唇이 함홍含紅[92]하매 백벽白璧에 단사丹砂를 찍은 듯[93] 묘려한 애용愛容이 쇄락 청결함이 만고萬古 절염絶艶일 뿐 아니라 후后의 몽중夢中 여자로 다름이 없으니, 후 기특히 여기사 몽사로써 제帝께 고하시니, 상上이 점두點頭[94] 왈,

"여아 장성하매 제 소원을 좇을지니 후는 기록하여 잊지 마소서."

하시고, 제帝, 후后 늦게야 옥교아玉嬌兒[95]를 얻으시매 기질이 이같이 비상하니 애중愛重

---

81) 한 척의 아름다운 구슬이라는 뜻으로, 갓난아이를 아름답게 이르는 말.
82) 웅장하고 호방하며 깨끗하고 개운함.
83) 늘그막의 복되고 영화로운 삶.
84) 동생뻘 되는 사람이 저를 낮추어 이르는 말.
85) 이루 다 말할 수 없음.
86) 나이 많은 사람이 동생뻘 되는 사람에게 저를 낮추어 이르는 말.
87) 자랑하지.
88) 음력 보름날.
89) 옥 같은 죽순. 재질이 뛰어난 갓난아이를 비유하는 말.
90) 갓난아이.
91) 버드나무 새싹.
92) 붉은 입술이 붉은빛을 머금음.
93) 흰 구슬에 주사를 찍은 듯. 주사는 붉은빛 나는 광물.
94) 머리를 끄덕임.
95) 구슬같이 아름다운 딸.

하심이 태자에 지나사 유모乳母를 명하여 정궁에서 기르시며 편애하심이 되었더라.

일일一日은 파조罷朝[96]하시고 내전內殿에 드시어 공주를 데려오라 하사 어루만져 환애歡愛하심이 극하사, 이름을 문경 공주라 하시고 자를 지결이라 하사 은총이 비길 데 없더라.

재설, 양 공자 이삼 세에 말을 배우매 말로조차 글이 이루고 붓을 잡으매 종왕鍾王[97]에 지난 필체를 가히 알지라.

양 공 부부 늦게야 농장弄璋하는 재미를 얻어 아이 이렇듯 비상하니 장상掌上의 여린 옥玉같이 여겨 슬상膝上에 내린 적이 없으며, 양 공이 몽사를 의혹더니 이를 얻으매 의용이 완연히 몽중 소년이라, 기특고 괴이히 여기더니 말하매 미치는 음성이 또한 의연하니, 공의 부부 몽사로써 일컫지 않아 심중에 장藏하였으나 중경의 근본을 깨닫지 못하더라.

양 공이 인호를 얻어 이렇듯 환열하나 인도를 예같이 한가지로 기르며 인호 글 배우매 동실동학同室同學하게 하니, 인호 삼사 세 유아나 체지體肢[98] 신중하며 옥골玉骨이 쇄락하고 신장身長이 유여裕餘하여 칠팔 세 인도의 신장과 다름이 없으니, 공이 너무 숙성함과 빙청氷淸같이 맑음을 꺼려 학공學功을 힘써 권장치 않되 총명 영기 과인過人하여 눈에 지난즉 외우고 한번 들으매 잊지 않아 자연한 문재文才 날로 이뤄 타일 천하 문장이 일 줄을 가히 알지라.

부모 더욱 애중하나 또한 두려 방 밖에 나지 못하게 하더니, 일일은 시랑이 학사 부중府中에 오니 공이 외당外堂 취운정에서 맞아 말하더니, 인도, 부친이 왔음을 알고 보려 가니, 인호 한데서 놀다가 인도 나감을 보고 옷을 이끌어 좇아 나가니, 시랑이 눈을 들어 한번 보매 인호의 호호浩浩한 기상의 천연天然한 옥모玉貌 미려함이 빼혀나(빼어나) 자연 보는 자로 하여금 흠칭欽稱[99]함을 깨닫지 못하게 하는지라. 심중에 불열하나 흔연 왈,

"질아姪兒 이같이 기이하니 형장兄丈의 복록을 하례하고, 소제小弟 스스로 애모愛慕하는 정을 능히 거두기 어렵도소이다."

공이 인호를 명하여 절하라 하고 답 왈,

"소아小兒 미려함을 나는 과誇치 않아 내 아이 질아 같고자 한데 이같이 청약하니, 우형이 시름하는 바니 현제賢弟[100]의 말이야 어이 당하리오."

인호 부친 명을 좇아 시랑께 절하고 물러 인도와 한가지로 앉으매 기상이 엄연하여 소아의 체지體肢 없는지라. 인도와 갈와(나란히) 앉았으매 보건대 채봉彩鳳이 구천九天에 올랐거늘 오작烏鵲이 곁에 있는 듯, 용이 창해蒼海에 여의주如意珠를 희롱하는데 가는 배암

---

96) 조회를 마침.

97) 옛 중국의 이름난 서예가들인 종요鍾繇와 왕희지王羲之를 아울러 이르는 말.

98) 몸가짐.

99) 공경하고 칭찬함.

100) 아우뻘 되는 사람을 대접하여 이르는 말.

의 비김 같으니 시랑이 더욱 아처하나(싫어하나), 학사 인도를 인호로 다름이 없이 애모하는지라, 또한 한가지로 양아兩兒를 사랑하는 빛으로 유희遊戲하여 공과 한담하다가 돌아가다.

화설話說, 문경 공주 삼사 세에 이르니 애용이 조요함과 성질이 총혜聰慧하여 황친 국척皇親國戚[101]에 바라볼 이 없는지라. 겸하여 문묵文墨을 희롱하여 재주 고인古人을 압두壓頭할 틀을 볼지라, 제帝, 후后 더욱 기특히 여기시며 궁중 상하에 기특히 아니 여길 이 없더라.

제와 후 수상手上의 보배로운 구슬같이 여기시며 몽사夢事를 의혹하사 이적부터 부마駙馬를 근심하더니, 일월日月이 쉬이 지나 공주 꽃다운 나이 십삼에 이르니 염염艶艶한 안색顔色은 금분화왕金盆花王과 추수 부용秋水芙蓉[102]이 향기를 떨친 듯, 홍일紅日이 약목若木[103]에 걸렸는 듯, 묘묘妙妙한 태도 창해명주蒼海明珠 청빙淸氷에 솟아나며 결청潔淸한 기질이 수정 반盤에 백설白雪이 어리며 구슬 끝이 향풍香風에 상양徜徉[104]한 듯 아리따운 자태와 봉익 섬요鳳翼纖腰[105]의 고운 모습이 연연 아담娟娟雅淡하여 옥계 난초 향기롭고 월궁月宮 계화桂花 춘풍에 웃는 듯 쇄락 청아하며 윤택 교교潤澤皎皎[106]하여 표표飄飄히 진속塵俗에 뛰어나니 만고일인萬古一人이라. 겸하여 성질이 온화하며 자인현철慈仁賢哲하고 영민효우英敏孝友하며 씩씩 단정하고 총명聰明 과인過人하여 문묵을 희롱하매 필체는 주옥珠玉을 헤치며[107] 향운香雲이 어리고 문재文才는 두운杜韻[108]에 미칠 바 아니라. 지어 침선방적針線紡績[109]에 신기치 않은 곳이 없으니 제, 후 공주의 색모재덕色貌才德이 이같이 기이함을 크게 기특히 여기사 부마를 간택고자 한대, 자라매 옥모의 절염絶艶함과 교교 낭성皎皎朗聲[110]이 후后의 몽중 여자로 일호一毫 참치參差 없으니[111] 심중에 기특히 여기사, 양가楊家를 구하여 부마를 택고자 하시되 '양가' 두 자밖에 알 일이 없으니 제후 정히 우민憂悶하시더라.

공주 십 세 넘으매 비로소 침루寢樓[112]를 정하시니 유모와 궁아宮兒를 거느려 침루 응운

---

101) 황족, 임금의 일가.

102) 금화분의 모란꽃과 가을 물 위의 연꽃. 깨끗하고 아름다운 모양을 나타내는 말.

103) 해가 지는 곳에 있었다는 나무. 해가 지는 곳을 이르는 말.

104) 배회徘徊. 여기서는 바람결에 흔들리는 것을 나타내는 말.

105) 봉의 날개 같은 두 팔과 가는 허리.

106) 반지르르 기름기가 돌고 말쑥함.

107) 글자마다 구슬을 꿰어 놓은 듯 아름다우며.

108) 시 잘 짓기로 이름난 두보杜甫의 시.

109) 바느질과 길쌈. 곧 여자들이 하는 일.

110) 깨끗하고 맑은 목소리.

111) 터럭만큼도 다르지 않으니.

각에 있어 제, 후께 문안함을 게을리 않으니 문장은 날로 빛나고 시時로 새로우니 궁중 상하에 성덕聖德을 우러르지 않을 이 없더라.

차설, 취현교 양부楊府에서 공자 장성하여 연年이 십삼에 이르니 씩씩한 기도와 늠름한 신채神彩 날로 쇄락하고 용모 천연 쇄락하여 추월秋月이 청공淸空에 걸렸으며 백벽白璧이 티끌을 씻은 듯 준아俊雅한 풍도風度 섬궁蟾宮 옥수玉樹[113] 미풍微風을 띠었는 듯 성행性行이 침묵沈默하며[114] 활달 호상豁達豪爽하고 총민 영기聰敏英奇 일세에 빠혀나며 천추기인千秋奇人이요 만고일인萬古一人이라. 옥안玉顏을 수정修正하여 정금 단좌整襟端坐[115]하매 씩씩 준엄하여 보는 자 자연 기경奇驚하여 십삼 세 아동인 줄 깨닫지 못하고 부모 슬하에서 웃음과 낭연朗然한 담소談笑 화기 춘풍이 어리어 백물百物이 생기를 도우며 백련白蓮 일지一枝 녹파綠波에 웃는 듯하니, 양 공 부부 이같이 기이함을 황홀 애중하며 택부擇婦함[116]을 심상히 아니 하여, 권문세가權門勢家에서 공의 부귀와 공자의 선풍仙風을 흠모하여 구혼하는 이 구름 모이듯 하나 일찍 허許한 곳이 없더니, 이때 인도의 연年이 십육이나 장성한 후는 시랑 부중에 가고 공이 홀로 생으로 더불어 외당에 앉아 뒷동산의 춘색春色을 완상玩賞하며 정전庭前 유사柳絲[117]를 사랑하여 객客이 이름을 깨닫지 못하더니, 동자童子 고告 왈,

"문 어사 노야老爺 이르시었나이다."

하니, 이는 공우公友 문언박文彦博[118]이라. 공이 반겨 맞아 한훤寒暄 필畢에[119] 공자를 명하여 뵈어라 하니 생이 예禮하고 물러 좌정座定하매, 문 어사 대경大驚 대찬大讚 왈,

"형이 일찍 사속嗣續이 없음을 근심하더니 이제 공자의 풍채 이렇듯 기이하니 형의 복이 아니리오. 이런 선풍 옥인仙風玉人을 감추고 저렇듯 장성하였으되 소제로 하여금 금일이야 서로 보게 하니 만생晩生[120]이 형의 내외함이 이러함을 한恨하노라."

공이 웃고 답 왈,

"어찌 내외함이리오. 다만 아이 약함이 규수閨秀 같은지라 방외房外에 내지 못함이라. 어찌 다른 뜻이리오."

문 공이 또 웃고 이르되,

---

112) 침방이 있는 누각.
113) 달 속 계수나무.
114) 품행이 침착하고 신중하며.
115) 옷깃을 매만져 모양을 바로 하고 단정히 앉음.
116) 며느릿감을 고름.
117) 뜰 앞에 실실이 드리운 버들가지.
118) 송 나라 때 정사를 잘 돌보기로 이름 높던 재상.
119) 안부 인사를 마치고.
120) 선배 앞에서 저를 낮추어 이르는 말.

"영랑令郞의 외모를 보매 그 재주의 비상함을 가히 아나니 한번 보고자 하나이다."

공이 답 왈,

"어찌 형의 과장함을 당하리오. 그러나 내 아이는 일수一首를 지어 공의 후의厚誼를 헛되이 말라."

공자公子 피석避席 수명受命[121]하매 동자 문방文房[122]을 내오니 공자 문 공을 향하여 제題[123]를 청하니, 공이 흔연히 기꺼 이르되,

"신류新柳 바야흐로 아름다우니 이로 제題하라."

공자 이에 깁을 펴고 옥수玉手에 채필彩筆을 들매 문 공이 정히 살피더니 공자 주저하는 빛이 없이 휘필揮筆[124]함이 풍우 같고 지상地上에 용사비등龍蛇飛騰[125]하고 운영雲影이 일어나니 거두어 양공兩公 앞에 드려 왈,

"대인大人의 명으로 글을 이루매 까마귀 그리기를 효칙效則하였으니 존전尊前에 뵈옴이 참안慚顔[126]하이다."

공과 문 어사 한번 보매 필체 안광眼光에 보이니 문 공이 크게 기특히 여겨 내리 보매 사의辭意 웅건雄健하고 기법이 호상豪爽[127]하여 읽어가매 입이 향기롭고 흉금이 상쾌하니 공이 손으로 서안書案을 쳐 대찬 왈,

"현재賢才[128]며 현재라. 이는 고금에 듣지 못한 기재奇才라. 만생이 복이 두터워 이런 기재 옥인奇才玉人의 선풍仙風을 대하여 이같이 신기한 재주를 보니 기특지 않으리오. 형은 가히 타인他人의 십자十子[129]를 무시하리로다."

공자는 당치 못함을 사례하고 양 공은 두긋기온(기쁜) 웃음이 미우眉宇[130]를 동하여 가로되,

"형이 이같이 과찬하니 어찌 넘지 않으리오. 연然이나 복僕[131]은 소아의 재주와 미모를 과誇치 않아 다만 그 청약함을 숙야夙夜[132]에 두려하나이다."

---

121) 웃어른을 공경하는 뜻으로 자리에서 일어나 명을 받음.
122) 종이, 붓, 먹 같은 문방 도구.
123) 글의 제목.
124) 붓을 휘두름.
125) 용이 날아오른다는 뜻으로 활달한 필체를 이르는 말.
126) 얼굴 보기가 부끄러움.
127) 호방하고 시원시원함.
128) 훌륭한 재주.
129) 남의 열 아들.
130) 양미간.
131) 남자가 저를 낮추어 이르는 말.
132) 밤낮으로.

문 어사 글을 놓지 못하여 재삼 칭찬 흠탄欽歎하고 날이 늦으매 돌아가니라.

인도 시랑 부중에 머물러 사오 일 후 돌아오니, 양 공자 반기며 기꺼 서당에서 글을 의논하더니 신류新柳 시 지은 것을 보고 인도 심중心中에 크게 기특히 여겨 그 재주를 꺼릴 뜻이 없지 아니하더라.

차시此時에 양 공 부부 아자兒子의 춘치풍광春雉風光이 날로 쇄락하고 재주와 덕행이 양전兩全함을 두굿기는 가운데 택부擇婦하기를 상심詳審히 하되, 일찍 마땅한 데 없어 울울불락鬱鬱不樂하더니 길인吉人[133]은 천도 돕고 천추에 절의節義로 맺힌 한을 신명이 감동할지라, 윤산崙山[134] 늙은이 길 열기를 더디 하리오.

유수流水 같은 일월이 삼 해 지나니 시세 중추仲秋라. 금풍金風[135]이 소슬하고 천기天氣 청량淸凉한지라. 공이 중당中堂에서 인호, 인도를 앞에 두고 동자로 학을 길들이고 정전庭前에 대수풀이 정정亭亭함을 사랑하더니, 부인이 공께 청하되,

"첩이 전일 사속嗣續을 위하여 백운사에 진향進香하기를 연년年年이 그치지 않았더니 천도天道 도우셔 아자兒子를 얻으매 그때 몽조 비상한지라. 이제 제 이미 장성하였으니 중추仲秋 절일節日[136]이 다다랐고 유화동이 멀지 않은지라 저를 보내어 부처의 은혜를 사례코자 하나니 상공은 허하소서."

공이 답 왈,

"비록 허탄하나 해로운 일이 아니라 부인 뜻대로 하소서."

공자더러 유화동에 감을 이르니 공자 유화동 경개 절승함을 듣고 매양 한번 보고자 함이 오래되 부모 슬하 떠남을 어려워 청치 않았더니 다만 수명受命할 따름이라.

인도 한가지로 가 구경하려 하여 기꺼하더니 홀연 인오 창두와 노새를 보내고 시랑의 미령靡寧[137]함을 전하고 오라 하였는지라. 인도 놀라 급히 돌아갈새 공자 연연戀戀하여 하며 한가지로 가려 하다가 친환親患[138]으로 울울이 돌아감을 아연啞然하여 홍미 소삭蕭索[139]하고 인도도 가장 서운하여 하직하고 갈새, 양 공과 부인이 또 비복婢僕으로 인도를 좇아 보내어 문후問候하더라.

인도를 보내고 인호를 차려 유화동을 보낼새 양랑兩郎으로 진향할 것을 맡기고, 공이 노성老成한 창두蒼頭[140]와 영리한 서동書童을 명하여 공자를 보호하여 일찍 돌아오라 하고

133) 성정이 바르고 좋은 사람.
134) 신선들이 산다고 하는 곤륜산.
135) 가을바람.
136) 추석.
137) 몸이 병으로 편치 않음.
138) 부모의 병환.
139) 호젓하고 쓸쓸함. 여기서는 홍이 나지 않음을 이르는 말.
140) 사내종.

공자더러 자심하여(조심하여) 다녀옴을 재삼 경계하니, 공자 수명하여 부모께 하직하고 양랑 창두를 거느려 위의를 갖추어 백운사로 향하니 도로에 보는 이 그 화풍 성모和風盛貌[141] 백일白日에 바애고(눈부시고) 씩씩한 기도는 가을 기운을 이기는지라, 옥경 선인玉京仙人이 강림降臨함인가 놀라 길을 잃고 칭찬하는 소리 귓가에 어지럽더라.

절에 다다라는 주지住持 장로長老 제승諸僧을 인하여 맞아 정련에 오르매, 불상을 금탑에 열좌列坐하였고 남벽 한편 관음대사 탱[142]을 걸고 백사帛絲[143]를 드리웠으니, 한번 보매 전중顚中에 금당金堂이 비치는 듯 몸이 선당禪堂에 오르며 극락세계를 임臨한 듯하더라.

진향을 다하고 나오매 다과를 들이고 제승이 공자의 기이한 의용儀容을 못내 차탄하더라.

생이 장로를 불러 이르되,

"금일 일색日色이 이르니 내 뫼에 올라 구경코자 하나니 길을 인引하라."

대對 왈,

"상공이 구경하려 하시면 죽장망혜竹杖芒鞋[144]로 향하시리다."

생이 좇아 서동만 데리고 장로와 제승을 좇아 뒷뫼에 오르매, 추경秋景이 아름다워 풍엽楓葉은 슬슬하여 밝은 빛을 자랑하고, 층암 만학層巖萬壑[145]은 백운白雲을 능멸하며, 나는 뭇봉은 채봉이 비무飛舞함 같으니 가려佳麗한 경색이 삼춘화시三春花時의 난잡함을 능멸하니, 천지의 맑은 기운이 이곳에 다 모였더라.

공자 처음으로 이런 경색을 대하며 스스로 기쁨을 금치 못하여 단순 옥치丹脣玉齒에 읊으매 호호한 옥성玉聲이 단산丹山[146]의 봉鳳이 아니면 구소九霄[147]의 학이라. 청쇄淸灑한 음성이 호호하여 구소에 어리니 행운行雲이 어리고 학이 바위에 날아 춤추니 제승이 기이히 여기며 칭찬함을 깨닫지 못하더라.

뫼 상봉上峰이 높고 높아 운소雲霄[148]에 꿰였으니 그 위를 보기 어려운지라, 노승더러 문問 왈,

"뫼 위에 구름이 매양 저러하냐?"

대 왈,

141) 화기롭고 화려한 풍모.

142) 부처, 보살들을 그려서 벽에 거는 그림.

143) 윤이 나는 흰 명주실.

144) 대지팡이와 짚신. 험한 길을 걷기에 편리한 차림새를 하는 것.

145) 첩첩이 겹쳐진 험한 바위와 깊은 골짜기.

146) 산 위에 붉은 기운이 어려 있다고 하는 산.

147) 높은 하늘.

148) 구름 낀 하늘.

"혹 구름이 걷어질 때 있어도 저러할 적이 많고, 구름이 내린 때 신선이 내려와 노니 이러므로 이 뫼 이름이 선유산仙遊山이니이다. 금일도 이리 청명한데 구름이 저리 두터우니 반드시 신선이 내리는 때는 산승이라도 가까이 가지 못하나니 내려가사이다."

생이 듣지 아니하고 서동을 데리고 승류僧類더러 왈,

"너희는 예서 기다리라."

하고 점점 올라가니, 산로山路 참암巉巖[149]하고 구름이 깊어 능히 가지 못하는지라. 돌아보니 동자는 더욱 떨어져 오지 못하거늘, 생이 암상巖上에 쉬며 생각하되,

'승류僧類의 전어傳語 허언虛言이 아니로다.'

동자를 불러 오지 말라 하며 도로 내려오더니, 홀연 백의동자白衣童子 나아와 이르되,

"선생이 상공을 기다리신 지 오래더니 청하시더이다."

생이 괴이히 여겨 답 왈,

"선생이 뉘시뇨? 산로 절험絶險하고 선생께 뵈온 적이 없으니 어이 가리오. 하물며 구름이 두터워 길을 막았으니 어이 가리오."

동자 왈,

"가시면 아시리다."

하며 손에 들었던 청려靑藜를 주며 왈,

"이를 짚고 나를 좇아오면 좋으리다."

생이 막대를 받아 짚고 선동을 좇아가니 아득던 길이 명랑하고 행보行步 어렵지 않더라.

상봉에 올라가니 그 위 편하고 올라가던 데 같지 않고 옥암玉巖이 깔렸으니 기이함이 무궁하더라.

선동이 나아가 고 왈,

"초 상공을 인引하여 왔나이다."

선생이 명하여 나아오라 하거늘, 생이 우러러보니 한 도인이 얼굴이 기이하고 복색이 비상하더라. 나아가 재배再拜하니 선생이 흔연히 반겨 왈,

"중경은 별래別來 무양無恙[150]하냐? 노인이 이에 와 그대를 기다린 지 오래로다."

생이 의아하여 배복拜伏 왈,

"소자의 성명은 인호라 세상을 안 지 십삼 재載에 금일 처음으로 존전에 배알拜謁하오니 어이 별래別來를 이르시나이꼬? 선생의 존성尊姓과 대명大名으로써 아득한 것을 가르치소서. 또 묻잡나니 중경은 뉘이꼬?"

선생이 석상石上에 단좌端坐하여 공자를 앉으라 하고 이르되,

"그대 전세前世 원한을 어느 사이 잊음이 되었느냐? 노인이 이에 옴은 그대 진토塵土의 아득함을 깨닫게 하고자 함이라."

---

149) 산이 가파르고 험함.

150) 헤어진 뒤 병이나 탈이 없음. 주로 아랫사람의 안부를 물을 때 쓰는 말.

하고, 동자를 명하여 옥호玉壺의 금장金漿[151]을 유리 종鍾[152]에 부어 생을 주거늘, 받아 마시매 장부臟腑에 잠기니 정신이 상쾌하고 몸이 가벼워 화하여 등선登仙하는 듯하고 선생을 전일 알던 듯 홀연 심리心裏에 처창悽愴함이 일어나니, 생이 사례 왈,

"소제 이제 아득한 마음이 선생이 차를 먹이심으로 정신이 깨달을 듯하나 진토에 묻힌 몸이 총명이 암연暗然하니 밝게 가르치소서."

선생이 답 왈,

"그대 전세의 곧 중경이라. 시운時運을 만나지 못하여 부부 서로 위하여 청춘 원사冤死하며 원기冤氣를 인하여 천추에 맺힌 한이 수운愁雲이 이르며 백일白日이 능히 비치지 못할지라. 이대[153] 화산 도인 진도람이 참혹하여 거느려 부처께 뵈오며 세존이 자비지심慈悲之心을 발하시고 관음이 인진引進하사 그대 양가楊家에 돌아가매, 그대 부부 발원하여 재세再世에 다시 만나 영락榮樂을 누려 전세 원한을 풀고자 하매, 부처 그 원대로 하게 하시니 노인이 그대를 위하여 고하노라. 그대는 돌아가 이 글을 보라. 이 글 가운데 사람이 그대 전세 부부니 모로매(모름지기) 난지蘭芝의 환신還身을 만나 복록을 받으라."

하고 종이에 글 쓴 것을 주거늘, 보니 '공작시孔雀詩'[154] 세 자 분명한지라. 생이 청파聽罷에 추연 태식惆然太息에[155] 청루淸淚 떨어짐을 깨닫지 못하여 배拜 왈,

"홍진紅塵에 묻힌 무리를 이렇듯 가르치니 은혜 난망難忘이라. 각골명심刻骨銘心하리다. 다만 전세에 무슨 죄과로 청춘에 함원 요몰含怨夭沒[156]한고. 원컨대 다시 가르치소서. 비록 전세 부부 서로 만난들 어이 알며 부모 당堂에 계시고 구친求親[157]하는 이 많으니 뉘 집에 천연天緣이 있는 줄 알리꼬."

선생 왈,

"중경은 근심치 말라. 명년이면 그대 용계龍階를 밟아 어향御香을 쏘일지니[158] 등용登龍하매 홍사興事 그 가운데 있으리라. 태수 자子와 동가東家 여女 다시 마장魔障[159]이

---

151) 신선들이 먹는 약. '주초'라는 신기한 풀로 만든 것으로 먹으면 정신이 맑아지고 장생불로한다고 한다.

152) 예전에 쓰던 술잔.

153) 말하는 사람이 저를 가리키는 말.

154) 젊은 나이에 불행하게 죽은 부부를 노래한 옛 중국의 장편 시. 본디 '공작행孔雀行' 또는 '공작동남비孔雀東南飛'로 알려져 있다.

155) 다 듣고 나서 슬프게 한숨을 쉬매.

156) 원한을 품고 일찍 죽음.

157) 구혼과 같은 말.

158) 궁궐에 들어가 임금의 은덕을 입을지니.

159) 귀신의 장난이란 뜻으로, 뜻하지 않았던 방해가 생기는 것을 이르는 말.

되려니와 이 다 천의天意라, 자연 일이 일리니(이루어지리니) 서로 만나매 자연 알리라. 그대 전세 죄과 허물이 없이 인세人世에 날 때 인진하는 이 없어 부모 될 사람을 가리지 못한 고로 원사冤死하는 액을 만났으나 그대 부모 금세에는 현명하니 그른 일이 없으리라."

공자 다시 묻자오되,

"선생은 뉘시뇨? 존성과 대명을 머무르소서."

선생이 홀연 희희이 웃고 왈,

"화산에 잠겨온(숨어 있는) 할아비 곧 내라."

생이 희연이 깨달아 사례코자 하더니 선생이 눈을 감고 바위 위에 히자리며(드러누우며) 동자를 명하여 생을 뫼 아래로 내려 보내거늘, 다시 말을 못 하고 선동을 좇아 내려오매 동자 하직하고 일거늘 이에 바라보아 초창怊悵하고 내려오니 해 기울었더라.

이에 승니僧尼를 거느려 절에 돌아오니 양랑兩郞, 창두 등이 맞아 부중으로 돌아올새, 이때 양 공이 아자를 유화동에 보내고 슬하 떠남이 오늘 처음이라. 용이 여의주를 잃으며 수중 보옥手中寶玉을 남의 손에 앗긴 듯 취운정에 혼자 앉아 아자의 돌아옴을 기다림이 한때 천추千秋에 넘은 듯, 부인은 영현당 난간에 비겨 기다림이 눈 이울듯[160] 하더니, 날이 저물매 공자 비로소 돌아오니, 부모 반가운 얼굴에 두긋기는 입을 줄이지 못하여 어린 듯이 공자를 바랄 따름이러니, 생이 나아와 부모께 배현拜見하매 공이 비로소 공자의 손을 잡고 등을 어루만져 문 왈,

"내 아이 금일 처음으로 집 문을 나매 신세 곤함이 있느냐? 날이 늦어 노부로써 기다리게 하느뇨?"

공자 피석 사죄避席謝罪[161] 왈,

"해아孩兒[162] 유화동에 가오매 날이 일렀삽거늘 뒷뫼 선유산 풍경이 절승함을 탐하와 부모의 기다리심을 끼치오니 소자의 불민不敏한 죄로소이다."

이때 인도 돌아왔는지라, 돌아 인도와 서로 보고 시랑의 환후患候를 묻고 쉬이 돌아옴을 칭하稱賀하니, 인도 왈,

"엄친嚴親의 미령하심을 인하여 황연惶然히 돌아가기 현제賢弟와 한가지로 선유산 풍경을 구경치 못하니 가탄可歎이로다. 환후 여상如常하심을 보고 숙부의 고단孤單하심을 인하여 즉시 돌아왔노라."

생이 청파聽罷에 사례 왈,

"소제小弟 일신一身이 슬하를 떠나매 일일간이나 경경耿耿[163]한 심사를 정키 어렵더니

160) 눈이 빠지게 기다림을 이른 말.
161) 자리에서 일어나 잘못을 비는 것.
162) 어린아이. 여기서는 부모 앞에서 저를 낮추어 이른 말.
163) 근심스러움.

형이 이를 아사 돌아오시니 다감多感하니이다."
언필言畢에 생이 부모께 나아가 고 왈,
"해아 선유산 상봉에 올라 구경하려 하옵더니 선동을 만나 올라가매 한 선생이 여차여차 이르는 말이 분명하오니, 듣자오니 마음이 자연 불평하온 중 이 글 쓴 것을 주오며, 얻어 보면 이 가운데 사람이 곧 소자라 하오되 일찍 보지 못하온 글이오매 대인께 고하나이다."
소매로서 '공작시'라 쓴 것을 내어 드리니 양 공 부부 공자의 허다 설화說話를 듣고 이를 보매 황연晃然히 깨달아 부인을 보아 왈,
"부인은 연간 몽사를 생각하시느뇨? 내 아득하니 명민치 못함을 탄하노라. 이 글이 있으되 심히 궁박하여 화려한 제題 아니니 너를 뵈지 않았더니라."
부인이 괴이히 여길 뿐이러니 공의 말로 인하여 답 왈,
"실로 이렇듯이 신기하니 아자의 가기佳期를 점복占卜기 어렵도소이다. 어느 곳에 천연天緣이 매였음을 알리꼬."
공이 점두點頭 왈,
"천기天機를 미리 측량치 못하려니와 이미 하늘이 유의有意하실진대 또 어찌 근심하리오."
이에 서동을 명하여 외당 장서헌의 '공작시'라 쓴 것을 얻어 오라 하니 동자 이윽고 가져오매 시아侍兒 받아 올리거늘, 공과 부인이 한가지로 보고 견필見畢[164]에 감탄하여 위하여 얼굴을 고치고, 공자는 이 글을 한 번 보매 전세 일이 눈앞에 있는 듯 척연戚然 감상感傷[165]함을 깨닫지 못하여 봉안鳳眼을 낮추고 유미柳眉를 찡기어[166] 관옥 같은 안색에 참연慘然함을 머금으며 화기 사라지니 용이 운중雲中에 시름하며 백일白日이 흑운黑雲을 띠어 근심하는 듯 옥수를 들어 띠를 고치고 관冠을 숙여 부모께 고 왈,
"소자 전세 적악積惡과 죄얼罪孽이 중하와 부모의 박대를 입어 한 처자를 능히 보전하와 거느리지 못하므로 고금에 없는 경계를 당하여 무죄한 여자로 하여금 원을 품어 절사絶死케 하고 청춘에 몸을 던지었으니, 아득히 모르매 심상하더니 이제 명명明明히 알매 어찌 차악嗟愕[167]지 않으리오. 원컨대 난지의 회생回生인 줄 분명히 아는 여자면 취하고 그렇지 않으면 종신토록 취처娶妻를 않아 전세 원怨을 더하지 않으리니 부모는 아이 원願을 좇으소서."
공이 생의 거동을 보고 그 말을 들으매 감동함을 깨닫지 못하여 탄 왈,
"내 나이 사십에 다다라 비로소 너를 얻어 날로 장성하기를 기다려 일찍 성취成娶하여

---

164) 보고 나서.
165) 슬픈 마음이 일어나는 것.
166) 봉안은 봉황새의 눈, 유미는 버들잎 같은 눈썹으로, 잘생긴 남자의 눈매를 이르는 말.
167) 몹시 놀람.

슬하에 쌍유雙遊[168]하는 재미를 보고자 하더니 일이 이러하여 신인神人의 말을 듣고 이 글을 들으매 석목石木도 감동할 것이니 노부老父 어찌 소원을 좇지 아니하리오. 등용하매 홍사興事 그 가운데 있다 하니 자연히 만나리라 함이라. 오아吾兒는 관심寬心[169]하여 학공을 더욱 힘쓰라."

공자 재배再拜 수명하여 서당에 물러오매, 인도 이를 듣고 보매 기이히 여겨 한가지로 선유산에 가지 못함을 더욱 애달아하며 공자와 한가지로 서실書室에 오매, 생이 홀로 심중에 탄하여 생각하되,

'내 비록 전세 궁박하나 이제 부귀가富貴家에 생장하여 부모의 교애敎愛하심을 받자와 끼친 재학才學이 남의 아래 되지 않을 것이니 한번 취응就應하여 어향御香을 쏘이매 영화 부귀 비길 데 없으려니와 난지는 뉘 집 자식이 되었느뇨? 신인의 말이 모호하니 어느 곳에 향하여 찾을꼬. 서로 만나면 전세 인연을 이뤄 부모께 효를 다하려니와, 불행하여 혹 서로 찾지 못하면 차마 전세 한恨을 더어(더해) 다른 곳에 취처를 못 할지라. 연然즉 부모의 바라시는 뜻을 저버려 불효됨이 이만 큰 이 없으니 기괴함이 아니리오.'

또다시 상량商量하되,

'선인이 아득한 것을 깨닫게 하고 계지桂枝를 꺾으매[170] 홍사 일리라 하니 오직 천명天命이 되어 감을 볼 것이라.'

이를 생각하며 불안하여 눈썹을 찡기어 창한愴恨[171]하니, 인도 생의 탄식함을 보고 문왈,

"그대 비록 전세 인연을 사모하나 사람의 일을 측량치 못할지라. 비록 난지의 재생再生인 줄 아나 혹 박색薄色 병인病人이어나 천가賤家 촌한村漢[172]의 자식이어나 하면 어이 허탄함을 믿어 일생을 그르치리오."

생이 답 왈,

"형의 말이 비록 옳으나 이는 한갓 헛되다 이르지 못할지라. 아무리 하여도 난지의 회생을 얻으면 다른 것은 한치 않으리라."

설파說罷에 환소歡笑하고 이후 부모께 세때 문안하는 밖에 발이 서당 문밖을 나지 않아 학문을 힘쓰니 문리文理 장진長進하여 형창 독서螢窓讀書[173]하는 일을 허비치 않아도 하늘 품수稟受한 재화才華 족히 천하 문장을 압두壓頭하려든, 하물며 종시終始 독서하여 게으름이 없으니 호호浩浩한 문장이 고금 이래로 비할 이 없는지라. 양 공 부부 아자의 재주

---

168) 함께 짝을 지어 노니는 것.

169) 마음을 너그럽게 가짐.

170) 과거에 급제함을 이르는 말로, 계지는 계수나무 가지.

171) 슬퍼하고 한스러워함.

172) 비천한 집의 촌바우.

173) 반딧불 비치는 창가에 앉아 글 읽는다는 뜻으로, 꾸준히 공부함을 이른 말.

이같이 신기함을 환희하나 오직 그 배우配偶의 조만早晩을 알지 못하여 이로써 염려 깊어 차후 미시微時[174]를 물리치고 생의 입신立身함을 기다릴 뿐이러라.

화설話說, 차년 중추 망일에 제, 후 현경궁에 태자, 친왕을 문안받으사 황친 국척皇親國戚들을 다 입궐하라 하사 설연設宴하라 하시니, 태자 비, 제왕 비, 공주로 더불어 후를 뫼셨고 모든 국척國戚 명부命婦[175] 성렬成列하니 화안 옥빈花顔玉鬢이 서로 바애는지라(빛나는지라).

이때 문경 공주 응장성식凝粧盛飾[176]으로 예복을 단정히 하여 좌座에 들매 얼음이 맑으며 옥이 윤택한 기골과 연연 쇄락娟娟灑落하며 절염한 안색이 백련화白蓮花 한 송이 옥병 위에 웃는 듯 단엄한 기상과 아리따운 태도 천만인 중 솟아나니, 제후 더욱 새로이 흠애함을 이기지 못하시며 모든 사람이 눈이 밤븨고[177] 마음이 황홀하여 아무렇다 측량치 못할러라.

날이 늦으매 파연罷宴하여 내전에 들르실새, 공주 제, 후께 주奏 왈[178],

"이리로써 내전을 갈 적 서원書院을 지나니 서원을 사급賜給[179]하신 후 일찍 보지 못하였으니 잠깐 보옴을 원하나이다."

제와 후 흔연히 좇아 허하시니 공주 사은하며, 상이 명하사 진 상궁, 여 상궁으로 한가지로 모든 궁인 시녀로 공주를 보호하여 서원을 보고 오라 하시다.

이 서원은 응운각으로서 서다히(서쪽으로) 별처別處에 있고 그 가운데 삼십여 칸 누대 있으되 표묘縹緲하여 선간仙間 같은지라. 공주 팔구 세에 문장이 일어 능히 미칠 이 없는지라 상이 기특히 여기사 서원 채운루에 이름난 글을 다 모아 삼십여 칸 누대 좁게 쌓아 공주께 사급하신 것이라.

공주 이때 위의를 거느려 운루에 이르니 지킨 으뜸 상궁 엄 씨 오십 인 궁아宮兒를 거느려 맞아 누에 오르매, 공주 진 상궁을 명하여 서책을 일일이 점검하라 하시고 산산한 글을 빠혀(뽑아) 침루로 가져오려 여 상궁을 맡겨 가져오게 하라 하고, 이에 내전에 저녁 문안을 파하고 침궁寢宮에 돌아와 여 상궁을 명하여 채운루에서 가져온 서책을 올리라 하니, 상궁이 누함의 서책을 받들어 안하眼下에 올리니, 공주 받아 차례로 서안에 놓고 내리 보더니, 한 권에 다다라 '공작시'란 시 있어 시의詩意 십분 비창悲愴하니 공주 한번 보매 문득 참연하여 책을 덮고 아미를 찡기어 추파에 옥루玉淚 어리매 구슬꽃 한 송이 향수에 젖었으며 백련 일지白蓮一枝 조로朝露를 머금은 듯 탄하여 이르되,

---

174) 이름나기 전. 보잘것없는 때.

175) 나라에서 봉작을 받은 부인.

176) 아름답고 화려한 장식.

177) '마비되다'의 옛말로, 훌륭한 모습이 눈부시어 바로 보지 못할 만큼이라는 뜻.

178) 아뢰어 여쭙기를.

179) 왕이 물건을 주는 것.

"가련하다 난지여, 이렇듯 한 자색姿色 절의絶義로 능히 그 복을 받지 못하여 방신芳身[180]을 멱라에 장葬하니 홍안박명紅顔薄命은 자고로 일렀으나 창천蒼天이 어찌 홀로 난지에게 편벽하시뇨."

척감慽感[181]함을 이기지 못하니, 여 상궁과 유모 나아와 고 왈,

"옥주玉主 고서의 참담한 사적을 보신 바 한두 번 아니로되 일찍 경동輕動하시는 일이 없삽더니, 금일 이 한 편 글에 애상哀傷하심이 과도하시니 두리건대(두려워하건대) 옥체 불안하실까 하오며 또 그 뜻을 알지 못하나이다."

공주 옥수玉手를 들어 주루珠淚[182]를 거누고 답 왈,

"비록 원억 참사冤抑慘死한 무리 한둘이 아니나 어찌 이 같은 이 있으리오. 한번 보매 스스로 마음이 감동함을 깨닫지 못하니 내 또 그 연고를 알지 못하리로다."

설파說罷에 소 상궁이 들어와 품稟[183] 왈,

"옥주 성심聖心이 불평하시니 비자婢子 등이 우러러 황축惶蹙[184]함을 깨닫지 못하올지라. 이제 망월望月이 바야흐로 동령東嶺에 오르니 옥주는 한번 보사 심사를 위로하소서."

공주 부답不答이어늘 여 상궁이 다시 청하니 공주 명하여 상을 난간에 옮기라 하고 유모 인도하며 양 상궁이 좌우로 인하여 난간 앞에 나아와 옥상에 좌하니 상궁과 유모 좌우로 시립侍立하고 옥면 궁아玉面宮兒[185] 금촉金燭을 밝혀 시위侍衛하니 위의 정제하더라.

이때 중추 망일이라 만리장천萬里長天에 일점一點 부운浮雲이 없고 명월이 두렷하여 청공에 오르매 월색月色이 교교하여 주렴珠簾에 보이니 공주 단의緞衣[186]를 정히 하여 주함 옥상에 비겨 '명월明月시'를 읊어 그치매, 다시 '공작시'를 생각고 홍미 소삭蕭索하여 옥 같은 소리로 길이 초창하며 '공작시'를 읊으매 쇄연한 낭성朗聲이 보기寶器에 구슬이 구르는 듯 빙청옥결氷淸玉潔[187] 같은 애용哀容이 월색에 보이니 명월이 자태 없음을 웃고 연지蓮池 부용芙蓉이 향기를 앗기는지라. 좌우 궁인 시아 넋을 잃어 어린 듯이 새로이 기이히 여기더니, 문득 다시 탄식하며 팔자 아황八字蛾黃[188]에 화기 사라지니 동천東天의 찬 달이 시름을 머금으며 설상한매雪上寒梅 옥분玉盆에[189] 근심을 머금은 듯 좌우 궁인이 다

180) 꽃다운 몸.
181) 슬픔을 느낌.
182) 구슬같이 방울방울 떨어지는 눈물.
183) 윗사람에게 아뢰는 것.
184) 황공하여 몸을 움츠림.
185) 옥같이 고운 궁녀.
186) 비단옷.
187) 얼음같이 맑고 옥같이 깨끗함.
188) 여덟팔자가 된 눈썹. 얼굴에 근심이 어림을 나타낸 말.

척연히 낯빛을 고치더니 공주 금병錦屛[190]에 의지하여 잠깐 졸매 홀연 백의동자 앞에 와 예하고 왈,

"소동小童은 진도람 선생의 부리신 바라. 선생이 이 글을 옥주께 드리라 하시더이다."

하고, 한 조각 종이를 난간에 놓고 왈,

"이 글 가운데 여자는 곧 옥주라. 중경을 서로 찾으매 양가兩家의 천연天緣을 어긋치지 말라 하시더이다."

언파에 몸을 한번 솟아 청공을 향하니 간 곳이 없는지라 공주 놀라 깨니 한 꿈이라. 난간 앞에 보니 한 편 종이 있되 그 종이 비상하여 형상치 못하고, 쓴 것을 보니 '공작시' 세 자 있되 글씨 인세人世 필적筆跡과 달라 가장 기이하고, 또 썼으되,

"이 종이 합포의 구슬[191]을 대하리라."

하였더라.

경의驚疑하여 침음양구沈吟良久러니[192] 잡아 다시 보고 참절慘絶함을 이기지 못하여 생각하되,

'내 실로 난지의 몸으로 이렇듯 영귀榮貴할진대 무슨 한이 있으리오.'

가련함을 이기지 못하여 다시 헤오되(헤아리되),

'난지 죄과 허물이 없이 청춘에 함원하여 원사하니 이때 천도 어찌 그렇듯 알음이 없어 사람의 원을 이루었더뇨.'

느끼기를 마지아니하더니, 유모 나아와 고 왈,

"금풍金風[193]이 차고 야기夜氣 습윤濕潤하니 옥주는 침전에 드소서."

공주 침전에 들어와 몽사를 생각하매 마음이 자연 불평하며 전전輾轉하여 잠을 능히 이루지 못하더니, 명조明朝[194]에 '공작시'를 다시 펴 보아 참람함을 이기지 못하여 날이 늦음을 깨닫지 못하더니, 황후 공주의 문안이 늦음을 염려하사 궁아를 명하여 공주의 불평함이 있는가 물으라 하시니, 시녀 수명受命하여 응운각에 나아가 후의 명을 전하니 공주 바야흐로 손에 잡았던 것을 놓고 경대를 나와 소세梳洗할새 맑은 물을 우해여(움키어) 옥용玉容을 씻으니 남련 백벽白璧이 티끌을 씻으며 소상 청빙瀟湘淸氷[195]이 조양朝陽[196] 보이는 듯

---

189) 눈 위에 핀 찬 매화가 옥 화분에.

190) 비단 병풍.

191) 한나라 때 진주 산지로 유명했던 합포에 맹상孟嘗이 태수로 와 정사를 잘하여 줄었던 진주 생산이 늘었다. 합포의 구슬은 잃어버린 물건을 되찾는다는 뜻으로 쓰인다.

192) 놀랍고도 이상하여 한참 동안 말없이 깊이 생각하더니.

193) 가을바람.

194) 이튿날 아침.

195) 소상강의 맑은 얼음. 소상강은 맑기로 이름난 중국의 강이다.

196) 아침 해.

맑은 광채 새벽에 조요照耀하고 연연娟娟한 양협兩頰[197]은 도홧빛이 새로우니 이에 예복을 수렴收斂[198]하고 제후께 문안하매 태만함을 사죄하니, 진퇴하매 옥계에 난초 미풍을 만난 듯 교용 아질嬌容雅質[199]이 새로우니 제帝 옥수를 쥐어 앞에 앉히고 머리를 쓰다듬어 애련하심이 측량없어 가로되,

"여아 이렇듯 빼혀나나(빼어나나) 후后의 몽사 비상하시니 문경의 배필로 짐이 매양 우려하나니 하물며 색모재예色貌才藝 문경으로 방불한 이를 천하에 구하나 어찌 쉬우리오. 이로써 숙야夙夜에 염려를 놓지 못하리라."

후后 대 왈,

"재모才貌만 가리어도 득得지 못할까 근심하거든, 하물며 첩의 몽사 기이하여 여아 몽중 여자로 일호一毫 다름이 없으니 부디 양가楊家에 구하여 부마를 정코자 하오나 천연天緣이 어디 있으며 양가의 재모 갖춘 이를 만나기 더욱 어려우니 이를 시름하나이다."

설파說罷에 눈을 들어 공주를 보시니 아미를 숙이고 성안聖顔을 낮추어 안색이 자약自若한 가운데 양미兩眉에 수색愁色이 은은하니 원산遠山에 청연靑煙이 잠긴 듯 옥모화안玉貌花顔에 불안함이 비치니 곤산崑山의 옥륜玉輪[200]이 구름에 싸였으며 명주明珠 연무煙霧 중에 잠긴 듯 더욱 아리따우니, 후 경려驚慮하사 문 왈,

"소녀 아니 불평함이 아니냐? 안색이 어이 불안하뇨?"

공주 염용斂容[201] 대 왈,

"신기 불안함이 있으되 이는 작일昨日에 서헌의 책을 가져와 보오니 그 가운데 '공작시'란 글이 있어 시사時事 참절하와 감동함을 깨닫지 못하였더니 작야昨夜에 꿈을 얻자오니 한 동자 '진도람 선생의 부린 바로라.' 하고 글 쓴 종이를 주며, '이 글의 여자 곧 네라.' 하거늘, 깨어 보니 난간 앞에 글 쓴 것이 과연 이는 '공작시'라 썼사오니 이를 보오매 자연 마음이 불안하와 성려聖慮를 끼치오니 불초함을 청죄請罪하나이다."

제, 후 청파聽罷에 명하여 그 글을 가져오라 하시니 여 상궁이 받들어 올리니 '공작시'라 쓴 것이 비상하고, "합포의 구슬을 대하리라." 한 것을 보시고 더욱 기특히 여기사 '공작시'를 보시고 제, 후 남파覽罷에[202] 석연 돈오釋然頓悟하사 격절탄상擊節歎賞[203]함을 마지않으시고 후后 가라사대,

"첩이 공주를 낳을 적 몽사 비상하되 깨닫지 못하여 다만 저의 배필을 근심하더니 이제

---

197) 어여쁜 두 뺨.
198) 옷을 매만져 바로잡음.
199) 고운 얼굴과 아름다운 바탕.
200) 곤륜산 둥근달.
201) 안색을 바로잡고.
202) 보고 나서.
203) 환히 깨달아 무릎을 치면서 몹시 칭찬함.

신기의 도움이 이같이 명명하니 어찌 기이치 않으리꼬."

제 가라사대,

"이 '공작시'라 쓴 아래 합포의 구슬을 대하리라 하였으니 이 같은 것을 얻어 가진 사람이 공주의 배필이 되리라 한 뜻인가 싶으니 간택을 말고 이 뜻을 조정에 일러 여아의 천정 기연天定奇緣을 이룸이 좋도소이다. 연이나 진도람은 진단인가 싶거니와 어이 공주의 가기佳期를 돕나뇨? 알지 못하리로다."

후 대 왈,

"첩이 이전 아비 말을 듣자오니 진 선생이 화산에 들어 도를 닦아 신선이 됐다 하더니 초중경의 부부를 화산 곁에 묻다 하였으니 선생이 그 지원지성至願至誠을 궁극하여 인함인가 하나이다."

제,

"옳다."

하시고, 태자와 좌우 육궁이 다 신기히 여기며 감동치 않을 이 없고 공주는 선연 아태嬋娟雅態에 화기 소삭蕭索하니 연연한 옥모는 더욱 씩씩하고 절염한 기도는 기상을 좇아 더욱 단엄端嚴하니 아리따운 태도의 쇄락함이 비길 데 없는지라. 제후 더욱 황혹 애련惶惑愛戀하심을 금치 못하더라.

상이 명일 부마 빠기를(뽑기를) 이 글 얻은 이를 구하라 명코자 하시더니 마침 용체龍體 미령未寧하사 십여 일을 조회 받지 못하시니 천심天心[204]이 정히 울울하시더라.

화설, 급사給事 중승中丞 경진이 이남 일녀 있으니, 위로 양자兩子 취처娶妻하고 버거(버금) 여아女兒[205] 교애 장성하니 연年이 십오에 안색이 화려하여 사약[206] 한 송이 춘풍을 띠어 옥계에 빛남 같고 한아閑雅한 신채身彩 버들이 정전庭前에 새로움 같아 풍영豐盈한 태도 있고 문자文字를 통하매 일분一分 재주 있어 글씨며 그림의 규구規矩[207]를 잃지 아니하고 방적紡績[208]이 신속하니, 그 부모 과애過愛하여 가서佳婿[209]를 택하매 소저 스스로 재용才容을 자랑하여 사람을 능멸하며 천하의 재주 없음을 웃고, 또 원하여 옥인군자玉人君子의 중류 재자才子를 겸한 용모와 재주 가진 자를 만나 좇음을 원하고, 그렇지 않으면 규중에 늙어도 허가許嫁함을 원치 않으니, 부모 더욱 기특히 여기며 택서擇壻를 각별하며, 그 집이 십자가十字街 거리라 별別로[210] 채루彩樓를 높여 여아를 있게 하고 인하여 지나는

---

204) 임금의 마음.

205) 둘째 딸.

206) 작약, 곧 함박꽃.

207) 법도.

208) 길쌈.

209) 사위.

210) 따로.

사람의 아름다운 자 있거든 이르면 마땅히 가기佳期를 이루리라 하니, 소저 기꺼 아적(아침) 단장을 마치매 거울을 대하여 스스로 빛남을 사랑하여 발 틈으로 대로大路의 공후 재상公侯宰相과 소년 명사少年名士의 무리를 살피되 눈 아래 묘시藐視[211]하여 옥인 군자 없음을 탄하더라.

일일은 중승이 양 학사 부중에 이르니 공이 맞아 한훤寒暄을 파罷하매, 중승이 홀연 들으니 서성書聲[212]이 바람결에 희미히 들리되 쇄락 청월灑落淸越[213]하여 형산荊山의 맑은 옥을 때리는 듯 난봉鸞鳳이 구소九霄에 부르는 듯 또 웅장하여 용이 울 적 심(힘) 같으니, 가장 놀라 공께 문 왈,

"글 읽는 소리 뉘니이꼬?"

답 왈,

"이 돈아豚兒[214]의 소리를 어이 묻나뇨?"

중승이 봄을 청한대 문득 기꺼 않아 가로되,

"소아 학공이 게으르니 아까 책責하여 읽음을 경계하고 다시 부르리오. 돈아로써 후일 사례하리라."

중승이 못 봄을 애달파하나 하릴없어 돌아와 부인 가 씨더러 일러 왈,

"그 소리 명특하여 내 일찍 듣지 못한 바와 그 얼굴과 문자를 한번 보아 여아의 가기를 의논하리라."

하고 보지 못함을 애달파하더니, 이때 중추 염팔일念八日[215]이 양 시랑 생일이라 인도 돌아갈새 양 공이 인호를 불러 이르되,

"오늘 시랑 아우 생일에 내 가 보자 하되 기운이 불평하니 네 인도와 한가지로 가 내 뜻을 전하라."

이에 예물을 갖추어 양 공자를 보내니 공자 의관衣冠을 정제하고 부모께 하직하고 인도로 고삐를 갈와(나란히) 시랑부侍郎府에 다다르니 대연大宴을 진설陳設하여 가성歌聲이 여류如流하고 무수舞袖[216] 어지럽더라.

인도 왈,

"내당에 먼저 들어가 다녀 나와 부친께 뵈오리라."

하고, 서로 붙들어 내당의 오 부인을 보매 부인이 반겨 대답하더라.

밖에 나와 시랑께 뵈고 인호 부친 명을 전하고 예물을 드린대, 시랑이 대희大喜하여 이

211) 깔보는 것.

212) 글 읽는 소리.

213) 소리가 산뜻하게 맑고 가락이 높다.

214) 남에게 자기 자식을 이르는 말.

215) 28일.

216) 춤추는 소매.

르되,

"현질賢姪이 수고로이 이르고 형장兄丈이 예물을 보내시니 기쁘지 않으리오. 명일 내가서 형의 불평하심을 위로하리라."

하더라.

이때 날이 늦었는지라 빈객이 돌아가고 친한 유類만 있다가 양생을 보고 제성 칭찬齊聲稱讚하여 극구極口 탄상歎賞하는 소리 그치지 않으니, 시랑이 취중醉中 공자의 아름다움을 일컬으니 인도를 일컬음인가 환열歡悅하여 진환盡歡하매, 양생이 돌아감을 고하니, 시랑 왈,

"내 내일 친히 사례하리라."

인도 왈,

"나는 수일 후 돌아가리니 마땅히 기다리리라."

양생이 쉬이 오기를 당부하고 이어 청려靑驢[217]를 몰아 정히 십자가 거리로 지나더니, 동자 고 왈,

"여驢 뒤에 오는 사람이 있되, 따르는 사람 같으니 괴이하이다."

생이 돌아보니 과연 바랄만치 오는 사람이 있으되 창두의 복색이어늘 괴이히 여기나 다다르면 알리로다 하여 유의치 않아 부중에 다다라 보니 이미 간 곳이 없는지라 의혹하나 다시 마음에 두지 않아 공과 부인께 시랑의 말씀을 고하고 인도의 수일 후 오기를 고하고 서재에 돌아와 인도의 돌아오기를 기다리더라.

원래 공자를 따라오던 사람은 다른 이 아니라 경 중승 부중에서 경 소저 교애 매일 누상에서 옥면 가랑玉面佳郎을 살피더니 이날 홀연 한 소년 서생 양인兩人이 혁革을 갈와 지나니[218], 한 소년은 면모 기상面貌氣像이 풍영 풍후豐盈豐厚[219]하며 이목耳目이 명랑하여 웅모 아름답고, 한 소년은 나이 더욱 젊어 보이되 신장은 유여하고 관옥 같은 용모와 용미 봉안龍眉鳳眼에 빼혀난(빼어난) 정채精彩 두우斗宇에 쏘이고 단순호치丹脣皓齒와 늠연凜然한 기도의 자연한 위풍이 관자觀者 칭송함을 깨닫지 못하고 도로道路 인人이 구경하여 서로 길을 사양하며 예모를 수련하는지라. 경 소저 한번 보매 크게 놀라며 기쁨을 이기지 못하여 급히 부모더러 일러 왈,

"두 소년이 다 아름다우나 청려를 타고 더욱 젊어 뵈는 자 진실로 소녀의 소원자所願者라."

하니, 그 부모 뉘 집 소년인고 돌아가기를 기다려 알고자 하매, 소저 누상樓上에서 정히 기다리더니 양생이 홀로 지나는지라 부친께 고하니, 창두를 명하여 따라와 양 학사의 공자인 줄 알고 대희하여, 명일 일찍 양 시랑을 보고 딸을 대찬大讚하고 양 공자와 결혼함을 구하

---

217) 털빛이 검푸른 당나귀.

218) 채찍을 나란히 하여 함께 지나가니.

219) 얼굴이 살이 많아 덕성스러움.

니, 시랑이 인도를 버리고 인호를 구함을 심중에 불호不好하여 답 왈,

"내 질아는 범골凡骨이 아니요 학사 형이 택부擇婦를 심상히 않을 뿐 아니라 기이한 일이 있어 아무 데나 입장入丈[220]을 못하리라. 하여 지금 의혼議婚하지 않았나니 내 이르려니와 허혼許婚함을 믿지 못하리라."

중승이 재삼 간청하고 돌아가니, 시랑이 중승을 보내고 내당에 돌아와 부인과 양자兩子더러 중승의 말을 이르고 의논코자 하더니, 이때 인도와 인오와 모친과 종용히 한담하더니, 문득 인호의 선유산 사적을 베풀고 또 웃어 가로되,

"그 허망함을 믿어 의논하는 일이 없으니 방인傍人[221]이 실소失笑함을 깨닫지 못할 바이로되 또 '공작시'라 쓴 것을 얻음이 실로 기이함은 기이하더이다."

부인이 청파에 놀라 가로되,

"수일 전 귀비 가 뵈니, 황상皇上 정궁正宮에 공주를 탄생하사 방년芳年이 십삼이라. 용모 기이함을 형용하여 이르지 못하여 바라보매 돋는 해 같고 재주와 덕행이 황친 국척皇親國戚에 비할 이 없을 뿐 아니라 고금에 무쌍하니 그 재모를 다 이르지 못할지라, 재삼 칭찬하시며 공주를 탄생하실 때 기몽奇夢이 있어 부마를 양가楊家로 택하시려 하되 또 무슨 연고인지 주저하시더니, 금년 중추 망일에 공주 신인神人의 '공작시'라 쓴 것을 얻으시니 기이타 하사 그와 같은 '공작시'라 쓴 것을 신인에게 얻은 자를 구하여 부마를 얻으려 하신다 하고, 귀비 아무 절색絶色도 칭찬치 아니하시더니 공주를 재삼 칭찬하시고, 이 말씀이 '공작시' 얻은 바와 암합暗合하니 아니 인호에게 속함이 있는가. 양가楊家를 구하신다 하매 내 아이 풍용風容을 그윽이 속함이 될까 하더니 네 말로 보건대 인호에게 사양함이 되지 않으리오."

정언간[222]에 시랑이 들어오다가 듣고 문 왈,

"무슨 일을 이리 의논하나뇨?"

부인이 답 왈,

"인도의 혼사 이때까지 의논할 데 없으니 이로 우려하더니, 궁중의 신이한 사적이 있음을 듣고 이른 바이로소이다."

시랑이 이에 부인과 아자를 대하여 중승의 말을 일러 왈,

"그 딸이 재모才貌 범인凡人이 아니라 하고, 중승의 부귀 가운데서 여아 이뿐이라. 이런 부가의 절염 미아絶艶美兒를 어찌 남에게 사양하리오. 오아吾兒와 아름다운 인연을 이룸이 가장 좋되 제 오아를 구치 아니하니, 이 인호 소아의 풍모를 혹함이라. 어찌하면 경씨를 취할꼬."

부인이 답 왈,

220) 장가드는 것.

221) 곁 사람.

222) 서로 말이 오가는 사이에.

"이 경 씨는 총부冢婦[223]의 원족遠族이라. 그 절염絶艶함을 들은 지 오래더니 그 소저 지개志槪 높고 그 부모 뜻을 좇아 채루를 세워 옥인 재자를 스스로 살펴 부모더러 일러서 가연佳緣을 이루려 한다 하고 매파를 막는다 하매, 일찍 개구開口를 않았더니이다."

시랑이 손으로 무릎을 쳐 탄상 왈,

"기특다, 이 여자여. 아녀자의 속태俗態를 버리고 풍류호걸의 틀이 있으니 이 짐짓 규중영걸閨中英傑이로다. 만일 이 여자를 취하여 신부를 삼지 못하면 어찌 용렬치 않으리오."

부인 왈,

"또 기이한 일이 있어 또 인호의 속함이 있는가 하나니, 어찌 학사 숙숙叔叔[224]은 앉아서 경 씨의 아름다움과 부귀 겸한 미아美兒 저되(저다지) 간절히 구하고, 또 신기함이 구중궁궐에 옥엽금지玉葉金枝의 응험應驗이 있는가 싶으니, 우리는 구코자 하여도 어려우니 어찌 애닯지 않으리오."

시랑이 자세 물으니, 인도 인호의 선유산 사적을 일일이 베풀고 난지의 회신回身을 얻지 못하면 성취成娶치 않으려 함을 고하니, 시랑과 인오 소笑 왈,

"저 어린아이 어찌 허망한 말을 곧이듣고 왔으며 학사조차 물 밑의 돌 건지기같이 어느 곳에 전생 아는 여자 있어 얻으리오. 저렇듯 가소롭고 무슨 일을 하리오."

부인이 가로되,

"상공과 장아長兒는 그리 이르지 말라. 내 수일 전 귀비의 말씀을 듣자오니 여차여차하시니 이 반드시 천의天意 유의有意하심인가. 내 처음 듣고 인도의 풍용을 그윽이 응할까 여기나 작일 설연하기에 이제야 베푸나이다."

하고, 공작시 얻은 사적과 황야皇爺[225]의 부마 택하시는 뜻을 일일이 전하고 왈,

"이리하매 내 이리 알더니 이제 인도의 말로 좇아 들으매 이 어찌 인호에게 응함이 아니리오. 공주의 색모 염태色貌艶態와 재덕이 어찌 경 씨의 바랄 바이며 부마의 부귀 어찌 중승 집과 같으리오. 이로써 인호에게 사양함이 될 줄 어찌 알았으리오."

시랑과 인도 다시 들으매 황홀히 어린 듯 침을 흘려 왈,

"이 가운데 천연이 아자兒子에게 있음을 알리로다. 경가 혼사를 여차여차하여 인호에게 돌아 보낸즉 그 어찌 부마 되며 오아吾兒 부마 되나 타인이 알지 못할 것이니, 오아 부마위駙馬位를 받아 복록을 누릴 때로다."

간활한 의사 맹동萌動하여 양 공의 친제親弟같이 우애함과 인도를 기출己出같이 육양育養한 은혜를 배반하고, 위로 천총天聰을 가리어 가만한 계교로 공주의 인연을 옮기고자 하니 필경이 어떠하리오 하더라.

---

223) 맏며느리.

224) 시아주버니.

225) 황제를 이르는 말.

권지이卷之二

화설話說, 양 공이 인도 돌아오지 않았고 마침 부중에 손이 없으매 홀로 공자로 더불어 중당中堂에 앉았더니, 이날 양 시랑이 학사 부중에 이르러 작일昨日 예물을 사례하고 인하여 한담하며 경 중승의 구혼함을 바로 이르지 아니하고 학사께 문 왈,

"소제는 아자兒子 장성하였으나 여러 자식의 성가成家를 바빠 아니 하거니와 형장은 인호의 혼사를 일정 바빠하실 것이로되 어이 지금 혼인을 아니 하시나뇨?"

공이 답 왈,

"현제賢弟의 말 같되 아자 신인神人을 만난 후 아무 곳에 지향할 바를 몰라 저의 취처娶妻 조만早晩을 알지 못하니 이로 근심하노라."

시랑 왈,

"비록 그러나 규중처자의 뉘 이렇듯 비상한 일이 있는 줄 알리꼬. 명문가의 숙녀를 택취擇娶하심이 옳을까 하나이다."

공이 답 왈,

"제 뜻이 굳으니 노부老父 어찌 그 뜻을 앗으리오. 천명天命이 되어 감을 기다리노라."

하고 이에 주배酒杯를 나누다가 돌아가니, 공이 내당에 들어와 시랑의 쉬이 감을 일컫더라.

시랑이 돌아와 부자 학사의 말을 이르고 경가 혼사를 바로 이르지 않고 내 여차여차하니 제 대답이 여차여차하니 이리이리하여 중승을 돋우고 또 학사를 속여 달래리라 정히 의논하더니, 경 중승이 양 시랑을 보아 구혼한 후 날이 늦도록 회보回報 없으니 민민憫憫[1]함을 이기지 못하여 명일 시랑부에 나아가니, 동자 고하매 시랑이 기꺼 흔연히 맞아 좌정座定하고 시랑이 먼저 가로되,

"소제 바야흐로 귀부貴府로 향코자 하더니 이에 임하시니 행심幸甚함[2]을 이기지 못하리로다."

중승이 답사 왈,

"작일 총총히[3] 다녀 돌아가매 스스로 한하여 다시 이에 이르렀노라."

시랑이 주배酒杯를 내와 즐기며 중승이 문 왈,

"소제 작일 소녀를 위하여 형에게 부친 말이 있더니 회보 어떠하뇨?"

시랑이 홀연 미우眉宇를 찡기고 침음沈吟 답 왈,

"내 형을 위하여 가서佳壻 택함을 기꺼하고 우리 표형表兄을 위하여 숙녀 미부淑女美婦

---

1) 매우 딱함.

2) 매우 다행함.

3) 급히.

를 천거하니 이 혼사 거칠 것이 없어 양가兩家의 기쁨을 볼까 하였더니 그간 괴이한 연고 호사好事의 마장魔障이 될 줄 어이 알리오."

중승이 경 왈,

"무슨 연고인고? 자세 알지 못하랴?"

시랑 왈,

"타인이 들으매 허망타 하리니 능히 이르지 못할 것이니 다만 형은 재자를 택하여 옥녀玉女[4]의 평생을 그르치지 말라. 경성 너른 땅에 어찌 인재 없으리오. 연이나 다만 탄하는 바는 내 질아같이 외모와 문재 실로 병구竝俱할 이 없을지라. 형이 이런 기인을 얻어 천금 규수千金閨秀를 허코자 하다가 허망일사虛妄一事에 호사 어김을 가석可惜하노라."

중승이 문득 손으로 무릎을 어루만져 탄 왈,

"소제 남아 형제에 여아 이뿐이라. 색모 재예 빼혀나니 과애過愛하여 같은 배우配偶를 구하더니 소녀 눈이 높아 천하 문사文士를 눈 아래 보고 스스로 군자호구君子好逑를 만나지 못하면 홀로 규중에 늙음을 원하니 이로 일야日夜 우민憂悶하더니 인연이 있어 양생을 한번 보매 여아 원하여 섬김을 기약하여 양생 곧 아니면 허가許嫁함을 원치 아니하니 어찌 재자 없으리오마는 연고 이러하여 근심하는 바이라.

내 그대와 일가 골육一家骨肉과 다름이 없어 심곡心曲을 베푸노니 양 학사의 연고를 알아지라."

재삼 간청하니 시랑이 중심中心에 기꺼 최후에 왈,

"내 또 들은 바를 형을 어이 기이리오마는 다만 허탄하여 즉시 베풀지 못함이라 하고 대강을 베풀어 여차여차한 일로 혹 난지의 회생인 줄 아는 여자면 즉시 성례成禮하리라 하니, 이로써 혼사 못 될까 하노라."

하니, 중승이 묵연默然히 하직 고 왈,

"돌아가 다시 의논하여 회보하리니, 공은 원로의 소임을 허수히 말라."

언파言罷에 집에 돌아와 부인과 자녀를 대하여 수말首末을 베풀고 또 이르되,

"제 허망한 것을 믿어 뜻이 굳다 하니 여아는 마음을 돌이켜라. 내 너를 위하여 가서佳壻를 널리 듣보아 너의 재모를 저버리지 않으리라."

소저 이 말을 듣고 양미에 시름을 띠어 머리를 숙여 묵묵 창한默默愴恨이어늘, 부인이 그 뜻을 알고 이르되,

"여아 고집하고 실로 양랑은 고금에 없는 인물이라 이런 가서를 어찌 먼저 잡아 남에게 앗기리오. 저런 거짓 것을 믿음이 그 밝지 못함을 알리로다. 양생이 마침 신인을 만나 안 들 사람마다 전생 일을 아는 사람이 어이 있으리오. 혹자或者 여아女兒[5] 난지의 회생인

4) 남의 집 딸을 이르는 말.

5) 어떤 여자아이.

들 어이 알리오. 다시 상량商量함이 가可하이다."

중승의 장자 경소 왈,

"이 혼사를 부모는 근심 마소서. 소자 소매小妹를 위하여 양 시랑을 보아 저의 허망지사虛妄之事를 믿는 가운데 농계弄計[6]하여 기연奇緣을 맺으면 이 또 호사 아니리꼬."

중승이 침음沈吟하거늘 부인과 경생이 우겨 이르되,

"혼사 어렵지 않고 비록 저를 속이나 피차에 해롭지 않아 혼사 이후는 더욱 아름다운 조목이 되리다."

경 소저 이를 듣고 비로소 눈썹을 펴고 안색이 흔연하니 중승이 의논을 좇아 경소더러 왈,

"네 뜻대로 이 혼사를 하라."

하니, 원래 경 어사는 수단이 없고 남의 말로 좇아 아무 일도 하고 데퉁젓고(데퉁스럽고) 참람僭濫[7]하며 권귀權貴를 추앙하고, 경소는 간사奸邪 능악能惡하여 불의지사不義之事를 좋아하고 현賢을 아처하고(싫어하고) 능能을 꺼리며 약간 문재文才 있는지라. 경 씨와 가장 의합意合하며 동기 사이 각별한지라 그 매매妹妹[8]의 양생 사랑함을 보고 부디 이루고자 하매 이리 이르니 그 아비 숙연肅然[9]이 없어 허하여 여아의 혼사를 아자에게 부치고 호연好緣을 기약할새, 명일 경소 시랑을 보려 하더라.

양 시랑이 경 어사의 설화說話를 듣고 크게 기꺼 내당에 들어가 부인과 인도를 대하여 일러 왈,

"내 내일 학사 형을 보아 경가 혼사를 이를 것이니, 네 형은 일을 할 사람이 아니니 네 있어 경 중승이 다시 오거나 서간書簡이 오거나 하여는 알아 대답하라.

저 여자 인호를 위하여 무명 무단無名無斷히[10] 수절한다 하니 이것이 학사 부부를 잠가 일을 이룰 마디라."

하고, 이에 학사 부중에 이르니, 학사 내당에서 청하니 들어가 예필禮畢[11]에 인도의 오지 않음을 결연缺然[12]하여 연고를 물은대 대對 왈,

"제 어미 풍한風寒에 촉상觸傷하여[13] 능히 일지 못하매 못 오니이다."

하고, 이에 한담하더니, 시랑 왈,

---

6) 계교를 꾸밈.
7) 분수에 맞지 않게 지나침.
8) 누이동생.
9) 엄숙함.
10) 아무런 명색이나 까닭도 없이.
11) 인사를 끝마치고.
12) 실망하고 섭섭히 여김.
13) 찬 기운에 쐬어 병이 남.

"소제 전일 질아의 신인을 만나 그 성취함이 기약이 없음을 듣고 형장兄丈을 위하여 근심을 놓지 못하더니, 한 기이한 일이 있어 금일은 우환 중 가아家兒들의 분황奔惶함을 버리고 이에 이르렀나이다."

학사 이 말을 듣고 저의 농계는 이미 염외念外라 매일 아자의 가기佳期로 우려 중에 이 말을 듣고 반겨 문 왈,

"무슨 일인고? 빨리 이르라."

시랑이 이에 대 왈,

"저적[14] 급사 중승 경진이 소녀로써 질아와 구혼하거늘 형장의 말씀을 인하여 질아의 뜻을 알았기로 달리 물리쳤더니 소제의 총부 경진의 일가라 다시 들으니 경 소저 색모염태色貌艷態 무쌍할 뿐 아니라 재덕才德이 병구竝具하여 이 짐짓 숙로 현철宿老賢哲[15]한 절대가인絶代佳人이요, 또 비상非常한 일이 있어 부디 양가에 허가許嫁함을 원한다 하니, 이 아니 형의 구하시는바 난지의 회생인가. 그렇지 않으면 어이 이러하리꼬. 들으매 기이하여 바삐 와 고하나니 형장은 어떻다 하시나뇨?"

공과 부인이 청파聽罷에 기특히 여겨 왈,

"우리 주야晝夜에 맺힌 시름은 오직 아자兒子의 배우配偶라 침식寢食이 편치 못하더니 그대 말을 들으매 기쁨을 이기지 못하리로다."

돌아 공자더러 왈,

"네 뜻은 어떠하뇨?"

공자 대 왈,

"다른 뜻이 어이 있으리꼬. 다만 부모와 숙부 자시(자세히) 살피사 경솔히 마소서."

공이 점두點頭하고 시랑으로 당부 왈,

"행여는 허루히 말고 자시 물어 이르되 전혀 아울 믿노라."

재삼 치사하고 당부하니, 시랑이 용약 환희踊躍歡喜[16]하여 날이 늦으매 돌아가니, 공자 배송陪送[17]하고 돌아와 부모께 다시 좌하니, 공과 부인이 시랑의 말을 환희하여 서로 기쁨을 이기지 못하여 하다가 공자더러 문 왈,

"이제 네 소원을 이룰까 우리는 기쁨을 금치 못하거늘 오아吾兒는 어찌 쾌함이 없느뇨? 숙연宿緣이 있거든 은휘隱諱치 말라."

공자 무릎을 꿇고 띠를 고쳐 대 왈,

"다른 일이 아니라 시랑 숙부 이를 이르시매 환희하심이 넘으시니 소자를 사랑하시며 부모의 기꺼하심을 위하시는 뜻이시나, 그윽이 생각하매 그 기꺼하심이 넘으시니, 사람이

14) 지난번에.

15) 경험 있고 지혜롭고 사리에 밝음. 또는 그러한 사람.

16) 기뻐서 춤추듯 뛰는 것.

17) 웃어른을 따라가서 바래는 것.

범사凡事에 너무 과도한 가운데 그 실實한 것이 적은지라. 숙부를 의심하옴이 아니오라 일이 그러하매 물으심을 좇아 고하옵나니 재삼 살피사 뉘웃는(뉘우치는) 한이 없게 하소서."

공이 점두 왈,

"아이 말이 심히 옳으나 넘게 아는도다. 연然이나 자시 물어 정녕丁寧한 증험을 자시 알고 허혼하면 무슨 어려움이 있으리오."

공자 재배再拜하고 물러나니라.

이 시時에 경생이 시랑 댁 중에 나아가 동자로 명첩名帖[18]을 전하니, 인도 정히 경가 소식을 기다리다가 크게 기꺼 의관을 정제하고 나 맞으매, 경생이 들어와 예필 한훤禮畢寒暄에 양인이 대하여 한번 서로 보니 문득 심지心志 서로 비치는 듯 예부터 소인은 그 유類 상종相從하여 즐겨하는지라, 두돈 말씀의 뜻이 합하여 경생이 이에 이르되,

"소생의 이리 옴은 매매妹妹를 위하여 옴이라. 범연히 구혼할진대 어느 뉘 집에 옥인 가재 없으리오마는 모친이 매매를 생生하실 때에 기이한 몽조夢兆 있어 양씨에 천연이 있다 할 뿐 아니라, 소녀 십 세에 원중園中의 이인異人을 만나 한 축 그림을 얻으니 신인이 이르되, '그림 가운데 얼굴과 같은 자 짐짓 배필이라.' 하니 부친은 미처 몰라 계시거니와 모친과 소생 등은 이로써 근심하더니 신선이 인도하사 저적 영종제令從弟[19] 누하樓下로 지날 적 한번 보니 소매의 얻은 그림과 추호도 다르지 않은지라. 이에 부친께 고하여 영대인令大人[20]이 중매 되심을 구하였더니 회보回報 없으니 부모 울울하사 소생을 명하여 회보를 바라시나니, 대인께 고하여 그 인연을 맺게 하시면 이 어찌 그 은덕이 아니리오."

인도 들으매 귀비의 전언傳言을 이미 아는지라 벅벅이(틀림없이) 가칭假稱[21]인 줄 알고 심중에 그윽이 우이(우습게) 여겨 거짓 탄상 왈,

"종제從弟와 종숙從叔이 모일某日 신인의 가르침을 믿어 이런 기연을 듣보되 그것을 얻지 못하여 우민憂悶한 가운데 가친家親이 금일도 이 혼사를 주장하여 학사 부중에 가 계시니 형이 마땅히 돌아가 그 그림과 사연을 베풀어 보報하라. 짐짓 그러면 이 혼사 지지遲遲[22]하리오."

경소 칭사稱謝하고 돌아와 이 말을 부모와 매매를 대하여 이르고, 중승이 서간을 만들어 신기한 사적을 갖추 베풀고 한 폭 그림을 싸 시랑 부중에 보내니, 원래 이 그림은 다른 사람의 손에 냄이 아니라, 경 소저 노중路中에 한번 보매 옥모 명광玉貌明光을 흠모하여 전전

---

18) 명함.

19) 남을 높여 그의 사촌 동생을 이르는 말.

20) 남을 높여 그의 아버지를 이르는 말.

21) 거짓말.

22) 아주 더딤.

소상輾轉昭詳[23]함을 금치 못하여 이에 촉단蜀緞[24] 일폭에 그 면목面目을 모습摸襲[25]하매 일분一分 재정이 정성을 다하여 그려 써 일호一毫 차오差誤함이 없고 생기 유동하는지라, 누상樓上에 걸어 두고 매일 초창悄愴하여 혼사 이룸을 원하는지라. 경소 이로 빙자하여 신인에게 얻었노라 하고, 인도 부자는 짐짓 속아 남의 천정 가연天定佳緣을 희짓고자 하니 가소롭지 아니하리오.

이에 경가 창두 화폭과 서간을 가져 시랑 부중에 전하매, 시랑이 돌아 인도더러 학사의 기꺼함을 전하고 다시 경가 소식을 물으니, 인도 경소의 말을 일일이 전하고 부자 가만히 기꺼 왈,

"경 씨를 가져 학사 부자를 속이고 인호의 '공작시'를 가져 가만히 취하여 천정天庭의 귀비로써 드리면 오아 성복盛福을 누릴 것이니 어찌 하늘이 주심이 아니리오."

인도 배사拜謝 왈,

"이러면 이는 부모의 주심이로소이다."

모친께 고 왈,

"모친은 귀비께 기별하여 상上이 부마를 빠시기 '공작시' 쓴 것을 바치라 하시거나 아무 일이라도 미리 알아 통함을 청하소서."

오 씨와 시랑이 옳다 하고 정히 의논하더니, 경가 창두의 왔음을 아뢰고 서간과 화축畵軸을 올리거늘 받아 떠히니(떼어 보니) 서중書中 사의辭意 만편萬片[26]이 다 신기함을 전하고 또 한 폭 그림을 펴니 인호의 용모 완연한지라. 부자 가장 용약踊躍 왈,

"이 한 그림이 족히 저 부자를 잠그리로다."

이에 회서回書를 주고 시랑이 명일 인도를 양 공 부중으로 보내어 왈,

"네 가 이 '공작시' 취할 조각을 보라."

한대, 인도 수명受命하여 양부楊府에 나아가니 양생이 반겨 친환親患을 물으니 나음을 대답하고 양 공이 경가 소식을 묻되 인도 서간과 그림을 드리니 학사 부부 바삐 떠히니 이곳 중승이 시랑께 부친 바라.

서중書中에 가득한 사의辭意 다 신이神異하여 양생이 '공작시' 얻은 바와 암합暗合하고 그림이 절묘할 뿐 아니라 공자와 일호차착一毫差錯[27]이 없어 흔연히 본심 같으니, 공의 부부 주야 이로써 맺힌 시름이 한 병이 되었더니, 이를 보매 구름 깊은 곳의 천연을 응한 기이한 사적은 외정인外庭人[28]이 알 길이 없고 시랑 부자의 농계는 만만萬萬 여외慮外라, 황홀

---

23) 모습이 눈에 환히 떠올라 뒤척이며 잠 못 이룸.

24) 촉나라 비단. 좋은 비단이라는 뜻으로 쓴다.

25) 그대로 본떠 그리는 것.

26) 편지 가운데서 이야기된 말마디 모두.

27) 그릇되거나 잘못됨.

28) 집 밖의 다른 사람.

히 기꺼하여 쾌히 허락함을 이르고, 시랑으로 경가에 허혼함을 통하라 하니, 공자 조용히 고 왈,

"아직 납폐納幣[29]하기는 길기吉期[30]를 바삐 마소서. 일이 급하매 그르지 않을 바 없다 하는 말씀을 생각하소서."

공이 고개 젓고 다만 허혼하는 뜻만 통하라 하다.

인도 심중에 기꺼하나 양생이 오히려 주저하는 마음이 있음을 보고 한가지로 서재에 머물러 그 형수에게 들은 체하여 경 소저의 재모를 십분 칭찬하고, 경가에서 온 족자를 양생이 서당에 두매 인도 신기함을 못내 차탄嗟歎하는 체하니, 양생은 저 부자의 거동을 보고 의심이 깊더라.

양 공 부府 하리下吏 시랑께 공의 서간을 전하니 시랑이 경가에 보報한대, 경 중승이 대희하여 시랑과 한가지로 학사 부중에 와 결혼함을 활연豁然[31]하여 납폐를 재촉하니 양 공이 혼연 관접款接[32]하고 길일을 택일擇日하여 빙폐聘幣[33]를 보내리라 하더라.

이에 환락歡樂하여 단란하다가 돌아가다.

각설却說, 만세 황야皇爺 공주를 위하여 재덕이 갖은 옥면 재자玉面才子를 택하여 부마를 삼고자 하시매 천하 선비를 간택하심이 어려운 바 아니라 다만 양가楊家를 구코자 하시나 무수한 양씨의 어느 곳에 천의天意 속함을 알리오.

우민憂悶하실 차 공주의 '공작시'라 쓴 것을 얻으매 합포의 구슬이라 한 것을 보시고 깨달으사 조정에 일러 이와 같은 것을 얻은 자 있는가 이로 택고자 하시더니 용체 미령하사 십여 일을 조회를 받지 못하시매 그간에 간인이 농계하니 이 또 천수天數러라.

용체 차복差復[34]하시매 이에 후께 이 뜻을 베푸신대 후 또 기꺼 소笑 왈,

"이리하시면 실로 편당便當[35]하도소이다."

재명일 군신群臣에게 이르려 하시더니, 이때 육원 비빈이 다 문안에 모두 근시近侍하였더니 오 귀비 듣고 그 제弟의 서간書簡을 보았는지라, 문득 제후帝后께 꿇어 고 왈,

"옥주玉主의 배필을 천심이 우려하심을 신첩 등이 또한 우러러 시름이 깊삽더니 금일 전교傳敎를 듣자오니 신첩의 아우 시방 양정희 처 되어 삼남을 두어 기자其子 인도 또 유산遊山[36]하고 신인을 만나와 기이함이 있다 하와 연기年紀 십육이로되 지금 취처娶妻를

29) 혼인 때 신랑 집에서 색시 집으로 보내는 예물.
30) 좋은 날.
31) 앞에 가린 것이 없이 넓게 터져 시원함.
32) 친절하게 접대하는 것.
33) 혼인할 때 신랑이 신부 집에 보내는 예물.
34) 병이 조금 나음.
35) 편리하고 마땅함.
36) 산놀이.

안 했다 하니 그 실정을 묻자옴이 행심幸甚할까 하나이다."

제, 후 청파聽罷에 가로되,

"명일 조정에 이르려 하거니와 이미 '공작시'라 쓴 것을 얻었는가 이제 궁감宮監[37]을 명하여 물으라."

귀비 수명受命하여 심복 궁감을 위무慰撫하여 보내다.

차설且說, 인도 양생의 '공작시' 쓴 것을 매양 여으되(엿보되) 틈을 못 얻어 착급着急[38]하더니 설 부인이 풍한에 촉상觸傷하여 상요[39]에 침면沈眠하니 공자 주야 띠를 끌지 않아 시약侍藥하매 부인 친남親男 설평장 형제 친히 와 문병하고 설생 형제 숙모의 환후를 우려하매, 인도 양생과 한가지로 의약에 분주하는 체하며 서당이 비매 심중에 기꺼 모두 부인 침당에 들어온 때 가만히 서당에 홀로 들어와 양생의 서갑을 두루 얻되 얻지 못하니 심중에 초조하여 최후에 깊고 깊이 간수한 것을 얻어 내어 이전같이 도로 두고 '공작시'라 쓴 것만 내어 낭중囊中[40]에 넣고 즉시 가고자 하되 의심할 이 있을까 두려 머물더니 수일 후 부인이 차병差病[41]하고 설생 등도 돌아가는지라, 인도 또 하직 왈,

"모친 병이 채 소생치 못한 것을 부중을 오래 떠났으매 왔더니 이제 숙모 향차向差[42]하시니 돌아가 다시 오리다."

양 공이 쉬이 오라 하더라.

인도 채를 바야[43] 급히 돌아오니 귀비의 궁감이 집 문에 이르렀는지라. 심중에 기쁘고 놀라 급히 내당에 들어가니 시랑과 부인이 귀비의 글을 보고 인도의 소식을 몰라 황겁하더니 인도를 보고 반겨 급히 문 왈,

"공작시라 쓴 것이 어데 있느뇨?"

인도 웃고 낭중으로조차 내어 드리니 부모 대희하여 이에 오 씨 답서를 닦아 한데 싸 궁감을 주어 보내니, 돌아와 귀비께 올린대 낫 문안에 제, 후께 드린대, 상이 친히 받으사 남파覽罷에 대경 대희大驚大喜하사 공주의 것을 가져 한데 놓으시매 이 짐짓 한곳으로 난 것이라. 제후 환열歡悅하사 귀비를 상사賞賜[44]하시니 귀비 사은謝恩하고 물러나다.

익일翌日에 상이 근정전勤政殿에 조회 받으사 근신近臣더러 일러 가라사대,

"짐이 정궁에 공주를 두어 덕도德道와 재모才貌 제왕가에 초출超出[45]하여 방년이 십삼

---

37) 내시.
38) 등이 달게 급함.
39) 잠자리.
40) 주머니 안.
41) 병이 나음.
42) 병이 점점 차도가 있음.
43) 채찍질을 하여.
44) 칭찬하고 상을 내려줌.

이라 부마를 빨(뽑을) 것이로되, 그간에 기이한 사적이 있어 양가를 구하고 '공작시' 얻어 들이는 이로 부마를 빠려 하더니, 이제 공부 시랑 양정희 아들 인도 '공작시'를 얻어 바쳤으니, 이는 하늘이 명하심이라. 특지特旨로 간선揀選을 말고[46] 인도를 입조入朝하라."

백관百官이 다 괴이히 여기나 연고를 알지 못하여 부마 얻으심을 다 칭하稱賀하여 마땅함을 구하니, 이에 양 시랑을 명하사 그 아들을 조현朝見하라 하시니, 시랑이 거짓 불감不敢[47]함을 두어 번 겸양하다가 사은 수명謝恩受命하고 물러나다.

이때 양 학사 반열에서 이를 듣고 경려驚慮함을 이기지 못하여 심리에 초조함을 이기지 못하나 먼저 물러나지 못하고 나중을 보려 하더니, 시랑이 물러나 급급히 부중에 돌아와 인도를 보아 이 말을 이르며 기가其家 대열大悅하여 인도 낮에 타분打粉을 정제整齊하고[48] 눈썹을 채필로써 푸른빛으로 더으게(더하게) 하고 귀밑을 각별히 쓸어 칠보 탕건七寶宕巾을 숙이고 촉단 청라의蜀緞青羅衣[49]에 자금紫金 띠를 띠고 기운을 가다듬고 거동을 각별 치레하여 손에 칠보액옥편七寶額玉片[50]을 쥐고 입조할새, 시랑이 다시금 진퇴 예절을 가르쳐 궐문에 이르러 소황문으로 아뢰니, 상이 전폐殿陛에 가까이 부르라 하시니, 시랑이 다시 반열에 나아가고, 인도 눈썹을 펴고 화기和氣를 지으며 눈을 가늘게 떠 단정한 체를 지어 전폐에 배복拜伏하니, 상이 명하사 평신平身[51]하라 하시고 한번 용안을 들어 살피시매 용모 풍후豐厚하고 미모 미려美麗하나 바이 평상平常[52]하여 단정한 체를 지으며 눈을 굴려 간활함이 비치니 풍후함을 취코자 한즉 대인군자 아니요, 미목眉目이 개랑開朗함을 취코자 한즉 문인재자의 소아騷雅한 기상이 아니라 문득 팔자八字에 희기喜氣 소삭蕭索하여 공주를 비기매 천지현격天地懸隔하니 공주 궁노宮奴에 가한지라, 어이 난봉의 쌍을 비김 직하리오.

상이 불예不豫[53]하사 이에 그 연치年齒를 물으시니, 부복俯伏 대對 왈,

"신이 금년 십육 세로소이다."

음성이 또한 옥성玉聲이 아니라 상이 크게 불열하사 신인에게 '공작시' 얻은 사연을 물

45) 우뚝하게 뛰어남.

46) 왕의 특별한 명령으로 왕자나 왕녀의 배우자를 고르지 않고.

47) 남의 대접을 받아들이기가 어렵고 황송함.

48) 얼굴에 분칠을 고루 함.

49) 좋은 비단으로 만든 푸른 저고리.

50) 칠보 장식을 한 옥으로 만든 홀. 홀은 정복을 입을 때 오른손에 쥐는 비망기를 적던 패로 나중에는 치레거리로 들었다.

51) 엎드려 절한 뒤에 몸을 펴는 것.

52) 뛰어남이 없이 평범함.

53) 기쁘지 않음.

으시니, 인도 중심中心에 생각하되,

'학사 들과 내 부마 되면 어찌하며 공주의 사적과 다르면 대사大事 어찌 그릇되지 않으리오.'

하여 기운을 정제하고 말씀을 치레하여 인호 선유산 설화를 종두지미縱頭至尾히[54] 고하니 실로 신이하여 공주의 몽사에 합한지라. 상이 명하여 인도를 물러가라 하시고 제신諸臣더러 일러 가라사대,

"짐이 공주를 얻으매 범연한 기질이 아니라 또 신령의 가르침을 인하여 기연奇緣을 점복할까 하더니 인도의 '공작시' 얻은 바와 다름이 없으나 그 풍용風容이 진실로 공주의 아름다운 배우配偶 아니라. 훗날 다시 조현朝見하게 하라."

시랑 부자 수명受命하매 파조罷朝하시니, 이때 양 학사 인도의 거동을 보고 그 말을 들으매 심리心裏에 해연駭然 대소大笑하여[55] 격분 통痛해 하나 대신大臣의 체면에 증거 없는 허망지사虛妄之事를 천정에 변백辨白[56]지 못하고 파조하시매, 급급히 윤거輪車를 재촉하여 집으로 돌아가니, 공자 문외門外에 나 맞아 들어가매, 학사 미우眉宇에 노색怒色이 어리어,

"오아吾兒는 네 선유산에 얻은 '공작시'라 쓴 것이 있는가 보아 바삐 얻어 오라."

생이 의아하여 서당에 가 얻되 없는지라 대경하여 없음을 고하니, 공이 손으로 서안을 쳐 대경 왈,

"이는 나의 혼매昏昧함이라 눌을(누구를) 한하리오."

부인이 또한 경아驚訝하여 그 연고를 물은대, 공이 바야흐로 차사此事를 다 전하고 왈,

"내 슬하 고단孤單하고 안항雁行이 외로워 종제와 질아를 동기와 기출己出같이 하되 그 불인不仁이 그대도록 한 줄을 모르고 친하며 믿어 일이 일어나오니 한恨하나 및지(미치지) 못하리로다."

부인이 청파에 여취여치如醉如痴[57]하니 능히 말을 못 하고, 공자는 머리를 숙여 차악嗟愕함을 이기지 못하여 부모께 고 왈,

"이러하면 경가의 신이하다 함이 거짓 것이니 이는 소자로써 먼저 경 씨를 취케 하고 소자의 '공작시'를 도적하여 성총聖聰을 가리고자 하니 비록 황상이 속으사 저로 부마를 정하시나 해아孩兒는 경 씨를 취娶치 못하리로소이다."

공이 혀 차고 탄하고 가로되,

"오아 저적 혼인의 의심함이 너무 과하거늘 내 아이 염려 넘은가 하였더니 오아의 명견明見은 노부 및지 못하리로다. 경가 혼사는 물리치려니와 선발제인先發制人[58]으로 내

54) 자초지종을 낱낱이 다.
55) 마음속으로 깜짝 놀라 크게 웃어.
56) 옳고 그른 것을 따져 사리를 밝힘.
57) 취한 듯도 하고 바보가 된 듯도 함.

아이 것을 도적하여 천정에 바치고 내 아이 설화를 옮겨 주달奏達하였으나 증거할 것이 없으니 능히 변핵辨劾[59]지 못하고 시랑에게 비록 속으나 천추에 맺힌 한이 비상飛霜의 원冤[60]이 아니며 삼 년 가무는 한이 없으리오."

이에 그림과 경 중승의 편지를 도로 보내고 혼인을 물리치니, 경소 부자 대소大笑 왈,

"어찌 허탄한 말로써 언약을 배반하리오. 불과 부마의 부귀를 흠모하는 뜻이나 인도를 도와 제 지모智謀 양평良平[61]에 지나나 부마위駙馬位를 바라지 못하게 하리라."

분분함을 이기지 못하며 경 소저는 침식을 폐하였고, 양 시랑 부자는 퇴혼함을 듣고 우이(우습게) 여길 따름이라.

양 공이 차후 울울이 집에 들어 조참朝參[62]에도 가지 아니하고 친붕親朋도 찾지 않아 초창悄愴하며 분한忿恨을 품어 한할 따름이러라.

양 공의 쾌한 도량으로도 아자의 가기佳期 망단望斷[63]함과 소인의 농간함을 써 이렇거든 부인의 마음이 어떠하리오. 인도의 불인함을 듣고 통한함을 이기지 못하여 식음을 폐하니, 양생이 심리心裏에 분한이 가득하나 도리어 부모를 위로하여 지내고 공과 부인으로 더불어 이를 이르며 통한함을 마지않고 또한 위로하여 지내더라.

이적에 상이 파조하사 내전에 들으사 황후께 인도를 불쾌하여 하는 말씀과 선유산 신기한 설화를 베풀어 가라사대,

"신이神異함은 이러하되 그 위인은 문경의 비길 바 아니라 심히 용상庸常[64]하니 이 일이 난처한지라. 장차 어찌하리오."

후 또한 시름하시니 상 왈,

"날이 늦어 파조罷朝하기에 시험치 못하였으니 다시 조현하라 하였으니 재주를 시험하사이다."

제, 후와 불예不豫함을 이기지 못하는지라, 오 귀비 이를 알고 서찰書札로 시랑 부인께 재주 시험하시려 하는 뜻을 기별하니, 시랑 부부 놀라 인도와 의논하여 이르되,

"오늘 천안天顔을 보오니 흔연하심이 없으니 이제 재주를 시험하려 하시면 장차 어찌하리오. 오아吾兒 재주 아름다우나 조정의 일없는 놈들이 식자識字하는 유類 많고 학사 형의 문장은 천자天子의 경복敬服하시는 바라, 황야皇爺 이 유들을 보사 눈이 높을 것이니

---

58) 남의 계획을 먼저 알고 미리 막아 냄.

59) 옳고 그른 것을 따지고 잘못된 점을 들이시 논핵하는 것.

60) 지극히 통분한 원한. 옛날에 한 여인이 원통한 일을 당하자 오월에 서리가 내렸다는 고사가 있다.

61) 장량과 장평을 아울러 이른 말. 두 사람 다 옛 중국의 이름난 책략가.

62) 벼슬아치들이 임금 앞에 가서 인사하고 할 말을 아뢰는 일.

63) 혼삿길이 끊어짐.

64) 용렬하고 범상함.

장차 어이할꼬."

인도 이를 듣고 계조 없어 머리를 숙여 만분萬分 조급하더니 홀연 깨달아 대열 대락大悅大樂하여,

"부친은 염려 마소서. 인호의 기재奇才는 학사에 지난 문장이라. 그 지은 글이 무수하거늘 소자 다 베껴 가져왔으니 제題를 미리 알면 그 글에 표해여 쓸 것이로되 아무 제로 시험하실 줄 모르니 어이할꼬."

이윽이 침음沈吟하더니 소 왈,

"소자를 조현하라 하시는 때 아자 이 경 중승이 부친의 혼사 권하심을 감격하고 학사의 퇴혼함을 불승통한不勝痛恨하니 부친이 중승을 촉囑하사[65] 설과設科하여 다사多士 중 소자의 재주를 시험하소서. 천정天庭에 아뢰어 혹 신청信聽하시면 시관試官에게 미리 제를 구하여 인호의 글 하나를 옮겨 써 바치면 어찌 좋지 않으리꼬."

시랑이 손을 이마에 얹어 탄상 왈,

"내 아이 지모 이 같으니 여상呂相과 자방子方[66]이 능히 및지 못하리로다. 내 중승을 보아 이대로 하리라."

즉시 경가에 나아가니 중승이 맞아 학사의 배약背約[67]을 한하거늘, 시랑이 또 중승을 좇아 학사의 허망함을 개탄하니 시랑이 중승을 가장 허심許心 극대極對[68]하거늘, 이에 나앉아 가로되,

"소제小弟 아자兒子 하마 연기年紀 성취할 것이로되 다만 저를 얻을 적 신몽이 비상터니 의외 신인을 만나 또 가르침이 명백한 고로 '공작시' 사의는 형이 원래 반열에 들은 바라. 이러므로 가벼이 허혼許婚치 못하더니, 이제 황상이 '공작시'를 구하시매 바치니 이 짐짓 천정 기연이라 하사 이제 아자의 재주를 시험하려 하시니 사양할 바 아니나, 다만 다사多士 중에 초출招出함을 보지 못하니 이를 아자 울울하여 하는지라. 경 공이 천정에 아뢰어 설과하사 모든 인재 중 사아此兒의 글을 빠 모든 유에 빼어남을 보심이 쾌하니, 이는 아자를 과장함이 아니라 일이 그러하고, 아자 모든 유의 재주를 펴지 못함을 한하매, 이러하니 경 공은 아자를 찬조贊助하소서."

중승이 흔연 왈,

"영랑令郎의 기자奇資와 큰 뜻이 이러하니 어찌 기이치 않으리오. 내 당당히 천정에 주奏하여 형의 뜻을 이루리라. 저적 영종질令從姪이 신기한 사적이 있다 하더니 그는 어인 일인고?"

---

65) 부추기어.

66) 여상은 춘추 시대 진나라 사람 강태공. 자방은 한나라의 창업 공신인 장량張良의 자로, 유방과 항우가 싸울 때 유방을 도와 신묘한 꾀를 내어 항우를 패망시켰다.

67) 약속을 배반함.

68) 마음을 허하여 잘 대하여 줌.

시랑이 흔연 미소 왈,

"이는 내 지친至親이라 그 허물을 이를 바 아니라 어찌 형으로 더불어 내외하리오. 과연 차아의 일이 있으매 인호 소아 이를 흠모하여 문득 그 부모더러 일러 난지의 환신을 얻어 취코자 하니, 종형이 노래老來에 얻어 제 뜻을 넘기는 일이 없어 그 뜻을 좇아 난지의 환신을 얻으나 실은 허사로되, 저적 형이 기이한 사적으로 저를 구하매 인호 신기하롸 하는 헛된 줄 알되 풍모와 재주를 아껴 형을 위하여 원로의 소임을 진심하여 혼사 이루게 되었더니, 또 이 소식을 듣고 망령된 의사를 발하여 퇴혼하니 어찌 가소롭지 아니리오."

중승이 청파에 실소失笑함을 깨닫지 못하여 왈,

"내 인호를 정인군자正人君子로 알아 구하더니 원래 행사 이러하냣다. 하늘이 유의하심이니 황야의 부마를 택하심 곧 아니면 영랑으로써 어찌 동상東床[69] 구함을 늦게 하리오마는 천의天意 이러하니 가한可恨이로다."

하고 빈주賓主 즐겨 파하다.

명일에 중승이 입조하매 황야 인도를 다시 조현하라 하시니, 급사 중승 경진이 출반주出班奏[70] 왈,

"폐하 인도의 재주를 시험하사 부마위를 주고자 하시니 이 어찌 범연한 일이 아니리꼬. 다만 한 사람만 글을 지이시면(짓게 하시면) 비록 재주 없으나 유類 없으면 그 허물이 드러나지 않을 것이요, 비록 기재나 남의 유에 빠여난 줄 알지 못할지라, 청컨대 설과하사 다사 중 인도를 시험하심이 옳을까 하나이다."

상이 그러이 여기사 의윤依允[71]하시고 때 삼동三冬이라 명하사 명년 춘春으로 설과하되, 외방外方 소국小國 선배先輩를 각별 신칙하여 모두게 하라 하시고, 흠천감欽天監[72]에 택일擇日하라 하시니, 승상 구준이 여쭈오되,

"과일科日이 촉박하와 외국 선배를 다 모두기 어렵사오니 모춘暮春으로 택일케 하여지이다."

제 의윤하시니 모춘 십일로 정하니라.

각설却說, 추밀사樞密使[73] 유은은 동제왕 유기의 제사자第四子이니 유 낭랑 제남弟男[74]이라. 위인이 청한淸閑하고 용모 관옥 같아 풍도 수려하니 조야朝野 아니 칭찬할 이 없고, 겸하여 재주 빼혀나 일세 영재一世英才라. 동제왕이 경사京師에 있을 제 추밀이 입신立身

69) 남의 새 사위를 점잖게 이르는 말.

70) 반열에서 나와 임금에게 아룀.

71) 신하가 말한 대로 하도록 임금이 허락함.

72) 천문, 기상 따위와 관련한 일을 맡은 부서.

73) 나라의 기밀과 군사 문제를 다루던 기관의 벼슬 이름.

74) 남동생.

한 고로 왕이 취국就國[75]하고자 하되, 황상皇上이 그 인재를 사랑하사 경사 왕부王府에 있게 하시니 유 낭랑이 또한 기쁨을 이기지 못하시더라.

추밀이 부모와 곤계昆季[76]를 이별하여 심회 울울한 가운데 양 학사로 더불어 곤도昆道[77] 심상치 않아 서로 좇아 모두지 않을 날이 없더니 석사昔時에 조정에 말미하여[78] 동제에 가 부모께 뵈옵고 곤계로 더불어 환락하여 돌아옴을 잊었더니 부왕의 명으로 신춘에 비로소 돌아오니 친척과 백관이 성외城外에 나 맞아 반기며 즐겨 궐하闕下에 숙배肅拜[79]하니, 상이 인견引見하사 부모를 쉬이 이별하고 돌아옴을 위로하시고 허희歔欷함을 마지 아니시더라.

물러 왕궁에 돌아오니 부인과 자녀 맞아 원로행역遠路行役을 위로하며 평안히 돌아옴을 기꺼하고 외당에 친우들이 모두어 반겨 서로 회포를 펴 연일 그치지 않되 양 학사의 물음이 없으니, 추밀이 의혹하여 헤오되(헤아리되),

'내 양 학사로 더불어 관사官舍로 잠깐 나가도 서로 맞기를 더디지 않더니 이번은 내 거의 일 년을 나갔다가 오되 물음이 없는고? 무슨 연고 있는가?'

잊지 못하나 서로 좇아 묻는 손이 날로 이었으니 틈이 없어 나아가 묻지 못하더니, 제와 후 명성궁에 행행行幸[80]하사 제왕, 공주와 황친 국척을 모아 설연設宴하사 신춘新春을 경하慶賀할새, 추밀을 인견하사 후 부모의 소식을 물으시고 반겨 슬퍼하시더라.

상이 가라사대,

"경이 일찍 시랑 양정희 차자次子 인도를 아는다?"

주 왈,

"아나이다."

상 왈,

"문경 공주 장성하니 부마를 빠려 하되 신기한 일이 많아 '공작시' 얻은 이로 구코자 하더니 인도 신인을 만나 얻어 바치니 공주의 얻은 바와 흡사한지라. 간선을 앓고 인도를 보매 비록 일분 총명이 있으나 정인正人이 아니라 문경의 배우로 겨눠(견주어) 비할 바 아니라 이로 그 재주를 시험하려 설과하여 다사多士 중 재주를 보고자 하되, 일자日字 천연遷延[81]하니 이로 시름하노라."

추밀이 듣고 놀라 생각하되,

---

75) 벼슬자리에 나아감.

76) 형제.

77) 형제의 도리.

78) 조정에 말미를 얻어. 곧 휴가를 받아.

79) 공손히 삼가 절함.

80) 임금이 궁궐 밖으로 거둥함을 이르는 말.

81) 날짜가 뒤로 미루어짐.

'인도 같은 용상庸常한 것을 어이 공주의 배필을 삼으려 하시는고.'
하여 주 왈,
"신이 인도를 양문희 집에서 보옵고 동제에서 들어온 후는 보지 못하였삽거니와 그 인재는 일컬을 바 없사오니 신인에게 얻은 바를 보옴을 원하나이다."
상이 좌우를 명하사 '공작시'라 쓴 것을 가져오라 하시니 가져오매 과연 비상함이 참치參差함이 없고 합포의 구슬을 대하리라 하였거늘, 추밀이 기이히 여겨 다만 주 왈,
"이는 하늘이 명하심이로소이다. 연이나 그 재주를 보신 후 결단決斷하여 부마를 정하심이 옳을까 하나이다."
상이 고개 조으시더라.
제, 후 파조罷朝하고 정궁에 드시매, 추밀이 인도를 보고자 하여 양부에 이르니 시랑이 추밀의 이르렀음을 듣고 의관을 고쳐 맞는데, 인도는 내당에 있다가 유 낭랑 친남親男이 옴을 듣고 의관과 용모를 치레하여 나아오고, 시랑이 추밀을 맞아 한훤 필에 추밀 왈,
"영차 공자의 아름다움을 들었더니 또 초방椒房 손[82]이 되는 희사喜事 있는가 싶으니 공의 복록을 하례하고 공자를 구경코자 하노라."
이에 공자를 부르니 이윽고 인도 나와 예禮하고 물러 시랑 곁에 시좌侍坐하니, 추밀이 바삐 눈을 들어 한번 보매 금수라릉錦繡羅綾[83]으로 빛난 의복은 헌거軒擧[84]한 풍모風貌를 그렸고 금옥 칠보 건대金玉七寶巾帶[85]는 보배 빛이 어리어 풍부한 안면에 타분打粉을 정제히 하였으니 풍영한 안색이 더으고 양미兩眉에 채필彩筆의 공을 허비虛費하였으니 원산遠山을 옮겼는 듯[86] 기운을 지으며 화기를 자아내어 동용 좌와動容坐臥[87]의 가소로운 거동이 관자觀者로써 실소함을 깨닫지 못하게 하는지라. 추밀이 심중에 그 거동을 기괴히 여겨 위작僞作 찬양 왈,
"영랑의 아름다움이 이렇듯 하니 어찌 공의 복이 아니며 용령지친龍令至親[88] 됨을 어찌 사양하리오. 저렇듯한 풍채로 반드시 주옥을 품었으리니 구경함을 청하노라."
양 시랑이 이때 추밀의 아자兒子 과장誇張함을 크게 기꺼 돌아 인도더러 왈,
"오아는 모로매 일수一首 시를 지어 유 공의 가르침을 듣자오라."
인도 사양 왈,
"비록 까마귀 그리는 재주 있으나 어찌 존전尊前에서 당돌히 문묵文墨을 희롱하리꼬."

82) 왕후나 왕비 등이 거처하는 방이 손님. 곧 부마.
83) 아름답고 화려한 온갖 비단을 통틀어 이르는 말.
84) 풍채 좋고 의기 당당함.
85) 금옥과 칠보로 장식한 호화찬란한 머리쓰개와 띠.
86) 잘생긴 눈썹을 이르는 말.
87) 몸가짐과 동작.
88) 용령은 임금의 자녀로 부마를 뜻한다.

유 공이 다시 가로되,

"공자는 사양치 말고 주옥珠玉을 토하여 무딘 눈을 새롭게 하라."

시랑이 이에 보건寶巾[89]을 내오고 동자로 문방文房을 가져오라 하여 공자를 재촉하니, 인도 제題를 청코자 하더니, 문득 시자侍者 보報 왈,

"문 어사, 범 상서 노야老爺 이르러 계시이다."

이는 문언박과 범중엄范仲淹[90]이라. 이에 들어오매 추밀이 맞아 한훤寒暄을 파하매, 문 어사 왈,

"아까 범 형으로 더불어 유 형을 찾으매 이리 옴을 듣고 오과라. 어찌 우리를 버리고 이곳에 혼자 와 화류花柳의 이같이 아름다움을 대하여 빈주賓主 홀로 즐기고 아등我等을 찾지 않으리오?"

추밀 왈,

"내 궐내로써 바로 이리 와 또 형들을 찾고자 하더니, 지레 이르러 버리고 온다 책責하는다?"

범 상서 돌아 문방을 벌인 양을 보고 가로되,

"때 아름답고 봄경이 족한지라, 공자는 아름다운 재주를 발하여 기록함이 호사 아니리오."

추밀 왈,

"내 정히 양랑의 재주를 구경하려 앉았더니 군형君兄이 오매 모의謀議 지지遲遲[91]하도다."

범 공 왈,

"우리 무슨 방해로우리오. 제를 얻었느냐?"

추밀 왈,

"못 얻었느니라."

문 공 왈,

"글을 지으매 제를 어찌 아니 이르리오. 정전庭前 유지柳枝 정히 아름다웠느니라."

한대, 범 상서 손을 들어 가르쳐 왈,

"이 버들이 제題 되리로다."

추밀과 문 어사 제성齊聲[92] 왈,

"범 형의 말이 옳으니 공자는 금수錦繡 같은 문장文章을 아끼지 말라."

인도 심중에 헤오되,

---

89) 시를 쓸 수 있는 좋은 천.

90) 송나라 때 이름난 학자. 바른말을 잘했다고 한다.

91) 뜻한 일이 아주 더딤.

92) 여러 사람이 한목소리로.

'이 무리 내 지어 뵈어도 반드시 눈 아래 볼 것이니 마침 신류新柳로 제하니 인호의 '신류시'로 써 뵈리라.'

하고, 이에 소마[93] 핑계로 급히 들어가 양생의 글을 다시 보고 즉시 나와 거짓 읊조리는 체하다가 한 붓에 내써 좌간座間[94]에 드리니, 시랑은 만심 환열滿心歡悅[95]하고 추밀과 범 상서 글을 받아 한번 보매 사의辭意 웅건쇄락雄建灑落하고 구법句法이 청신淸新하고 조격調格이 발월 호상發越豪爽하되 또 함축 온온含蓄溫溫하며[96] 장하며 신기함은 용의 변화함 같고 쇄락청신하며 청월淸越한 구법이 한번 보매 눈에 현란하고 흉중胸中이 상쾌하여 정신이 상활爽豁하니 이 짐짓 천하 문장이요 고금에 없는 재주라 칭찬하더라.

범, 유 이공二公이 인도의 글을 보고 선자扇子[97]를 쳐 대찬大讚 왈,

"기재奇才며 기재라."

시랑을 향하여 왈,

"영랑의 재화才華 저러하니 금춘今春 과거에 장원이 되고 초방椒房 승탁昇擢을 받을 것이니 어찌 기특지 않으리오."

문 공이 달라 하여 보더니 문득 잠깐 웃고 또한 칭찬함을 마지않으니 시랑 부자 사양하여 심리에 쾌활함을 마지아니하더라.

삼공三公이 일어 하직고 수레에 오르매, 유 공 왈,

"양 학사 부중에 다녀가리니 양형兩兄도 다녀감이 어떠하뇨?"

양인兩人 왈,

"우리 시방 양 형을 보려 하더니라."

하고, 삼인이 수레를 갈와(나란히) 학사 부중을 향할새 유 공 왈,

"문 형이 양생의 글을 보고 칭찬할 밖 함소含笑하는 뜻을 아지 못게라."

문 어사 소 왈,

"어찌 이리 눈치 아는 체하느뇨? 웃을 일은 웃고 칭찬할 것은 칭찬할 것이니 어찌 묻느뇨?"

하고 삼인이 서로 웃고 양부에 이르니, 이때 양 공이 심회 울울하여 조참과 출입을 폐하고 취운정에 홀로 앉아 천금 아자千金兒子의 일생을 공송空送[98]할까 주야晝夜 분울憤鬱하여 기연奇緣을 간인奸人의 농계弄計에 잠겼는 줄 창한愴恨할 뿐이러니, 이날 일기日氣 명랑

93) 오줌을 점잖게 이르는 말.

94) 손님들이 앉은 좌석 사이.

95) 기쁨이 마음 가득히 참.

96) 글 뜻이 심오하고 깨끗하고 글귀를 짜는 법이 새롭고 격식이 호기롭고 시원시원하되 또 글이 함축성 있고 윤택하며.

97) 부채.

98) 헛되이 보냄.

하고 바람은 고요한데 화류花柳는 옛 가지에 한 빛이 새로우니 공의 심사 어지러워 난간 앞에 방석을 놓고 동자로 금준옥잔金樽玉盞을 들리고 슬상膝上 요금瑤琴[99]의 '자지곡紫芝曲'[100]을 희롱하여 수회愁懷를 부치며 청학 일 쌍이 옥계 하에 춤추고, 또 공자 향을 피우며 공의 심사를 위로하더니, 문득 동자 문에 손이 임하였음을 고하며 삼공三公이 일시에 들어오니, 공이 현금弦琴을 밀치고 일어 맞으매, 올라 예필禮畢에 유 공 왈,

"학생學生이 돌아온 지 오래되 몸이 번사煩事하여 지금 이곳에 오지 못하였더니 금일 이르매 제 정情을 위로하나 무슨 연고 있더니이까? 어찌 도당都堂에서도 만나지 못할러니이꼬?"

양 공이 흔연 초창悄愴 왈,

"복僕이 근래에 집에 병든 이 없으나 우환이 극하여 심사 난難한지라 집에 든 지 오랜 고로 명공明公[101]의 돌아옴을 들으나 능히 나아가지 못하더니 금일 상견相見하니 앙모지정仰慕之情을 위로하리로소이다."

언필言畢에 제공諸公이 눈을 드니, 양 공의 뒤에 한 소년 서생이 청라의靑羅衣로 섰으니 관옥 같은 용모와 봉안용미鳳眼龍眉 빼어난 정채精彩 조요照耀하고 아름다운 안색은 춘일春日을 능멸하며 의표儀表 발월發越하고 기도氣度 단엄端嚴하니, 추밀이 문 왈,

"이 영랑이니이까? 일찍 보지 못하였더니 금일 선풍仙風을 구경하괘라."

양 공이 공자를 명하여,

"제공께 뵈오라."

생이 수명受命하여 좌중에 예하니 온중 숙엄溫重肅嚴[102]하여 완연히 군자의 풍이 있고 쇄락 청월灑落淸越하여 문인재자文人才子의 틀이 있는지라. 의관이 검소하니 미려 준아美麗俊雅한 옥모玉貌와 표표表表한 기도 더욱 기이하여 만고일인萬古一人이요 금세今世에 비할 이 없는지라. 범, 유 이공이 대희 칭찬大喜稱讚 왈,

"현재賢才라, 영랑의 재모才貌여. 이런 기동奇童을 두고 우리를 지금껏 뵈지 않으니 어찌 친구의 정이리오."

양 공이 답 왈,

"이는 군형을 외대外對[103]함이 아니라 연年 사십에 비로소 아자를 얻으니 제 기골氣骨이 청약淸弱함이 유다르매 숙야夙夜에 대하여 서당 밖을 나지 못하니 못 봄이 괴이하리오."

범 상서 소 왈,

99) 무릎 위의 요금. 요금은 아름다운 소리를 내는 거문고의 한 종류.
100) 옛날 노래의 하나로, 그 곡조가 매우 구슬프다.
101) 듣는 이가 높은 벼슬아치일 때, 그 사람을 높여 이르던 말.
102) 온화하고 침착하면서 위엄이 있음.
103) 푸대접함.

"양 형이 늦게야 부녀같이 들고 나지 아니며 또 어찌 소년 자제로 규수의 태態를 시키느뇨?"

모두 웃고 추밀이 문 왈,

"공자 연年이 몇이뇨?"

생이 피석避席 대 왈,

"소생이 십사 세로소이다."

웅위雄偉한 성음聲音이 쇄락하여 모든 귀를 밝게 하니, 제인諸人이 제성齊聲 칭찬함을 마지아니하고, 유, 범 이공二公이 왈,

"공자를 보매 그 신장과 외모 저같이 정하니 십사 세 청춘靑春 소동小童인 줄 깨닫하리로다. 금일 아등我等이 복이 많아 선견先見 기재奇才하고 금관 선풍金冠仙風을 구경하니 어찌 쾌快치 않으리오."

양 공이 문 왈,

"군형君兄의 아자 과장함은 감당치 못하거니와 뉘 집의 기자奇子를 보시뇨?"

문 공이 비로소 소 왈,

"유 형이 그 글을 한번 내어 양 형의 이목耳目을 놀램이 또 어찌 좋지 않으리오. 더욱 이런 재주를 소년배少年輩로 하여금 보게 할 것이니 어찌 내지 아니하나뇨?"

범 공이 또 글 냄을 재촉하니 양 공이 보기를 구하는지라, 추밀이 소매로써 글을 내어 문 어사를 돌아보아 이르되,

"이 글은 가히 천추만세千秋萬歲에 유전遺傳하염 직하거니와 형의 웃는 뜻을 알지 못하리로다."

언필言畢에 글을 주니, 학사 일변一邊 받으며 보니 글씨 인도의 글씨요 십분 치레하여 썼는지라. 괴이히 여겨 심중에 인도의 재주를 저리 과찬들 하니 상시常時 숙련熟鍊들이 고명하여 웬만한 글은 안하眼下 무시無視하더니 이 어인 일인고 하며 받아 펴 보니 이 정히 인호의 지은 바 '신류시'라. 학사 글을 보고 놀라 자시 보니 썼으되,

"모월 모일에 소생 양인도는 작시필作詩畢."

하였거늘, 양 공이 그 사의邪意를 더욱 통한하니 한갓 실색 무언失色無言이라.

범, 유 이공이 의아하여 문 왈,

"형이 글을 보매 놀람은 어찐 일이오?"

공이 미처 답지 못하여서 문 공이 소笑 왈,

"양 형이 아자兒子의 재주와 질아의 필법이 겸한 시를 보매 놀람이 어이 괴이하리오."

유, 범 양공이 문 공을 내하여 곡절을 명백히 들음을 청하니, 양 공이 양구良久에 가로되,

"이 글을 거년去年에 문 형으로 더불어 이곳에서 내 아이로 지은 바러니 질아姪兒 이제 저의 차응次應을 삼았으니 한번 보매 복僕이 스스로 참안慘顔[104]함을 깨닫지 못하니 형

---

104) 남 보기 부끄러움.

이 괴이히 여기는도다."
범, 유 양인이 문 공더러 왈,
"형의 웃음이 이 연고렷다. 양 시랑 집에서 어찌 한가지로 칭찬하더뇨?"
문 공이 소 왈,
"글이 좋으니 열 번 보나 칭찬이 아니 나리오."
이공二公이 웃고 양 공더러 곡절을 다시 물으니, 추밀 왈,
"황상이 부마를 택하시매 공주를 탄생하실 때 기몽奇夢이 있고 또 '공작시'라 쓴 것을 기특히 얻으사 또 양가를 구하고 '공작시'라 쓴 것을 얻어 들이는 이로 부마를 정하려 하시더니, 양인도 '공작시'를 얻어 들이매 기특히 여기사 불러 보시니 의용儀容이 범상凡常하니 성심聖心이 불열不悅하사 재주를 시험코자 하시더니, 중승 경진이 설과設科하여 다사多士 중 재주를 보심이 가可타 하니, 상이 옳이 여기사 지금 과장科場을 배설하여 일자日子 임박하다 하매, 소제 저를 보고자 왔더니 그 재주를 보고자 하여 글을 구하니 면전에서 쾌히 써내매 그 재주를 과誇하여 가져왔더니 어찌 영랑令郎의 소작所作인 줄 알리오."
문, 범 양공 왈,
"상이 간택을 않으시고 인도를 취하심을 의혹하더니 원래 이런 연고 있는다?"
양 공은 통해함을 이기지 못하여 가로되,
"소제 근래 우환이 정히 이 일이라. 일석一席에[105] 다 베풀기 어렵도다."
인하여 선유산 곡절을 다 베풀고 가로되,
"상이 인도를 불러 보실 때 복僕이 반열에서 듣되 제 기탄함이 없어 여차여차 대답하니 상전上前에서 증거 없는 일을 다투기 불가하여 다시 바랄 바 없으니 주야 우민憂悶하여 두문불출하여 형의 환귀還歸함을 듣되 찾지 못함은 정히 이 연고라."
제공諸公이 자시 듣고 격절激節 통해하여 이르되,
"정희는 공의 지친이라. 소인의 정태情態와 공의 명감明鑑으로 이를 살피지 못함은 현인의 그런 바이라 제 어찌 마침내 천총天寵을 기망欺罔하며 천의天意를 어기리오. 마땅히 적발하여 천정天庭에 주奏할 것이라."
양 공이 미우를 찡기어 흘연 탄 왈,
"이 도시都是[106] 내의 불명함이라. 제 비록 나를 저버리나 내 차마 저의 곤함을 보지 못할지라. 천명天命을 순수順受하여 되어 감을 볼 따름이라."
삼공이 듣고 현심賢心을 차탄嗟歎하며 정희 부자를 불승분한不勝忿恨함을 마지않고 공자는 안색을 불변하여 천연한 옥모玉貌에 화기和氣 전연全然하니 삼공이 더욱 기특히 여기더라.

---

105) 한자리에서.
106) 아무리 해도. 이러니저러니 해도.

날이 저물매 각각 돌아가니 공이 내당에 들어와 인도의 글을 도적함을 이르고 더욱 분한함을 이기지 못하는지라. 부인이 또한 불승통한하여 가로되,

"인도를 삼 세 전부터 거두어 아자와 일호 간격 없이 하거늘 제 우리를 저버려 끗끗이[107] 아니 속이는 일이 없으나 이제 설과設科하신다 하니 만일 내 아이 높이 빠히면 제 예기銳氣 최찰摧擦[108]하리로다."

인호 왈,

"듣자오니 경진이 설과하소서 하여 황야皇爺 앞에서 인도 형의 재주를 시험코자 하시는 뜻을 막으니 이 다 또 농간 풍으로서 났는가 싶으오니, 해아孩兒는 과장에 나아가 무익無益할 것이니 과거 봄을 원치 아니하나이다."

학사 왈,

"내 아이 말이 옳으니 시관이 뉜고. 간당奸黨이 아닌가 알아봄이 옳도다."

어시於時에 유 추밀이 부중에 돌아가 인도 부자의 은위隱僞[109]를 격분 통해하여 종야 전전終夜輾轉[110]하다가 문득 비몽非夢 간에 향풍香風이 표표漂漂하며 학발선인鶴髮仙人[111]이 불러 왈,

"유 군은 인을 살펴 도적의 농계弄計를 맞히지 말고 전세前世 원가怨歌를 들으라."

언필言畢에 깨달으니 한 꿈이라. 일어앉아 생각하되,

'신인이 나를 가르침은 인도의 농계를 제어코자 함이라. 도적은 인도의 이름이 도적 도盜 자니 이를 이름이요, 인은 인호를 이름이 아니리오.'

이에 밝기를 기다려 궐하闕下에 나아오니 백료百僚 다 모였고, 양 학사 또한 이에 있는지라. 추밀이 문 왈,

"명일이 과장이니 이제 다시 알려니와 영랑도 과옥科屋[112]에 드느냐?"

양 공이 대 왈,

"소아는 기질이 유약하고 재주 미세하니 과거 뵐 뜻이 없노라."

추밀이 정색 왈,

"영랑의 기재로써 과옥에 들지 않을진대 뉘 과거할 재주 가진 이 있다 하리오. 하물며 상이 다사多士를 모아 재주를 빠심이 이전과 달라 심상히 하시는 바 아니니 신자臣子 된 자 어이 자식을 감추어 기재奇才를 펴지 못하게 하고 성의聖意를 받들지 않으리오? 형의 명견明見이 이러함은 의외로소이다."

107) 일마다 모루. 끝끝내.

108) 날카로운 기운이 꺾임.

109) 감추고 속임.

110) 밤새도록 잠 못 들고 뒤척임.

111) 머리칼이 하얗게 센 신선.

112) 과장, 곧 과거 보는 곳.

학사 탄식고 답答지 않으니, 추밀이 그 뜻을 짐작고 이에 조회하매, 상이 일러 가라사대,
"이번 설과設科는 범연히 하는 바 아니니 시각을 급히 하여 그 짐짓 재주를 볼 것이니 만홀漫忽히 말라."
하시고, 중승 경진을 시관試官을 정하시니, 양 학사 심중에 차악嗟愕하여 아자의 명견을 생각고 묵묵히 볼 따름이요, 추밀과 범, 문 양공은 마땅치 않음을 다투고자 하나 간인이 다시 설계設計[113]할까 잠잠하였더니, 이윽고 파조罷朝하시매 백관이 각각 돌아갈새, 추밀이 학사더러 왈,
"과연 형의 아까 말을 깨닫괘라. 이제 경진이 시관이 되니 영랑이 빠히일 길이 없느니라."
하고, 문, 범 양공이 학사 부중에 모다 다시 이르되,
"경진은 어이 정희를 돕는고?"
공 왈,
"이제 일러 부질없거니와 여차여차하여 정희로 중매 삼아 오아吾兒와 구친求親하다가 물리매 이러하여 그러한가 싶거니와 이제는 과옥에 감이 부질없으니 다시 이를 바 없도다."
문 어사, 범 상서 왈,
"예부터 유유類類를 따른다[114] 하니 정히 경진, 정희를 이름이로다. 어찌 마침내 난신적자亂臣賊子로서 제 뜻을 마쳐 돋게(돗자리에) 평안케 하리오. 마땅히 상표上表[115]하여 죄벌을 명백히 하리라."
양 공이 미처 답지 못하여서, 추밀 왈,
"양형의 말이 과연 옳으나 명일이 과장이니 지레 발설發說하여 간인奸人이 다시 용사用私[116]하는 일이 있어도 잠깐 참아 내일을 보아 처치함이 옳을까 하노라."
양 공이 옳다 하고 삼공이 다시 가로되,
"모로매 양 형은 영랑을 과장에 들여보내어 만인의 으뜸이 됨이 옳으니 고집지 말라. 우리 이미 알았으니 쥐 무리 어이 용납하리오."
추밀이 다시 가로되,
"내 아까 궐문에서 올 제 하리下吏로 경진의 뒤에 좇아가 동정을 살피라 하였으니 이제 오면 알 것이니, 다만 양 형은 과옥 결속科屋結束[117]을 차려 공자를 보내라."
양 공 왈,

113) 계략을 꾸밈.
114) 유유상종類類相從. 곧 같은 부류의 사람들끼리 서로 따르고 사귀는 것.
115) 임금에게 글을 올림.
116) 어떤 일을 제 사리사욕에 맞게 처리함.
117) 과거 보는 데 필요한 준비를 갖춤.

"아자 과장에 나아간들 경진이 어이 서로 용납하리오. 이러므로 아자 과거 봄을 원치 않으니 노부 또 강권치 못함이라. 일이 이에 이른 후는 어찌할 길이 없으니 복의 시름은 능히 잊기 어렵도다."

모두 차탄하고 과옥에 보냄을 다시금 당부하고 추밀이 하리를 기다리더라.

차설且說, 경 중승이 스스로 시관이 됨을 대희大喜하여 궐문을 나 급히 집으로 돌아가니 유 추밀이 그 기색을 알고 가장 영리한 심복心腹 하리 소풍을 그 뒤를 좇아 동정을 알아오라 분부하되 아무도 알 리 없더라.

소풍이 중승의 많은 하리 중 뒤에서 가더니 길에서 양 시랑을 만나 한가지로 시랑 집에 이르러는 인오, 인도 나와 맞아 예필禮畢에 시랑이 청하여 후당後堂에 들어와 호주 진찬好酒珍饌을 내오고 감언미어甘言美語로 시랑의 달래는 바에 크게 잠겼는지라. 관복을 벗고 쉬며 조용히 과거 일을 의논하려 하여 자가自家 심복 창두로 수레 앞에 떠나지 않고 데리고 다니는 놈 미의를 불러 맡기고 다시 말할새, 이때 소풍이 따라 이에 이르러 양 시랑 집에 다다라 중승이 들어감을 보고 저도 한가지로 따라 들어가고자 하다가, 혹 알아볼 이 있거나 중승의 하리 중 의심할 이 있을까 하여 문외에 떨어져 들어갈 조각을 생각더니, 밖에서 가만히 보니 모든 하리 모두 앉은 중 한 놈이 창두의 복색이로되 의복이 화려하고 으뜸으로 앉았으니, 다른 하리 말하매 진공공이라 일컬어 가장 경대敬對하거늘 심중에 중승의 창둔 줄 알고 이에 그놈을 인하여 들어가고자 하여, 웃옷을 벗고 주점의 좋은 술을 많이 사고 삶은 거위 두엇을 사 주점 그릇을 얻어 담아 어깨에 메고 시랑 집 문 앞에 가 들이밀어 보고 물러섰다가 다시 들이밀어 보아 사람 찾는 형용을 하니, 양부 문리門吏와 중승의 수종隨從[118]들이 어떤 사람인가 물으니 이르되,

"나는 먼 데 사람이러니 경 중승 부중 진 관인晉官人과 친척이러니 경사京師에 와 찾아보고자 하매 노야老爺를 뫼와(모시고) 이곳에 와 계심을 이제야 찾아 알고 보고 가려 하나이다."

모두 그 주준酒樽[119]과 안주 그릇을 메었음을 보고 청하니, 미의 가장 기꺼 왈,

"내 친척이 형남에 가장 많되 찾는 이 없더니 그 대신 군이 찾아 이르니 친척의 정분을 이르리로다. 내 이 진미의요, 경 중승 노야 댁 창두라. 그대 오촌에 있는 권장인다, 형남에 있는 친척인다?"

소풍이 크게 반기는 빛으로 여러 미의 앞에 나아 앉아,

"나는 오촌에서 사는 권장이라. 마침 관사官事로 경사에 오매 이리 와 향촌 궁곡鄕村窮谷에 있던 자취 지향할 데 없어 관인이 성족盛族[120]이라 들었던 것이라 찾아 만나니 다행함을 이기지 못하도소이다."

---

118) 문지기와 따라다니며 곁에서 심부름하는 하인.

119) 술통.

120) 왕성한 일가붙이.

주준과 거위를 내어 권하니, 크게 기꺼,

"내 친척이 찾는 이 없더니 어찌 기특지 않으리오. 노야를 뫼셔 돌아갈 때 한가지로 가미한 정[121]을 표하리라."

소풍이 사례하고 술을 권하니 미의 대취大醉하여 말을 가리지 못하고 몸을 수습지 못하거늘, 소풍이 곁에 앉아 한설閑說을 하고 안에 들어갈 조각을 얻더니 문득 미의를 부르는지라. 미의 대답하고 들어가되 걸음이 바르지 못하거늘, 소풍 왈,

"내 들으니 경성 재상 지극히 화려하여 구경하염 직다 하니 관인이 들어갈 제 구경하여지라."

미의 웃고 왈,

"이런 곳도 가장 화려커니와 노야 부중은 더욱 화려하니 낮에 우리 부중에 와 구경하라."

하고 들어가거늘, 소풍이 따라가니 중승이 관복을 벗어 미의를 주거늘 미의 받아 가지고 나오려 하더니, 중승이 문득 소풍을 보고 하리 모양이 아니라 괴이히 여겨 미의더러 왈,

"제 어떤 사람인고?"

미의 대 왈,

"소복小僕의 오종 친척이니 마침 경사에 구의 일[122]로 왔다가 소복을 찾아보고 향촌 사람이라 구경하여지라 하고 소복을 따라 이르렀나이다."

하니, 소풍은 동제에서 추밀이 갓 다녀온 바라 경사에는 알 이 없으므로 시랑과 중승이 다 곧이듣고 구경하라 하고, 미의를 게 있으라 하니 창외窓外에 둘이 앉았더니 문득 이시移時[123]한 후 물러가라 하거늘 미의 나오니, 소풍 왈,

"관인은 먼저 나가라. 내 잠깐 저 뒷동산을 들어가든 못 하나 바라보고 나가리라."

미의 취중이라 대답고 나가거늘, 문 뒤에 몸을 숨겨 듣더니, 시랑 왈,

"이제 형이 시관이 되니 이는 소제小弟 부자의 복이라. 과장 시각이 급속할 것이니 아자 재주 비록 아름다우나 또한 천천함만 같지 못한지라. 과옥에 나아가 제題를 듣고 지으나 미리 지었다가 바치나 제 짓기는 한가지요 글은 더 빛나리니, 형은 어떻다 하느뇨? 달리는 내 아이 재주를 두릴(두려울) 바 없되 다만 인호 과거에 든즉 아자 반드시 장원을 저에게 사양할 듯하니 이로 염려하는 바라."

중승이 청파聽罷에 우어又語 왈,

"글제는 예서 들으나 과장에서 들으나 다름이 없으며 영랑을 위하여 어찌 한 줄 힘을 아끼리오. 다만 인호는 근심치 말라. 황상이 친히 나시는 전교 오늘 아니 내렸으니 반드시 친히 아니 나실 것이니, 명일 과옥에 인호를 곤욕困辱하여 퇴혼退婚한 한을 갚고 제 글

121) 미진한 정. 채 나누지 못한 정.

122) '구'는 관사官舍의 옛말이니, 공적인 일을 이른 말.

123) 시간이 지난 후.

을 바치지 못하게 하여 영랑을 도우리라."

시랑 부자 사례 왈,

"이러면 후은厚恩을 능히 어이 갚으리오. 제를 이르소서."

중승이 본래 문자文字 협狹한지라 생각기를 괴로이 하니, 인도 그 거동을 보고 인호의 글 중 좋은 제 하나를 일러 왈,

"제를 이를 내심이 어떠하니이꼬?"

중승이 대찬大讚 왈,

"묘妙코 묘하다. 영랑의 재주 이같이 기이함을 몰랐도다. 이 제를 쓰리라."

중승이 손수 제를 깁에 쓰고 인도 그 곁에 제 명지名紙 보람한 것[124]을 써 중승을 주니, 중승이 받으매 양 시랑 왈,

"형이 취중 실수하여도 관복과 함께 맡기리라."

중승이 옳다 하고 미의를 부르니, 소풍이 설화說話를 듣고 나가다가 미의 들어오되 취하여 자다가 중승의 부름을 듣고 겨우 깨어 들어오거늘, 소풍 왈,

"한가지로 나갈 것이라."

하고 섰더니, 중승이 적은 것을 미의를 주며 당부하니 받아 가지고 나오거늘, 소풍이 한가지로 나와 다시 한설閑說하다가 왈,

"내 주인의 게르개를 찾아 가지고 관인을 좇아가리라."

미의 기꺼 쉬이 오라 하거늘, 소풍이 대답하고 보니, 미의 취한 잠을 능히 이기지 못하여 관복을 수레에 걸고 깁에 쓴 것을 손에 쥐었으되 채 간수치 못하고 또 졸거늘, 소풍 왈,

"노야의 맡기신 것을 형이 곤하여 하니 혹 실수하여도 내 가지고 있다가 노야 나오시거든 관인을 주리라."

미의 취중에 다른 염려를 않고 즉시 내어 주거늘 심중에 기쁨을 이기지 못하여 받아 가지고 잠깐 앉아 미의 잠듦을 보고 하리들더러,

"내 주점 그릇을 가져왔더니 주부酒婦[125] 나를 꾸짖을 것이니, 주점이 이 앞이니 잠깐 주고 오리라."

하고, 그릇을 거두어 가지고 나가 주루酒樓에 두고 양 학사 부중에 돌아오니, 경 중승은 빈주賓主 쾌히 즐겨 술을 권하여 주객이 다 진흙같이 취하매, 이에 돌아갈새 미의 깨어 소풍을 부르니 제 말대로 이르니, 노주奴主 다 취하였는지라 깨닫지 못하여, 중승은 외당에 거꾸러졌고, 미의 또한 맡은 것을 잃은 줄은 생각도 않더니, 날이 저물 때에 비로소 생각고 잃은 줄 알면 죄책이 있을까 하여 중승이 취중에 한 일은 전연히 잊기를 잘하매 한갓 몰쾌라[126] 하려 하더니, 과연 이두올 때 중승이 술이 잠깐 깨어 시랑의 언약을 생각고 미의를 불러,

124) 시험지에 잊어버리지 않게 하거나 다른 물건과 구별하기 위하여 표식을 해 두는 것.

125) 술집 주인 여자.

126) 모른다고.

"맡긴 것이 있더냐?"
물으니,
"없에라."
하고,
"관복밖에 모르노라."
하니, 중승이 미의 믿음이 경소에 지난지라 의심치 않아 다시 제를 생각고 고쳐 써 잊지 않게 하고 명일 용수容手[127]하려 하더라.

이날 소풍이 양 공 부중을 가니, 시時에 삼공이 늦도록 기다리더니 소풍이 들어와 뵈니, 제공이 좌우를 물리고 불러 물으매, 소풍이 종두지미從頭至尾히 세세히 고하고 인도 글제 이름과 깁에 쓴 것을 드리니, 중승의 필적과 인도의 수적手迹이 분명한지라. 양 공이 경驚 왈,

"이 제題 또 차아此兒의 지은 제라. 인도 제 가지록(갈수록) 이렇듯이 방자하리오."

모두 경해驚駭하여 가로되,

"적자 가지록 이러하니 내일 황야 친히 나시면 아등我等이 살펴 제 손을 놀리지 못하게 할 것이니 양 형은 황상이 나신 후 공자를 과옥에 들게 하라."

하더니, 문리門吏 단 어사의 이르렀음을 고하니, 이는 시어사 단개[128]라. 범 공 왈,

"차사此事를 단 형이 들으면 과장 전 변백辨白을 하려 할 것이니 일이 지난 후 알게 하리라."

하고, 이에 모두 맞아 좌정하매, 어사 왈,

"요사이 연일 연고 있어 이곳에 오래 오지 못하였더니 니카롸[129]."

하며, 눈을 들어 양 학사를 보아 왈,

"근간 양 형은 무슨 연고로 두문불출하시느뇨?"

답 왈,

"근래 심사 난難한 일이 있어 출입을 못함이로소이다."

제공이 각각 한훤을 파하매, 단 어사 가로되,

"소제 연고 있어 교외에 갔다가 들어와 들으니, 상이 경진을 시관을 하이시라(하게 하라) 하니, 경진은 무정지인無情之人이요 문자 난亂한지라 어이 시관을 감당하리오. 군형群兄이 어이 일찍 논핵지 아니하뇨? 작일昨日 들어오지 못함을 한恨하노라."

모두 답 왈,

"우리 다 그러함을 알되 그간 연고 많아 명일 변백할까 싶으이다."

127) 수단을 씀.
128) 송나라 때 충신으로 이름이 높았던 당개唐介를 말한다. 성품이 강직하여 임금에게 바른 말을 잘했다고 한다.
129) 말을 좀 해보라는 뜻.

어사 왈,
"연고를 알지 못하랴?"
추밀 왈,
"말이 길고 곡절이 많으니 시작지 못하리로다. 과장이 지난 후 조용히 다시 모다 일단 설파說破하리라."
날이 저물매 각각 돌아가고, 양 공이 내당에 들어가 공자를 불러 가로되,
"내일 내 조참朝參할 제 황야 친히 나지 않으시면 즉시 돌아오고 친림親臨[130]하시면 돌아오지 못할 것이니, 내 오거나 오지 않음으로써 친히 나시며 않으심을 짐작고 과거를 보게 하라."
하고 경 중승의 말을 일일이 이르니, 공자 수명受命하여 과옥에 들 기구를 차리다.
황야 과일科日이 다다르니, 인도의 재주 어떠할꼬 그 위인을 용이庸易히 여기사 다사多士 중 인재 다시 있을까 염려 많으사 침전에서 잠을 이루지 못하시더니, 홀연 보시니 백의선동白衣仙童이 나아와 주奏 왈,
"폐하 문경의 배필을 구하실진대 재삼 살피사 천연天緣을 어그릇지(어긋나게 하지) 말며 전세前世 한을 더으게(더하게) 마소서."
하니, 제帝 묻고자 하시더니 청풍을 인하여 보지 못하시고 놀라 깨달으시니 남가일몽南柯一夢이라. 기특히 여기사 밝음을 기다려 친히 봉청전에 백료百僚를 조회받으시고 인하여 설과하실새 상서祥瑞의 기운은 봉궐鳳闕에 눌렸고 기향奇香은 용루龍樓에 잠겼더라.
이때 양 시랑이 인도로 인호의 글을 정서淨書하여 기다리며 중승의 언약을 크게 믿어 상이 친림 않으심을 환희歡喜하고 스스로 용약踊躍하여 시각을 기다릴 뿐이러니, 황야 친림하심을 보고 경진과 시랑이 십분 초조하되, 경진이 오히려 글을 제 빠(뽑아) 어람御覽하실 것이요, 제題는 제 낼 양으로 믿었더니, 황야 제신諸臣더러 일러 가라사대,
"이 과거는 범연히 할 바 아니니 시각을 삼각三刻으로 정하고 글씨와 글이 갖은 자를 빠되 십분 상심하라."
하시고, 이에 '어릴 노' 제를 내시니 양, 경 이인二人이 실색失色하더라.
추밀사 유은이 출반주出班奏 왈,
"이번 과거는 예와 달라 선비 모든(모인) 수 이전에서 십 배나 더한지라 시관이 빠어 남覽하옴이 날이 저물 것이니 자정전 학사 칠인七人을 시관과 한가지로 서축書軸을 빠어 남하게 하리까?"
상이 의윤依允하시니, 양 시랑이 안색이 변이變易함을 깨닫지 못하더라.
전하殿下의 모든 선비 구름이 몰리며 안개 지피듯 하여 봉청선 넓은 뜰이 좁은지라. 차시此時에 인호 황야의 친림하심을 알고 과옥에 나아가니, 모든 선비 시각이 급하심을 보고 황망히 덤벙이는지라. 전상을 우러러보니 경진이 글을 받아 바칠 형세라 이를 보고 이에

130) 임금이 직접 나가는 것.

채필彩筆을 빠혀(빼어) 휘필揮筆하매 지상紙上에 운영雲影이 일어나니, 이에 거두어 칠 학사께 바치고 돌아와 옛 곳에 앉아 보니 인도 아조(따로) 쓴 명지를 끼고 의복과 안색을 치레하여 양양자득하여 인호의 앉은 데 바라보이니 냉안 무시冷眼無視[131]하더니 글제를 걸매 대황大遑하여 덤벙이더니, 또 제諸 학사學士의 글 빰을 보고 더욱 경황하여 인호의 휘쇄揮灑함을 바라고(바라보고) 간담이 뛰놀아 하는 거동이 가히 기괴한지라. 모든 눈이 다 지시하여 그 거동을 아니 웃을 이 없는지라. 할 일이 없어 제 색책塞責하여 지어 바치니 경진은 글의 호불好不을 모르고 계교한 바 어기매 내홍하여 칠 학사에게 다 미루고 인도의 보람한 명지를 어람御覽하실 서축에 넣을 뿐이러라.

칠 학사 글을 받아 꼬누매[132] 예사 아름다울 만하고 기재奇才 없더니 최후에 사마광司馬光의 한 글을 얻으니 짐짓 기재奇才라. 다른 글도 다 탑하榻下에 올리매 황야 보시니 별난 기재 없는지라 심중에 불열하시더니, 서축 사이의 한 장 글이 묵광墨光이 현란하고 필획筆劃이 웅건 쇄락하며 지상紙上에 용이 서리며 봉이 춤추는 듯하니 용안龍眼이 먼저 놀라 안채眼彩에 기쁨을 머금으사 내리 보시매 사의 웅장 쇄락하여 구천九天의 무궁함 같고 강하江河를 헤치는 듯 또 온중청신溫重清新하여 고금 문장에 비할 이 없는지라. 한 번 보매 흉금이 훤칠하고 두어 번 보매 사람의 신백神魄을 움직이니 어찌 이두李杜와 종왕鍾王[133]을 이르리오.

만심 대열滿心大悅하사 어필御筆로 장원이라 써 놓으시고 시권을 빠 수를 채우신 후 전도관前導官[134]으로 신래新來를 불리시매[135], 전도관이 장원을 호명呼名 왈,

"태학사 양문희 자子 인호의 나이 십사라."

하니, 상이 더욱 대열하시며, 양 공은 기쁜 빛을 금치 못하고, 정희와 경진은 면색面色이 여토如土하고, 인도는 간담이 미어지는 듯하더라.

공자 만인 총중萬人叢中의 옥계 하에 나아오매 전상 전하殿上殿下에서 일시에 바라보니 쇄락灑落한 옥모玉貌는 천연天然 수려秀麗하여 추월秋月이 청공青空에 걸렸으며 소옥을 관 쓴 인 듯 봉안용미鳳眼龍眉는 천지조화와 일월정기를 거두었고 주순옥치朱脣玉齒의 늠름한 골격이 준엄하여 관자觀者 칭송하여 구경함을 깨닫지 못하니, 또 유화柔和하여 춘일春日이 화기를 멸시하고 팔 척 신장에 유지柳枝 같은 풍도 옥수玉樹 향풍에 부치는 듯 단엄한 기도와 쇄연한 용모 중인衆人 중 뛰어나니, 상이 대열하사 한림원 편수翰林院編修[136]를 제수하시고 청삼어화青衫御花[137]를 주시매 새로운 풍광아風光兒 중인의 이목耳目을 놀

131) 차가운 눈길로 업신여김.

132) 여럿 가운데서 우수한 것을 골라 뽑음.

133) 중국의 이름난 시인 이백李白, 두보杜甫와 이름난 서예가 종요鍾繇, 왕희지王羲之.

134) 임금 앞에서 인도하는 관리.

135) 신래는 과거에 새로 급제한 사람. 신래를 불린다는 것은 새로 급제한 것을 축하하여 선배들이 그를 괴롭히는 것을 이르는 말이다. 여기서는 임금이 장원을 불러 보는 것.

래니, 상이 전상에 올려 사주賜酒[138]하시고, 차례로 신래를 부르매 종시 인도의 이름이 없으니, 상이 제신을 탑하에 불러 장원의 글을 뵈시매 군신君臣이 풍모를 어린 듯이 칭찬하더니 글을 보매 더욱 기특히 여겨 탑하에 하례賀禮하고, 양 공은 요행함을 이기지 못하나 정희 일이 들리일까 일변 잊지 못하더라.

권지삼卷之三

이적에 상이 전교 왈,

"이제 인호는 고금 일인이요, 짐이 신몽神夢이 있어 장원으로 부마를 정코자 하나 전일 인도의 '공작시' 얻은바 또 신이神異하되 인재人才 내도來到하니 인호로 부마를 정하려니와 인도의 일은 어인 일인고?"

시관과 학사로 모든 시전詩箋[1]을 상고하여 인도의 글을 얻어 올리라 하니, 경진이 이를 듣고 가장 민망하여 한대 손을 놀리지 못하여 이에 칠 학사 얻어 올리니 평상한 것과도 하염 직한 데 없는지라. 상이 도로 낙복落福[2]에 내리오라 하시다.

추밀이 여쭈오되,

"낙복들을 칠 학사에게 맡겨 내림이 마땅하이다."

제帝 의윤依允하시니, 범 상서와 문 어사와 유 추밀이 다시 주 왈,

"인도의 그간 연고 많사오니 조용이 상표上表하리다."

이에 파罷하여 정전에 드시고 양생이 무수 방하榜下를 거느려 궐문을 나매, 백료 신래를 희롱하여 날이 저물므로 돌아가니, 양 공이 범, 유, 문, 단 제공으로 장원을 더불어 부중에 이르니, 생이 모부인母夫人께 뵈오니 부인이 손을 잡고 등을 어루만져 두긋기며(기뻐하며) 부마 일사를 더욱 환열歡悅하더라.

설평장 형제 또한 들어와 부인을 보고 가득한 경사를 치하하니, 설 부인이 화답하여 기

136) 한림원은 임금의 조서 작성과 그밖에 나라의 저술, 편찬 사업을 맡은 관청이며, 편수는 그에 딸린 벼슬 이름이다.

137) 청삼은 관리들이 조복 안에 받쳐 입는 옷이며, 어화는 임금이 새 장원에게 주는 꽃으로 머리에 꽂는다.

138) 임금이 술을 내리는 것.

1) 시험지.

2) 과거 시험에 낙제한 답안.

뻠을 능히 금치 못하더라.

이에 나와 제공으로 주반酒盤을 내오고 양 공께 하례하여 즐겨 촉燭을 이어 말씀할새, 단 어사 왈,

"작일 말을 다시 듣고자 하나니 제형은 연고를 이르라."

양 공이 눈썹을 찡기어 왈,

"이제 지난 일을 다시 일러 부질없도다."

문 어사 왈,

"양 형은 친척의 정으로 오히려 전념하거니와 아등我等은 이런 적자賊子를 어찌 성명지하聖明之下에 용납하리오."

양 공 왈,

"바라나니 제형은 복의 백면白面[3]을 보아 저의 죄를 더으게 맒을 바라노라."

문, 범 양공 왈,

"공의 정의는 그러하나 탑전에 진달進達하올 뜻을 아뢰었으니 이제 어찌하리오."

단 어사 홀연 깨달아 왈,

"내 금일 상전에서 보니 양정희와 경진이 서로 눈 주고 면색을 자로(자주) 변하더니 영랑이 등제登第하매 면색이 여토如土함을 내 자못 괴이히 여기더니 또 상교上敎 여차하시니 이 반드시 거짓 신기함을 지어 성총을 가리려 함이라. 간적奸賊을 한땐들 지지하여 평안케 하리오. 제형은 남자 아니로다. 내 벌써 아나니 제공은 설파하라."

이에 문, 범, 유 삼공이 차사此事를 베푸니 태위太尉[4] 청파聽罷에 격분 절치激憤切齒 왈,

"이런 적자를 논핵지 않고 어느 때를 기다리리오? 신자 되어 성총을 가리와 금지옥엽을 탈취코자 하니 이는 동시에 베어도 그 죄를 속지 못할 것이오. 양 형과 골육지친지간骨肉之親之間에 감춘 것을 도적하여 스스로 가탁假託하니 이 두 거조 어찌 군자의 용납할 바이리오. 경진이 무단히 간적을 도와 성총을 가리옴이 더욱 해연駭然한지라. 문 형은 더욱 간관諫官에 있어 잠잠하리오. 제형은 어찌 이때까지 잠잠하여 간인을 사赦하뇨?"

유, 범, 문 삼공 왈,

"어찌 우리 간인으로 용서하리오. 지레 요동하여 소인의 계교 현인을 마침내 속이지 못할까 하여 오늘을 기다림이라."

단 어사 왈,

"명일 궐하에 묻사이다."

양 학사 다시 강청强請코자 한대 단 어사의 추상같은 의논이 열렬하여 동일冬日 삭풍朔風[5] 같으니 격노할까 잠잠하였더니, 어사 먼저 돌아가매 양 공이 비로소 제공더러 왈,

3) 글만 읽어 세상일에 경험이 없는 사람.

4) 벼슬 이름. 여기서는 단 어사를 이른다.

5) 겨울 북풍. 바람이 매우 찬 것을 이르는 말.

"정희의 죄 비록 만사무석萬死無惜[6]이나 바라건대 그 목숨을 보전하면 큰 은혜라. 이 일이 다 내 집으로 인하여 난 바이니 백인의 탄彈[7]을 두려하나니, 제공은 단 어사의 의논을 풀어 늦춤을 원하노라."

범 공 왈,

"형의 현심賢心은 기이하나 제 죄는 이기어(이루) 이르지 못할 것이오. 우리는 늦추고자 하나 단 형이 늦출 길이 없으리라."

유, 문 양공 왈,

"양 형의 뜻을 정리情理에 그러하나 우리는 간인을 두호斗護[8]함이 옳지 않고 저것을 살려 둔즉 형에게 또 유해有害치 않으리오."

양 공 왈,

"비록 그러나 복의 정리를 생각하라."

"형을 위하여 다시 의논하려니와 단 형이 들을 리 없느니라."

설평장 왈,

"정희 죄악이 이러하니 아등은 논핵코자 한즉 혐의로울 뿐 아니라 양 형이 저렇듯 간구懇求[9]하니 그 인정을 아니 보지 못할 것이요, 말고자 한즉 신자臣子 직분職分에 간신을 두호함이 의에 마땅치 않으니, 이 일이 난처하고 벼슬이 간관의 논핵을 두고 볼 따름이라."

제공이 답 왈,

"설 형의 말이 그러하나 한갓 인친지간姻親之間에 어이 용서하는 도리 없으리오."

하고 이에 돌아가다.

공이 들어가 부인과 한림으로 더불어 이르되,

"형의 부자 화를 스스로 취하니 그 눌을 한하리오."

하고, 차악嗟愕함을 마지않더라.

각설却說, 양 시랑이 반열에 겨우 참아 돌아오매 인도 또한 돌아왔는지라. 서로 대하여 가로되,

"이제 일이 그릇되어 인호 부마에 빠히매 우리 성총을 기망欺罔함이 나타나면 이를 어이 하리오."

부자와 부부 대하여 눈물을 흘릴 따름이러니, 경 중승이 또한 이르러 서로 차악할 뿐이러라.

명일 양 한림이 조참朝參 사은할새, 이때 황후 육원 비빈과 태자비를 거느려 황야의 조

6) 죄가 무거워 만 번 죽어 아까울 것이 없음.

7) 죄상을 들어 꾸짖는 것.

8) 두둔하여 보호함.

9) 간절하게 구함.

회받으심을 경운루 염내簾內로조차[10] 관망하사 양 한림의 조회함을 보려 하실새, 상이 자정전에서 조회받으시매 백관이 차례로 배무拜廡[11]할새 신방 장원 한림 편수 양인호 탑하에 배무하여 반열에 참예하니 채봉 양익彩鳳兩翼[12]에 홍조를 가하고 유지 같은 허리에 옥띠를 두르고 옥면에 오사烏紗[13]를 숙여 쓰니 준호한 기상과 엄엄한 옥모 추월이 채운에 나왔는 듯 묘묘히 고움이 없되 자연 미려함이 빠혀나(빼어나) 백료에 솟아나니, 후后 크게 기꺼하시며 태자비와 비빈들이 그 풍신을 기이히 여겨 후께 부마 얻으심을 하례賀禮하니 후 더욱 아름다움을 이기지 못하시더라.

이날 상이 한림을 다시 보시고 새로이 희열하사 양 공을 인견引見하여 가라사대,

"인호는 금세今世 정인正人이요 고금의 군자라 부마를 정하나니 경은 육례六禮를 갖추라."

학사 부자 사은謝恩하고 반열에 있더니 차일此日 문 어사, 단 어사, 유, 범 양공으로 더불어 도찰원都察院에 모다(모여) 십삼 도어사를 모두어 열명 상표列名上表[14]하니, 표 탑하에 오르매 상이 정전 학사를 명하사 읽으라 하시니, 위 학사 보좌寶座[15] 아래 꿇어 소리를 높여 읽으니, 이는 대개 양정희 부자 처음부터 모계謀計하여 '공작시' 도적하여 부마 되려 하던 사적과 과거科擧에 경진과 동심同心하여 모계하던 연유를 종두지미從頭至尾히 베풀고,

"신자 되어 천총을 가리와 초방 승탁椒房昇擢을 농계弄計 중 구하니 이렇듯 간신적자를 성명지하에 일시라도 신자열臣子列에 안연晏然히 두지 못할지니, 원컨대 폐하는 율律로 다스려 동시에 베어 후인을 징계하시고 간인의 죄를 밝혀 엄히 처치하소서."

하였더라.

학사 읽기를 다하매 백료 경해驚駭하고 상이 청파聽罷에 천노天怒 진첩震疊[16]하사 도찰원 제신諸臣에게 하지下旨[17] 왈,

"경 등의 소의疏意를 보니 난신적자의 간상奸狀을 가히 알지라. 적신賊臣 부자와 경진을 대죄옥待罪獄[18] 중에 내렸다가 공주 길례吉禮를 지내고 마땅히 정형定刑[19]을 명정明

---

10) 발 뒤에서.

11) 임금 앞에서 절하는 것.

12) 아름다운 봉황새의 두 날갯죽지. 남자의 아름다운 모습을 이르는 말.

13) 오사모. 머리에 쓰는 검은 관으로 관복을 입을 때 썼다.

14) 여러 사람의 이름을 나란히 적어 임금에게 글을 올림.

15) 임금의 자리.

16) 임금이 벼락같이 성을 냄.

17) 임금이 명령을 내림.

18) 판결하기 전에 죄인을 임시로 가두어 두는 곳.

19) 형벌을 정함.

正히 하여 간인을 징계하고 간신의 죄를 밝히라."
하시니, 제공이 전폐에 사은하고 이에 대죄시待罪寺에 전교를 전하니, 양 공 부자 반열에 물러나니, 상이 다시 인견하사 가로되,
"정희의 사나움이 경에게 간섭할 바 아니어늘 물러남은 어쩐 일이오?"
학사 배사拜謝 왈,
"이는 신의 지친이온대 죽을죄를 범하오매 신이 어찌 조항朝行에 안연하리꼬. 물러감을 원하나이다."
구 승상이 주 왈,
"문희의 말씀이 옳사오니 물러감을 허許하시고 옥주 길례를 강정講定[20]하심이 마땅하이다."
상이 의윤依允하시다.
이에 파조罷朝하시니 백관이 도찰원에 모여 대죄시의 관원으로 양정희 부자와 경진을 하옥하라 하니, 시是에 정희 부자 일이 이렇듯 크게 날 줄 오히려 몰라 '공작시' 도적한 일도 들려날까 염려하더니 문득 밖이 들레며 가인家人이 황망하여 옥관獄官이 왔음을 고하니 황홀하여 어린 듯 동인 듯 능히 움직이지 못하더니 대죄시 아역衙役[21]이 일시에 들어와 그 옥관이 전지傳旨를 전하고 부자를 결박하여 소로기(솔개) 병아리 차듯 하여 가니 부인과 가속家屬이 울음소리 진천震天하더라. 또 경진을 잡아 한가지로 하옥하다.
차설, 황야 부마를 뇌정牢定[22]하사 환열함을 이기지 못하사 내전에 들으사 후께 한림의 풍용風容이 쇄락함과 재주의 기이함을 이르시고,
"이 짐짓 문경의 배우라. 그 '공작시' 도 인호의 얻은 바라 어이 기이치 않으리오."
하니, 유후劉后 경운루에서 이미 보아 계신지라 '공작시' 도 인호의 얻은 반 줄 들으시고 더욱 아름다움을 이기지 못하시더라.
이에 상이 예부禮部를 명하사 양부 곁에 공주궁을 지으라 하시고 흠천관欽天官을 명하여 예부 상서 조모와 이부 상서 성진으로 길기吉期를 학사 부중에 보報하라 하시니, 양 공이 상명上命을 받자와 위의를 갖추어 학사부로 향하고, 황후 상공을 보내어 설 부인께 일기 가까움을 일컬으사 은영恩榮을 빛내실새 상궁이 수명受命하여 양부로 가다.
이적에 양 공이 부중에 돌아와 탄함을 마지않아 유 추밀을 보아 저의 목숨 보전하기를 구하매, 유 추밀 부중에 모여 가로되,
"양 형의 말이 비록 간절하나 이런 소인 적자를 어이 살려 두리오."
학사 간절히 청하기 여러 순旬이라, 단 어사 왈,
"공은 저 간인을 저렇듯 권련眷戀[23]하느뇨? 형은 오히려 지친至親을 여념慮念하니 우리

20) 토론하여 결정함.
21) 지방 관아에서 사사롭게 부리던 사내종.
22) 굳게 정함.

는 군신지도君臣之道에 군상君上을 기망하는 이런 도적을 마침내 용납지 못하리라."

범 공이 소 왈,

"양 형은 불초제不肖弟[24]를 위하여 근로하기를 날회고[25] 한림의 걸기나 차려 초방 승탁의 아름다운 위를 두긋기고 효봉孝奉을 받음이 호사라. 길례 후 시랑의 죄는 의논할 것이니 길례 전 죽이든 아니려니와 어찌 마침내 죄를 도망하리오."

추밀 왈,

"저의 거죄巨罪 길례 전날로 살았음도 황은이요 천위天威 진노하시니 우리는 다시 풀새 없느니라."

문 공 왈,

"정히 그러하나 한번 말을 내고 어찌 다시 풀리오."

장 공 왈,

"그놈이 금일 정형定刑 아니 입음도 나는 한하나니 비록 양 형의 지친인들 이런 것을 지친간에 두고 마음이 주야에 분초分秒[26]에 임함 같아 어찌 견디어 이리 못 구하여 하느뇨? 상이 공주 길사吉事를 위하사 날로 사뢰게(아뢰게) 하시니 나는 즉일에 베지 못함을 한하노니 어찌 구할 뜻이 있으리오."

학사 제공의 말을 듣고 한갓 초창悄愴하여 돌아가매 모두 재삼 위로하더라.

부중에 돌아와 한림과 부인으로 더불어 시랑을 염려하더니, 이때 경소 그 아비 하옥하니 모친더러 왈,

"모친이 시랑을 가 보아 학사부에 가 애걸하여 이 난을 벗게 하소서. 저희 부자는 현명관대寬大한 사람이라 시랑이 사죄死罪를 면하면 부친은 자연 무사하리다. 시랑 부인더러 귀비에게 상의上意를 돌이켜 시기時機 회뢰賄賂[27]를 행하여 도모하여 보소서."

하고 인오와 한가지로 대죄待罪하러 가니, 중승 부인이 즉시 시랑의 집에 가 오 씨와 붙들고 일장을 서로 통곡하고 경소의 말을 이르니, 오 씨 가슴을 두드려 왈,

"귀비는 이 일을 참예한 죄로 폐한다 하니 어찌 도모할 길이 있으리오."

양인이 다시 통곡하고 또 이르되,

"이에 다다라 인사 혐의를 돌아보지 못할 것이니 부인은 빨리 가 학사께 비소서."

오 씨 옳이 여겨 소교小轎[28]를 타고 담을 크게 하여 학사 부중에 나아가니 시동侍童이 부인의 옴을 고하니 시아侍兒 내당에 아뢴대, 학사 부인더러 왈,

---

23) 간절히 생각함.

24) 어질지 못한 동생.

25) '천천히 하고' 의 옛말.

26) 매우 짧은 시간.

27) 적당한 때에 뇌물을.

28) 여자들이 타는 작은 가마.

"부인은 부디 오래 머무르지 마소서."

언미필言未畢에[29] 벌써 당하堂下에 이르러 계하階下에서 통곡 청죄請罪하니 공이 미우眉宇를 찡기어 당상에 오름을 청하고 부인이 또 과도함을 말려 맞아 오르라 하고 한림은 당에 내려 청하니, 오 씨 심중에 은근함을 기꺼이 여겨 이에 당에 올라 예필에 전죄를 사례하며 시랑 부자의 명命 보전함을 애걸하니 학사 왈,

"시랑 아애(아우) 일은 실로 의외라. 복僕이 어이 수수嫂嫂[30]의 말씀을 기다려 아애 화를 건지리오. 복이 수일을 이 일로 두루 청하되 조정 의논이 되어 능히 풀 길이 없고 또 아애 하옥하기로 조항朝行에 안연치 못하여 집에 들었으니 어찌 잠깐이나 허수히 하리오마는 사세 길함이 없으니 주야晝夜 우탄憂歎이라."

하고, 부인이 이어 왈,

"숙숙叔叔[31]의 화는 낙심상담落心傷膽하니 어찌 이기어(이루) 이르리오. 우리 힘으로 일호나 나을 것이면 어이 범연하리오. 아직 하옥하여 죄를 바삐 내리지 않으시리라 하니 부인은 잠깐 마음을 눅여 기간의 조각을 기다릴지니 우리 마음으로 할 일이 없으니 어이 하리오."

한림은 머리를 숙여 일언一言도 아니 하고 공 왈,

"시방은 천노天怒 진첩震疊하시니 뉘 감히 말을 하리오. 요행 죄 내림을 늦추어 계시니 이를 다행하여 하늘이 혹 구할 때를 빌리실까 천도를 바라나니 수수嫂嫂는 도로 가 몸을 상하오지 말고 나중을 기다리소서."

오 씨 이를 듣고 더욱 망극하여 양 공의 손에 나는 일같이 살라지라(살려 달라) 수없이 애걸하니 부인과 학사 민망히 여기더니, 이때 성, 조 양兩 상서 상명上命을 받자와 위의를 거느려 이에 이르러 길기吉期로 보報하니, 학사 급히 나가 관접款接하매 화려한 영광이 비길 데 없으니 오 씨 이를 보고 가슴이 미어지는 듯하여 한갓 공의 부부를 한하고 이에 돌아갈새, 상궁이 또 이르러 낭랑 전교를 전하니, 부인이 황망히 향안香案을 배설排設하고[32] 예복을 갖추어 전지傳旨를 듣잡고 궁인을 관대寬待하매 새로운 영총榮寵이 더욱 빛나니, 오 씨 급히 협방夾房에 숨어 애닯고 설움을 이기지 못하여 간담이 뛰놀듯 하여 하더니 궁인과 양관이 돌아가매 비로소 나와 돌아가니, 학사 부부는 참혹함을 이기지 못하여 하더라.

돌아가 중승 부인과 할 일이 없음을 이르고 서로 통곡하고 돌아가다.

양 상서와 궁인이 돌아가 복명復命[33]하니 상이 공주궁 역사役事를 재촉하시고 중사中

29) 말이 채 끝나기 전에.

30) 아주머니. 형수.

31) 여기서는 시아우를 말함.

32) 향로 올릴 상을 차려 놓고.

33) 명령을 받은 일을 집행하고 나서 그 결과를 보고하는 것.

使[34]로 감역監役[35]하라 하시니 일월一月 내에 천여 칸 집을 이루니 주궁패궐珠宮貝闕은 반공半空에 의의依依하고[36] 주함곡란朱檻曲欄[37]은 오색 기운이 백일白日에 쏘이거늘 두로 분장粉牆[38]과 층층한 화계花階는 무릉 백운武陵白雲을 능멸하니 상활爽闊하며 표묘縹緲하고 빛남이 비길 데 없더라.

중사 복명하니 상이 어필로 연향궁이라 제액題額[39]하시고 하교하사 혼구婚具 범사凡事를 각별 성비盛備하라 하시니 범사의 화려함이 근고近古 처음이라. 양부에서 또한 정제하여 길일이 다다르니 때 정히 중하仲夏 초순이라. 양 한림이 백량百兩으로 공주를 맞을새 상이 백료百僚를 명하사 위유慰諭하라 하시고 명하여 명광전에 위의를 배설하매 수막繡幕은 여운如雲하고 향연이 안개 같더라. 청중廳中 금수 포진錦繡鋪陳과 금병 옥장錦屛玉帳[40]이 눈에 현란하여 선간仙間 같더라.

양부에서 한림이 대례大禮를 습례習禮[41]하여 일품 관면一品冠冕[42]을 드리우고 많은 요객繞客[43]을 거느려 궐중을 향할새 부모께 하직하니 공이 어루만져 두긋기고 기쁨을 능히 형상치 못하고 부인의 아름다워 하는 마음은 가히 알리러라.

이에 궐중에 이르매 황문黃門[44] 시랑이 무수히 맞아 내전內殿에 다다라는 옥면 궁아玉面宮兒 긴단장을 끌고 향촉을 들어 좌우로 쌍쌍이 인도하며 명광전에 다다라 옥상玉床의 기러기를 전할새, 황야, 태자 제왕으로 더불어 친림하시고 후后 또한 친림하사 공주를 상교上轎[45]하실새 제왕 후비와 황친 국척皇親國戚이 다 모댔으니 장려壯麗함이 비길 데 없더라.

전안奠雁[46]을 마치매 제, 후 한가지로 인견하사 부모의 영풍英風을 새로이 흠애欽愛하사 공주와 상적相敵함을 환열하시니 제왕 국척이 다 흠복 칭예欽服稱譽하여 탑하에 나아와 하례하니 제후 더욱 대희하시더라.

---

34) 왕의 명령을 전하는 내시.
35) 역사를 감독하는 것.
36) 아름답게 장식한 궁궐은 하늘 높이 솟아 있고.
37) 붉은 기둥과 굽은 난간.
38) 화려하게 치레한 담장.
39) 현판을 쓰는 것.
40) 대청마루의 비단 깔개와 비단 병풍, 구슬 휘장.
41) 예법을 미리 익힘.
42) 제일 좋은 관면. 관면은 머리에 쓰는 갓.
43) 혼인 때 가족 중에서 신랑이나 신부를 데리고 가는 사람.
44) 내시. 환관.
45) 수레에 타는 것.
46) 혼인날 신랑이 신부 집에 기러기를 전하는 일.

금옥 윤거金玉輪車의 칠보 덩[47]을 옥계 하에 놓고 공주 응장성식凝粧盛飾으로 유모와 궁아 붙들어 제후께 하직하고 덩에 오르매, 한림이 쇄약鎖鑰[48]을 가져 덩 문을 잠그고 돌아올새, 제, 후 아름다움을 이기지 못하여 상궁 소 씨, 여 씨 두 비자婢子로 공주궁 내사內事를 가음알아[49] 보報하라 하시고, 분면 궁아粉面宮兒는 그 수를 모르고 태감太監 진혼을 명하여 공주궁 외사外事를 가음알아 보하라 하시며, 하리下吏며 노복奴僕을 거느려 공주를 좇아가게 하시니 은총이 이러함이 고금에 처음이라.

공주 위의威儀와 한림의 부마의 위의와 백관의 위威하며 화려한 영광이 관자觀者의 차탄할 바이요, 부마의 옥면 풍광玉面風光이 백일에 바애고(눈부시고) 빛난 관면冠冕은 늠름한 풍도를 도우며 생소 고악笙簫鼓樂[50]은 구천에 사맛고 빛난 위의 대도大道에 껴시니 굿보는 자 어깨가 야위고 눈에 밤븨며[51] 헤가리어[52] 일컬을 바를 모르더라.

행하여 공주궁에 이르러 대례大禮를 받을새 내외 종족과 황친 국척과 명부命婦 여부女婦를 거느려 빠진 이 없이 모두니, 설 부인이 주벽主壁[53]에 기하여 맞아 성렬成列하매 연향전 수백여 칸 청사 좁고 지분脂粉을 더러이는[54] 절염絶艶이 수풀 같아 화안운빈花顏雲鬢이 서로 바애고 금의채장錦衣彩粧이 분벽粉壁에 조요照耀하니, 설 부인이 열복悅服함을 깨닫지 못하며, 양 공은 외헌外軒에 있어 빈객을 접응하며 기다리더니, 이윽고 공주와 부마의 수레 임하여 청중에 교배交拜할새 상궁과 궁아 공주와 부마를 인도하여 예를 이루매 합중주合重奏[55]를 파하니, 설 부인과 만좌滿座 눈을 들어 한번 보니 쇄염灑艶한 옥모에 백태 어리어 백일이 채운에 싸였는 듯 연연한 양협兩頰은 홍련紅蓮이 비치는 듯 주순朱脣은 단사丹砂 무용無用하니 추수 부용秋水芙蓉과 금분화왕金盆花王의 붉은 것을 어떻다 이르리오. 한갓 보는 사람이 눈이 암암하고 정신이 어릴 따름이라. 섬섬 세요纖纖細腰는 촉나라 깁을 묶었고[56] 양익兩翼은 채봉彩鳳이 고상翺翔한 듯[57] 씩씩한 기도는 옥룡을 볼 것이요 화순和順하며 청한함은 옥골玉骨인 줄 알리러라.

이에 폐백을 받들어 구고舅姑[58]께 진정進呈[59]할새 빈객은 장 사이에 피하고 양 공이 들

---

47) 금옥으로 치장한 수레의 칠보로 꾸민 덩. 덩은 공주나 옹주가 타던 가마.

48) 자물쇠.

49) 헤아려 처리함.

50) 생황, 퉁소 같은 악기를 불고 북을 치며 음악을 연주하는 것.

51) 눈부시며.

52) 사랑스러워.

53) 사람을 양쪽에 앉히고 가운데 앉는 주가 되는 자리.

54) '더러이다' 는 더럽게 여긴다는 뜻. 바탕이 아름다워 연지분이 필요 없다는 뜻.

55) 여러 사람이 동시에 악기를 연주하는 것.

56) 촉나라 비단을 묶어 놓은 듯 가늘고 선이 고운 것을 비유한 말.

57) 두 날개, 곧 두 팔은 봉황새가 날개를 펴고 날아가는 듯.

어와 폐백을 받을새 공주 산호반珊瑚盤의 조률棗栗[60]을 섬섬옥수로 받들어 진정하니, 구고 한번 보매 대경대열大驚大悅하여 능히 기쁜 마음을 건잡지 못할 듯 즐겁고 영행榮幸함을 측량치 못하여 한림을 불러 쌍배雙杯를 구하매 공주 또 의복을 고치고 헌작獻酌할새 두상에는 면류쌍봉관冕旒雙鳳冠[61]을 삽揷하고 봉익鳳翼에는 진주원나삼眞珠圓羅衫[62]을 가하고 세요細腰에 팔보직금八寶織錦 홍초상紅綃裳[63]을 착着하고 양지 백옥대兩肢白玉帶에 칠보 명월패七寶明月佩를 차고 앵무배鸚鵡杯에 자하주紫霞酒[64]를 들어 부마로 어깨를 갈와(나란히) 구고께 헌獻하니 약한 기질이 단장을 이기지 못하고 생의 쇄락 한월한 기도 서로 비치매 일월이 명명冥冥하며 한 쌍 백벽白璧이 빛을 다투는 듯 옥나무 구슬꽃 같아 서로 사양함이 없는지라. 공과 부인이 공주의 이 같은 기이한 색태를 보매 만심 환열滿心歡悅하여 춘풍春風 같은 기상이 자부子婦의 잔을 받으매 희열함이 넘치더라.

공이 밖으로 나가매 부마 뫼셔 나가 빈객을 접대하고 모든 부인네 나와 열좌하매 진찬이 뫼 같더라. 절대 미색이 수풀 같으나 공주를 바라볼 이 없으니 만좌 설 부인께 치하하며 부인이 치하를 승당承當[65]하여 이루 수응치 못하더라.

날이 저물매 내외 빈객이 파하여 돌아가니 횃불이 도로에 이었더라.

양 공과 부인이 손을 보내고 당중堂中에 촉을 밝히고 공주와 부마를 나오라 하여 슬하에 앉히고 환연히 기꺼함이 비길 데 없고 공주의 옥모화태玉貌花態 아리따운 기질이 더욱 촉하燭下에 묘묘 쇄락하여 볼수록 새로우니 부인이 그 옥수를 쥐어 양兩 상궁을 대하여 치하왈,

"첩이 늦게야 이 자식을 얻어 자식의 용우庸愚함을 생각지 못하여 식부息婦[66] 바라기를 저와 같은 배우配偶를 만나지 못할까 주야 우려하더니 만만 뜻밖에 황은이 빛내 더으사 옥주玉主 천가賤家에 임하시매 아름다우심이 바란 밖이라 영행함을 어이 측량하리오."

이를 이르매 공과 부인이 상시 엄숙하여 희노喜怒를 나타내는 일이 없더니 금일 자부를 갈오 앉혀 웃는 입을 줄이지 못하고 기꺼하는 안색을 수련[67]치 못하여 상시 숙묵肅默[68]던

---

58) 시아버지와 시어머니.

59) 윗사람에게 예물을 드리는 것.

60) 대추와 밤, 시부모에게 신부가 드리는 폐백.

61) 봉황새 한 쌍을 수놓은 머리쓰개.

62) 혼례식 때 신부가 입는 예복.

63) 여러 가지 문양을 놓은 비단으로 만든 붉은 치마.

64) 자개 껍질로 앵무새 부리같이 만든 술잔에 붉은 빛깔이 나는 맛 좋은 술.

65) 받아들여 감당함.

66) 며느리.

67) 여기서는 기쁨을 감추지 못함을 이르는 말.

68) 엄숙하여 말이 없음.

것을 다 잃었으니 여, 소 양인이 공경하여 듣고 이렇듯 귀중하여 함을 보고 감사 환희함을 이기지 못하더라.

공이 부인으로 더불어 본부로 돌아갈새 상궁을 당부하여 왈,

"공주를 편히 쉬게 하라. 약질이 잇블까(고단할까) 하노라."

양兩 궁인이 수명受命하더라.

본부本府로 돌아가매 공주 하당下堂 배별拜別[69]하고 부마는 뫼셔 이르매 양 공이 새로이 두긋기고(기뻐하고) 아름다움을 이기지 못하여 손을 잡고 등을 어루만져 이르되,

"내 아이 이제 평생 원을 이루어 숙노한 호구好逑를 만나매 평생이 쾌快한지라. 오아吾兒는 가지록(갈수록) 덕을 닦고 인을 늘려 황은을 갚사오라."

부마 절하여 명을 받더라.

부모 취침하매 궁으로 돌아오니 진 태감이 무수 궁노宮奴를 거느려 초롱을 들어 맞고 궁아 촉을 밝혀 인도하여 연향궁 침전에 들어오니, 이때 공주 구고를 배송하고 침전寢殿에 들어 두 상궁과 유모 붙들어 긴단장을 벗고 단의로 촉하에서 유모에게 의지하였더니 시아侍兒 부마의 옴을 아뢰는지라. 유모와 상궁이 당 밖으로 물러나고 부마 청삼靑衫 당건으로 들어오니, 공주 나직이 일어 맞아 좌정하매, 생이 다시 눈을 들어 살피니 자약한 기질과 연연한 자태며 씩씩 단엄한 거조 촉하에 더욱 기이하니 심하心下에 차탄하며 경복驚服하고 또한 전세前世를 생각하매 추연惆然함이 일어나니, 이에 가로되,

"학생은 연소 미생年少微生[70]으로 일찍 학문이 소루疏漏하고 덕행이 천박하거늘 외람히 초방椒房에 모첨募添[71]하니 사람이 미微하여 황은을 저버릴까 주야晝夜 우탄憂嘆이로소이다. 한 신인神人을 만나 가르치는 말이 명백하매 속세 가연佳緣을 인도하되 사람이 아득하고 천기天機 비밀하니 향하여 서로 찾을 곳을 알지 못하매 전세 한을 더으며 다시 한을 품을까 전전 소상하여 돌아 생각하니 부모의 바라실 바 학생 일인이라. 신인의 말로 인하여 의를 짚어 옮기지 말고자 한즉 전세지한前世之恨을 더어(더해) 전세 맹약盟約을 금세에도 무너 버리면 반드시 하늘이 불인不仁을 앙화殃禍하실지라. 좌사우상左思右想[72]하여 학생의 명도命途 기구함을 탄할 따름이러니 황은皇恩이 망극하사 효의孝意를 완전케 하시고 속세지연俗世之緣을 다시 잇게 하시니 옥주는 효를 힘쓰시고 인仁을 두꺼이 하사 전세지한을 없이하시고 황은을 저버리지 마소서."

언파言罷에 초창悄愴하기를 마지않으니 관옥冠玉 같은 얼굴에 화기 소삭消索하니 동천東天 한월寒月이 흑운黑雲을 만난 듯 양미兩眉를 찡기어 추파 쌍안秋波雙眼에 추연惆然함을 띠었으니 촉하에 더욱 기도氣度 쇄락하더라.

---

69) 마루에서 내려 인사하고 헤어짐.

70) 나이 어리고 보잘것없는 사람.

71) 뽑힘.

72) 이리저리 생각함.

공주 청파聽罷에 감동함을 깨닫지 못하여 창원蒼遠한 아미에 시름을 먹으매 애원哀怨한 태도 만고절세萬古絶世하여 섬궁蟾宮 계화 한 송이 옥병에 시름하는 듯 저수 묵연低首默然[73]하니 양인兩人의 기도 촉영燭影에 바애니 이 짐짓 천정 기연天定奇緣이요 만대 호구萬代好逑[74]인 줄 알리러라.

밤이 깊으매 상요[75]에 나아가니 진중 견권珍重繾綣[76]함이 태산太山 하해河海 같더라.

명일 계초명鷄初鳴[77]에 공주 소장梳粧[78]을 이룰새 상궁이 경대를 내와 소세梳洗하기를 마치매 소 상궁이 예복을 받들어 입기를 다하매 부마 또 관세灌洗[79]하고 공주와 쌍으로 부모께 신성晨省[80]할새 유모와 상궁이 좌우로 인도하고 옥면 시아玉面侍兒 전후에 옹위하여 영현당에 나아가니 공주궁과 양부 사이 행각行閣으로 내려 도니매 한집과 다름이 없더라.

이에 문안하니 공과 부인이 아자兒子의 쌍으로 신성함을 보매 새로이 두긋기고 기쁨을 이기지 못하여 공은 한갓 가득히 아름다움을 띠어 왈,

"옥주 친문親問하시니 연소 약질年少弱質에 근로勤努하심을 노부老父 불안함을 이기지 못하니 약질을 수고롭지 마소서."

부인 왈,

"황은이 망극하사 옥주 노첩老妾의 슬하를 염려하시니 경사를 가히 이기어 이르기 어려우나 옥주 신혼성정晨昏省定[81]을 행하시니 약질이 잇블까 심려 깊으오이다."

공주 피석 정금避席整襟[82]하여 옥모를 온화히 하고 낭성朗聲을 화열和悅히 하여 대對 왈,

"첩이 용잔누질庸孱陋質[83]로 대인大人 덕택을 입사오매 도리어 성려聖慮를 끼치오니 이 첩의 불혜不慧[84]함이로소이다."

단순옥치丹脣玉齒에 향염香艶[85]이 어리고 낭연한 옥성玉聲이 교교姣姣하여 옥반玉盤에

---

73) 머리를 숙이고 말이 없는 것.
74) 만 대를 이어 갈 좋은 짝.
75) 잠자리.
76) 아주 소중히 여기고 서로 잊지 못하는 깊은 정.
77) 새벽닭이 처음 우는 것.
78) 머리를 빗고 얼굴을 단장함.
79) 얼굴을 씻음.
80) 새벽에 부모의 침소에 들어가 문안하는 것.
81) 아침저녁으로 부모에게 문안하는 것.
82) 웃어른을 공경하는 뜻으로 자리에서 일어나 옷깃을 여미어 모양을 바로잡는 것.
83) 용렬하고 잔약하며 못난 자질.
84) 총명하지 못함.
85) 향기롭고 아름다움.

명주를 굴리는 듯 쇄락 염태灑落艶態 더욱 특이하니 공과 부인이 황홀 흠애恍惚欽愛함을 금치 못하더라.

이날 부마 궐하에 사은하니 상이 인견引見하사 용안龍顔이 희열하여 제신諸臣더러 일러 가라사대,

"짐이 이제 인호 같은 기자奇子를 얻어 초방의 손을 겸하니 이 황가皇家의 경사라. 부마로 구애하여 관작을 거둠이 인재를 쓰지 못할지라. 간선簡選한 부마와 달라 이미 입신 후 성례하니 마땅히 조정 벼슬을 거두지 말라. 예사 등과지사登科之士로 쓰게 하라."

삼공육경三公六卿이 다 나아와 주奏 왈,

"신 등이 정히 인호의 재주를 아껴 주달奏達코자 하옵더니 상교上敎 여차하시니 이는 국가 흥복興復이로소다."

제 크게 기끄사(기뻐하시어) 부마 식읍食邑을 연급年給[86]에 정하사 부마로써 연정후를 봉하시니, 위 승상이 주 왈,

"인호 이미 봉후封侯를 받자오니 내직內職이 이를 좇아 더함이 옳으리다."

상이 양 공을 참지정사를 더으시고 인호로써 태학사를 배하시니 부마와 양 공이 전폐殿陛에 머리를 두드려 사양하대 불윤不允하시니 마지못하여 사은하매 백관이 다 기꺼하더라.

이적에 상이 파조罷朝하시고 내전에 드시어 후와 한가지로 부마를 보실새 태자, 제왕과 육궁 비빈이 다 문 안에 모두였더라.

부마 제후께 조회朝會하니 그 옥모영풍玉貌英風을 새로이 아름다이 여기사 이에 궐중에 소작小酌[87]을 베풀어 환희하심이 극하매 부마 주배酒杯에 잠깐 곤하매 풍도 더욱 신이神異하니 제후 애중愛重하심이 제왕에 지나시니 명일 공주를 입궐하라 하시더라.

이날 저물매 부마 부중府中에 돌아오니 공이 천은天恩의 호성浩盛하심을 외람하와 부마를 다시금 경계하고 공주 친영親迎을 지내매, 조정이 다시 양정희 죄줌을 청한대 제帝 전지傳旨하사 형부刑部로 올려 초사招辭[88]를 받고 정형을 명정明正히 하라 하시니 양 공과 부마 정히 시랑을 염려하더니, 이때 형부 상서 위형이 전지를 받자와 시랑 부자와 경진을 올려 물을새 좌우 시랑이며 낭관郎官이 열좌列坐하고 무수 배리陪吏와 하례下隷[89] 수풀 같아 위엄이 늠름하더라.

정희와 경진, 인도를 잡아 올리라 하니 큰칼을 메워 청하廳下에 꿇리고 전지를 들려 복초服招[90]함을 재촉하여 초사를 받으려 하매 열렬한 위엄이 동일 삭풍 같으니 좌우 하리 다

---

86) 일 년을 단위로 계산해 주는 봉급.

87) 자그마한 술잔치.

88) 죄인이 범죄 사실을 진술하는 말.

89) 많은 구실아치와 종.

90) 죄인이 잘못을 순순히 털어놓는 것.

송률悚慄[91]하되, 간인은 오히려 은휘하여 명백히 잡힌 증험이 없음을 믿어 종시終始 은닉隱匿하니, 위 공이 생각하되,

'전지 내에 비록 간인의 죄상을 물으심이 명명하고 도찰원 소사所事에 명백하나 실로 명백히 빙자憑藉할 참증參證이 없으니 어찌 간인의 초사를 능히 받으며, 증참證參이 없은 후 형벌을 간대로 받으리오. 다시 전교를 받음이 옳다.'

하고 도로 옥중에 내리라 하고 전교를 청하려 하더니, 이때 경소, 인오로 더불어 그 아비 형벌을 면치 못할까 하여 경소, 인오더러 왈,

"이제 저 무리 한갓 말로 우기나 실로 증변證辯할 표적이 없으니 인도의 일은 더욱 도적한 제본題本이 없고 허망지설虛妄之說이 맹랑하여 들릴지라. 이제 양 대인이 형벌의 괴로움을 면치 못하실 것이니 그대와 내 마땅히 등문고登聞鼓를 울려 천정天庭에 고하여 양 대인의 말을 도우면 사죄死罪는 면하리라."

인오 좇아 양인이 궐문 밖에 나아가 북을 한번 치매 소리 진동하니, 상이 놀라사 전하殿下에 불러 연고를 물으시니 양인이 부복俯伏 고告 왈,

"신은 경진의 아들 경소와 양정희 자 인오라. 신의 아비 이제 남의 모함을 입사와 사지死地에 빠지오나 천총天寵을 가리와 기망欺罔한다 하오나 인도 우연히 얻은 것이되 아무데 속한 줄을 모르옵다가 폐하 구하심을 인하와 드리니 이 기망한 바 아니요, 과거로 인도의 재주를 다사多士 중에 보심을 아뢰옴은 그 재주를 극진히 살피시고자 함이라 실로 증거 없는 말을 백지白地에 주출做出하여[92] 천총을 가리고 동반同班을 모함하니, 이제 형부에서 위형이 또 일심으로 위엄으로 협제脅制[93]하와 구박하여 무복誣服[94]을 받으려 하니, 복망伏望 폐하는 원억冤抑한 사정을 상찰詳察하소서[95]."

상이 청파聽罷에 전교하사 명일 다시 처치할 것이니 물러가라 하시다.

양, 경 양인이 요행을 바라더니 이적에 문, 범, 유 삼인이 도찰원 공경公卿을 모두어 날이 맟도록(마치도록) 정희 결단이 나지 못함을 서로 이르더니, 문득 사마 학사 이르러 경, 양 양인의 등문고 사연을 이르고 왈,

"증거할 것이 없다 하니 어찌 일을 그리 솔이히[96] 하시뇨?"

추밀이 소笑 왈,

"군은 과장 날 인도의 글을 잊지 말라. 어찌 증거 없으며 일호나 사죄死罪 제 작악作惡에서 과할진대 우리 어찌 측은지심惻隱之心을 두지 아니하리오."

91) 송구해하고 두려워하는 것.

92) 없는 것을 터무니없이 만들어 내어.

93) 위협하여 억제함.

94) 강요에 의하여 거짓으로 자백함.

95) 엎드려 바라옵건대 폐하께서는 억울한 사정을 낱낱이 살펴 주소서.

96) 쉽게. 경솔히.

학사 대 왈,

"인도의 글은 다른 글들과 학생이 맡과시니 일로 무슨 증거 되리꼬. 또 선유산 사연이 더욱 허무하니 증변할 길이 없을까 싶더이다."

범 상서 소 왈,

"제諸 장상將相들이 다 있으니 제 마침내 죄를 감추지 못하리라."

문 공 왈,

"내일 보면 알리라."

하고 모두 흩어지다.

익일翌日에 상이 문무文武를 조회받으사 양정회 사의赦意를 내리오시니 범 상서와 단, 문 양兩 어사와 유 추밀이 전폐에 주 왈,

"인오, 경소의 말씀이 신 등이 도리어 성총을 기망하와 동반을 모함한다 하오니 능히 상달上達하올 말씀이 없삽거니와, 이제 형부에서 위엄으로 겁박하여 무복을 받으려 한다 하오면 달리 겁박한 일이 없어 불과 추문推問[97]하였사올 것이니 형부에 올린 죄인이 정희, 경진을 수형受刑[98]하며 않음을 사핵査核[99]하시면 경소 등의 허실을 알리다."

상이 옳이 여겨 형부에 명하여 죄인을 올려 친히 물으실새, 형부에서 형부 상서 위형이 또 작일昨日 경진과 정희의 복초 않음을 아뢰어 가로되,

"원간(워낙) 이 일이 증참이 없사오니 어찌 능히 복초를 받자오며, 추문코자 하오나 명백하게 못 하오면 형벌을 간대로 쓰옴이 옳지 아니하온지라 다시 상명上命을 기다리나이다."

상이 청파에 인오, 경소의 거짓말로 궁중을 경동驚動함을 진노하사 정희의 삼부자와 경진 부자를 다 올려 친문親問[100]하실새, 제신이 다시 나아와 주 왈,

"증거할 것이 없사오므로 마침내 간상奸狀을 옮기려 하오나 정희와 경진 모계謀計할 적 추밀사 유은의 하리 소풍이 저의 손수 쓴 것과 명지名紙에 보람한 것을 써 준 것을 얻음이 있사오니, 이를 올려 보시고 인도의 명지를 다른 낙부와 자정전 학사에게 맡겼사오니 이를 올려 보시면 간상이 나타나리다."

상이 다 올리라 하시니, 사마 학사 인도의 글을 올리고 추밀이 소풍의 얻은 바를 올리니 경진의 글씨로 보람 표한 것이 있거늘 서축을 자세 보니 과연 어김이 없는지라. 상이 대로大怒하사 이에 정희 등 오인을 올려 다 형추刑推[101]하라 하시니, 시랑과 중승은 저의 모계할 적 필적이 잡힘을 보고 하릴없어 형벌을 받지 않아 일일 복초하되, 인도는 선유산 사적

---

97) 추궁하여 하는 질문.

98) 죄인이 형벌을 받는 것.

99) 자세히 조사하여 실정을 밝힘.

100) 임금이 몸소 죄인을 신문함.

101) 죄인을 때리면서 캐묻는 것.

을 마침내 바로 고告치 않아 애매하다 하니, 상이 가라사대,

"인도 거년去年 중추 절일에 백운사에 진향進香 갔다가 선유산에 얻었노라 하고 저만 갔더라 하니 그 절 주지승을 불러 물으라."

하시니, 급촉急促하여 부르니 이윽고 석장錫杖 운림雲林의 화상和尙[102]이 전하殿下에 배복拜伏하니 맑은 기운과 좋은 거동이 탈속脫俗하여 비상한 기도氣度 속인에 비할 바 아니라 만념萬念을 그쳐 부처의 제자로 알리러라.

이때 인도를 칼을 벗기고 전하에 앉혀 상이 친히 물으시되,

"네 이 사람을 알쏘냐?"

승僧이 나아가 자세 보고 왈,

"양 학사 댁 공자 아니니이다."

인도 왈,

"내 진향하러 간 지 오래지 않으니 선사禪師 잊은가?"

하고 눈 주더니, 상이 다시 물으시되,

"거년 중추 절일에 네 절에 진향 갔던 인가 바로 고하라."

생각다가 왈,

"그는 아니로소이다. 거년 중추 망일에는 양 학사 댁 공자 갔더니이다."

상 왈,

"뉘란 말고?"

추밀이 진 왈,

"양문희 학사의 아들 인호 공자 갔다가 신인을 만났더이다. 이 공자는 아니 갔더니이다."

상이 대로하사 산승山僧을 상사賞賜하여 돌려보내시고 삼인을 형장刑杖[103]하여 내리라 하시고 명하여 삼인을 동시에 베어 후인後人을 징계懲戒하고 제 죄를 밝히라 하시고 경소, 인오는 거짓 일로 궁중을 경동하다 하사 형부로 별곤別棍[104] 치는 십 장씩 맹타猛打하시다.

이에 파조罷朝하시니 양 공과 부마 이 기별을 듣고 공은 차악하여 능히 말을 못 하거늘, 부마 공께 고 왈,

"해아孩兒 이제 상소上疏하여 요행 천의天意 두로혀시면(돌이키시면) 종숙從叔 부자의 목숨을 보전할 것이니 어찌 혐의롭다 하여 잠잠하리오."

공 왈,

---

102) 석장은 중들이 짚는 지팡이, 석장 운림은 깊은 산속의 중이라는 뜻으로 쓰였다. 화상은 중을 높이 이르는 말.

103) 곤장으로 죄인의 볼기를 때리는 것.

104) 크고 단단하게 만든 곤장.

"내 아이 말이 옳다. 일이 이에 이르렀으니 어이 혐의를 돌아보리오. 뜻대로 하라."

부마 총총히 휘필揮筆하여 상소하니 뜻이 정직하고 말씀이 간절하여 석목石木도 감동할지라. 이에 천정天庭에 올리고 부자 궐하에서 정히 기다리고, 상이 자정전에 계시더니 부마의 상소 들매 자정전 학사를 명하여 읽으라 하시니, 그 사의辭意 격절 자자擊節字字[105]하여 금석金石도 동動할 듯함과 말씀이 정직하고 그 문재文才 웅호쇄락雄豪灑落함과 호준상활豪俊爽闊함을 보시고 상의上意 풀어지심을 깨닫지 못하사, 이에 중사中使로써 양 참정 부자를 위로하시고 정희 등 사赦하는 명을 내리시니 참정 부자 머리를 두드려 궐하에 사은하고 물러와 다행함을 이기지 못하더라.

상이 부마의 상소를 도찰원에 내리오사 군신君臣에 전지傳旨 왈,

"정희 부자의 죄악이 여천戾天하니 마땅히 베어 후인을 징계할 것이로되 부마 양인호의 상소 의사에 이 같으니 사의 합당한지라. 특지特旨로 정희 부자를 사赦하여 전리田里[106]로 돌려보내고 정희를 사하매, 경진이 홀로 죄받음이 은전恩典을 고루고루 하는 바 아니니 삼인을 다 놓아 전리로 내치라."

하시니, 중사 전지와 상소를 도찰원에 전하니, 이때 백관이 다 도찰원에 모다 죄인의 정형을 의논하더니, 중사 전지를 전하매 백료 다 놀라고 단 공이 발연변색勃然變色[107] 왈,

"상이 어찌 이런 적신賊臣의 죄를 다스리지 않으사 간인의 마음을 기르시나뇨!"

이에 부마의 상소를 펴 보매 그 필체 먼저 사람의 이목을 동하니 내려 보매 모두 손을 쳐 탄상歎賞함을 깨닫지 못하고, 단 공의 추상같이 강렬하여 간인 배척함은 스스로 아픈 곳이 있는 듯한 마음으로써 이를 보매 문득 노한怒恨이 춘설春雪 같아 손으로 어루만져 탄복 왈,

"기재奇才며 현재賢才라. 상이 간인을 사하시는 정은情恩을 이로써 알리로다."

구 승상이 가로되,

"간적奸賊을 크게 사하여 성명聖明을 봉승奉承하고 부마의 현덕 명재賢德明才를 빛냄이 옳은저."

백관 제공이 다 옳음을 일컫고 그 문재를 경복하여 분분히 칭송하더니, 이적에 참정 부자 도찰원으로 가니, 모두 맞아 추밀 왈,

"상이 정히 양, 경 삼인을 사하시니 부마의 간절한 뜻과 정직한 일언을 인하여 호생지덕好生之德[108]을 베푸시니라."

공 왈,

"위하여 치하하노라."

105) 글의 내용이 글귀마다 훌륭하여 무릎을 치며 칭찬함.

106) 고향 마을.

107) 별안간 성이 나서 얼굴빛이 변하는 것.

108) 죽일 형벌에 처한 죄인을 특별히 살려 주는 임금의 덕.

참정이 사謝 왈,

"성은이 망극하사 적의 죄를 용납하셔 정희 삼인의 죽을 목숨을 사하시니 천은이 호천망극昊天罔極[109]하신지라, 제공諸公의 정을 사례치 않으리꼬."

단 공 왈,

"부마의 글을 보니 학생이 또 정희를 위하여 감동하이니 성상이 은영恩榮을 내리심이 어찌 더디리오."

범 상서가 소 왈,

"정희 부자의 은사恩赦 입음은 만생이 형을 위하여 치사致謝하거니와 부마의 한 상소 단형의 고산지의高山之意[110]를 능히 두로혀게 하니 그 영재를 금일이야 채 알 일이로다."

참정이 겸양謙讓하더라.

문 공 왈,

"양 형은 치사는 그만하고 정희 등에게 은명恩命을 쉬이 전케 하여 부마의 현심賢心을 표함이 옳을까 하노라."

모두 웃고 사명赦命을 전하라 하니, 참정과 부마 기꺼 먼저 돌아가니 제공이 같이 파하여 돌아가다.

각설却說, 정희 삼부자와 경진 부자 중형을 입고 옥중 누추한 곳에 고초를 받으매 서로 대하여 눈물을 흘리고 죽을 때를 기다리고 인도 부자는 양 공 부자의 구치 않음을 원망하더니, 문득 형부 하리下吏 옥졸로 하여금 명을 전하니 제인諸人이 기쁨을 이기지 못하나 능히 행보를 이루지 못하는지라. 오부 가인家人으로 교자轎子를 가져와 각각 데려 돌아갈새 중로中路에 다다라 문득 학사와 부마 마주 와 기다리는지라. 위의威儀를 덜고 왔으나 빛나고 삼엄한 위의 길을 가리었으니 처음은 놀라더니 양 공인 줄 알고 나아가니, 공이 정히 교자를 맞아 마상馬上에서 그 손을 잡고 오히려 한恨하여 또한 입을 열지 아니하더라.

인오의 처형 경생이 시랑더러 부마의 한 상소에 사화死禍 면함을 하례賀禮하니, 이 말을 듣고 비로소 크게 감격하여 참정을 향하여 사례 왈,

"욕제辱弟[111] 무상無狀[112]하여 형장兄丈의 은애恩愛를 저버리고 몸이 사지에 빠졌거늘 소제의 죄와 허물을 사赦하사 혐의를 피치 않으시고 부자의 목숨을 능히 보전케 하시니 오늘 이후는 형장과 부마의 주신 일월日月이로소이다."

참정이 초창悄愴 왈,

"노처露處[113] 말할 곳이 아니니 빨리 집으로 돌아가 말하리라."

---

109) 부모나 임금의 은혜가 크고 다함이 없음을 이르는 말.

110) 높은 뜻.

111) 욕스러운 동생이라는 뜻으로, 죄 지은 동생이 저를 이르는 말.

112) 제멋대로 굴어 예절이 없음.

113) 한데. 일정하게 정해진 자리가 아닌 다른 곳.

하고 한가지로 시랑 부府에 나아가 공이 비로소 말을 펴 가로되,

"현제賢弟 처사處事를 살피지 못하여 천은이 망극하사 돈아豚兒의 한 상소에 요행 천의天意 도로혀사 오늘날 그대를 서로 보고 이제 전 허물을 뉘우침을 들으니 그대를 위하여 기쁘고 감동함을 깨닫지 못하리로다."

시랑이 부마를 향하여 재삼 칭사稱謝하니 부마 겸양하고 사례하더라.

시랑 부자를 안돈安頓[114]하고 인오를 당부하여 매사에 준비하여 구호救護할 것을 극진히 돕고 다시금 위로하고 돌아갈새, 시랑 부부 바야흐로 깨달아 뉘우치고 감격하여 전일을 후회하며 인도의 혼취婚娶 길이 아주 막히니 애달픔을 이기지 못하여 부부와 부자 대하여 번뇌하기를 마지아니하더라.

참정과 부마 부중에 돌아가니, 부인이 시랑의 무사히 놓임을 치하하니, 공이 탄 왈,

"사화死禍를 면하니 요행타 하려니와 수형을 중히 하고 국가의 버림이 되니 비록 자작지얼自作之孽[115]이나 어찌 참혹지 않으리오."

부인이 또한 탄식하더라.

명일明日에 공주 입궐할새 예복을 갖추어 구고께 하직하매 부인이 손을 잡아 이별하고 쉬이 나옴을 당부하니, 공주 수명受命 하직하고 옥륜 금거玉輪金車에 오르매, 소 상궁은 궁중에서 모든 비자婢子를 거느려 직사職事를 검찰檢察케 하고, 여 상궁은 공주를 뫼셔 옥교를 타고 백여 인 궁아를 거느려 공주 뒤를 좇았고, 진 태감이 연향궁 순무군巡撫軍으로 호위하여 이에 궐내에 이르매, 제후께 조현朝見하니 수삼 일 사이 옥골 설부玉骨雪膚의 빙정氷貞한 기질[116]이 새로우니, 후后 손을 잡으사 반기심이 난측難測하시며 제帝 또한 크게 두긋기며 기끄사 이에 제왕, 공주를 다 입궐하라 하시고 현경궁에 대연大宴을 베풀어 종일토록 진환盡歡하시고 파하시다.

공주 궐중에 머물매 제후 애중하심이 더욱 새로우시니 공주 또 처음으로 용상龍床 하를 떠났다가 다시 조현하매 스스로 기쁨을 금치 못하니 온유 화열溫柔和悅한 담소와 낭랑 아성雅聲[117]이 더욱 절세絶世하니 궁중 상하에 아니 반기며 아니 흠칭欽稱할 이 없더라.

후后 상궁을 부르사 양부 명풍名風과 부마의 후박동지厚薄動止[118]를 물으시매 일일이 고하니 황야와 후 더욱 환희하시더라.

수오 일 머물러 돌아가 구고께 현알見謁하고 오래 물러 성정지례省定之禮 폐함을 사죄하니 공과 부인이 반가움을 띠어 용령龍令[119] 쉬이 떠남을 위로하더라.

---

114) 잘 위로하여 마음을 가라앉히는 것

115) 제가 서지른 죄로 입게 되는 재앙.

116) 고결한 자태와 흰 살결의 얼음과 같이 깨끗하고 곧은 기질.

117) 낭랑히 울리는 고운 목소리.

118) 마음이 후하고 박함과 몸의 움직임, 곧 남을 대하는 태도와 몸가짐.

119) 임금의 자녀. 여기서는 공주를 이르는 말.

궁에 돌아오니 이날 부마 공주의 침전에서 안상案上에 비겼더니 문득 서안書案 위에 서갑이 열렸고 한 전책傳册이 반만 내밀렸거늘 부마 손으로 다리어(당기어) 그 틈에 끼인 것을 보니 이는 자기 선유산에서 얻은 '공작시'라 쓴 것이요, 또 한 장이 있으되 글씨와 종이 분변치 못하고 그 끝에 "합포의 구슬을 대하리라." 하였거늘, 놀라 공주더러 문 왈,

"이것이 어디에서 난 것이니이꼬? 근본을 듣고자 하나이다."

공주 염임斂衽[120] 대對 왈,

"이 글을 얻은 바 명백하나 또 허탄하여 방인傍人을 향하여 이름 직하지 않으나 부마 물으시니 어이 은휘하리꼬. 거년 중추 망일에 몽사 여차하고 깨어 보매 종이 손 앞에 있는지라. 자못 의혹하여 간수함이로소이다."

부마 청파聽罷에 신인의 말이 자자字字이 맞음을 기특히 여기고 차탄하여 서갑에서 빠힌(뺀) 책을 보니 이는 '공작시'라. 양인이 대하여 이를 한번 다시 보매 부마 새로이 감창感愴함을 이기지 못하여 부마 탄 왈,

"전세 이렇듯 궁박함으로써 금세에 부부 재합再合하여 영광이 제미齊美[121]함은 다 진 선생의 은덕이라. 한갓 마음 가운데 감축感祝할 따름이라.

연然이나 이 글을 보아도 이리 비창悲愴하니 당한 시절을 생각하매 마음이 참을 깨닫지 못하리로소이다. 다만 원하나니 금세에는 인사로 헤아려 마장魔障이 없을 것이니 부모를 뫼와 유자생녀有子生女하고 장수 호복長壽胡福하여 전세 느껴 돌아간 한을 없이하여 살아 영화롭고 죽어 즐거운 넋이 됨을 기약하여 기꺼하매 진도람 선생의 덕화를 이기여 이르지 못하나이다."

공주, 부마의 슬픈 빛을 보고 이 말을 들으매 쌍성雙星[122]을 나직이 하여 비창함을 머금고 옥성玉聲이 처연하여 대 왈,

"전세 궁진窮盡함도 이 다 첩의 명도命途 다 험하고 죄악이 여천한 고로 몸을 보전치 못하고 화를 군자께 끼치니이다. 첩을 천지에 용납지 못할지라 선생의 은덕을 어이 일시에 다 일컬으리까. 다만 생각건대 금세에나 구고 슬하에 군자의 건즐巾櫛[123]을 받들어 동로同老함을 바라니이다."

부마, 공주의 애색哀色과 애창한 낭음을 들으매 도리어 위로하더라.

양 공이 일일一日은 시랑 집에 가니 시랑의 상처 점점 차도에 이름을 말씀하더니, 시랑이 참정의 이렇듯 전념하는 뜻을 사례하고 또 눈물을 뿌려 가로되,

"소제 속연이 암매暗昧하여 역순逆順을 알지 못하고 망령되이 질아姪兒의 천연天緣을 희지어(휘저어) 형장兄丈 심려를 난亂하시게 하였더니 도금到今하여 소제 죄를 받으매

---

120) 옷깃을 여미고. 남을 대할 때 예의를 차림을 이르는 말.

121) 아름다운 일을 이룸.

122) 두 눈.

123) 수건과 빗이라는 뜻으로 남의 안해가 됨을 이르는 말.

실로 마땅하니 하면목何面目으로 낯을 들어 형장을 다시 보오리오마는 형장의 덕이 옛정을 변치 않으시고 수족지정手足之情[124]을 온전히 하시니 감격함이 뼈에 새기오나 다만 인도 삼아三兒 중 으뜸이매 저와 같은 배우配偶를 가리어 만래晩來에 영효榮孝할까 믿음이 이 아이뿐이러니 금차시今此時하여는 혼사의 길이 망단望斷하니 비록 자작지얼이나 뉘우침을 좇아 심려 더욱 중하니 저적 형장의 심사로 추이推移하니 더욱 참괴慙愧함이 욕사무지欲死無地[125]나 연이나 소제 이제 전리田里로 돌아가매 심사 측량하리오."

공이 청파聽罷에 뉘우침이 맹동萌動함을 보고 심중에 기꺼 흔연 대 왈,

"지난 일은 피차에 일시 운액運厄이라. 다시 일컫지 말고 마음을 편히 하여 실섭失攝[126]지 말라. 질아의 혼취는 부자 천륜父子天倫에 어이 그렇지 않으리오. 병이 나음을 기다려 다시 의논하리라."

하고 부중에 이르니, 부마 문외에 맞아 내당에 들어가매, 공이 부인과 부마를 대하여 의논 왈,

"실로 인도의 혼취 길이 어려운지라. 이러함이 또 내 집에 비롯은 바라 어찌면 성취成娶케 하리오?"

부인 왈,

"실로 그 혼취 길이 아득도소이다."

부마 묵묵 양구默默良久에 홀연 깨달아 부모께 고 왈,

"종숙, 종형의 궂김이 소자의 연고라 어찌 안연晏然하리꼬. 혼취 길이 실로 어렵사온지라, 생각하오니 경진이 종숙과 한가지니 다른 데 의혼議婚치 못하올지라. 인오 형의 빙부聘父는 경진의 친족이라. 이로 인하여 경진의 집에 구혼하면 이 혼인이 어렵지 않을 듯하오니 대인은 숙부와 상의하소서."

공이 크게 깨달아 대열大悅 왈,

"오아吾兒의 말이 옳으니 다시 상의하리라."

명일 궐하에 나아가 조참朝參하고 부마는 후께 문안하니 제, 후 새로이 아름다움을 이기지 못하시더라.

참정과 부마 조참 후 시랑부로 향할새 노중에서 단, 문, 범 삼공을 만나니, 제공 왈,

"형은 어데로 향하느뇨?"

공이 답 왈,

"학생은 제제를 보러 가는 길이어니와 제형諸兄은 어데를 향하시나뇨?"

답 왈,

"유 추밀 부중으로 가나니 형도 우리와 한가지로 감이 어떠하뇨?"

---

124) 형제간의 살뜰한 정이라는 뜻으로 쓰임.

125) 죽고자 하나 죽을 만한 땅이 없다는 뜻으로, 부끄러움이나 원통함이 심하다는 말.

126) 조섭을 잘하지 못함.

답 왈,

"날이 남으면 좇으리다."

이에 길을 나누어 양 공과 부마 시랑 부중에 이르러 누운 곳에 들어가니, 시랑 부자 의약을 힘입어 상처 날로 차복差復하는지라. 공을 맞아 친문함을 사례할새 오 씨의 친남 오 낭중과 인오 처형 경생이 이에 모두였는지라. 모두 예필 좌정禮畢座定에 공이 시랑더러 왈,

"작일 아이 질아의 혼사를 사상思想하매 마땅한 곳이 없더니, 이제 생각하니 경 중승의 규수 아름다움을 익히 아는지라 구혼함이 어떠하뇨?"

시랑이 환열하여 칭사 왈,

"형장이 소제를 위하사 생각을 밋비하시니[127] 다감多感함을 이기지 못하리로소이다."

공 왈,

"질아를 위하여 이를 이르매 어찌 일컬을 바이리오."

이에 돌아 오 낭중과 경생을 보아 왈,

"군 등은 중매 되어 가연佳緣을 점복占卜함이 어떠하뇨?"

시랑 왈,

"형들은 월로月老의 소임을 사양치 말라."

이인二人이 응성應聲[128] 왈,

"우리 마땅히 작교鵲橋[129]를 지어 우녀牛女[130]의 길을 열리라."

시랑 부자 대희하는지라. 공과 부마 더욱 기꺼 돌아갈새 문을 나매 화려한 위의와 새로운 풍광風光이 사람을 동하니 오 씨 여어보고(엿보고) 애달픔이 애 미어지는 듯하고, 인도는 마침내 부마 못 되고 부자 다 이렇듯 궂기고, 인호는 영귀榮貴함이 이 같으니 한하고 분함을 이기지 못하여 한갓 분분히 눈물을 흘릴 따름이라.

부마는 부중으로 가고, 참정은 제공이 추밀 부중에서 기다리는지라 나아가니 모두 맞아 주배酒杯를 놀리며 한가지로 한담할새, 단 공 왈,

"양 형이 정희를 보고 즉시 오기를 학생 등은 바야거늘(바라거늘) 어이 이리 늦게야 와 붕배朋輩의 즐거움을 감減케 하느뇨?"

양 공이 웃고 답사答謝 왈,

"제제를 보매 자연 즉시 오지 못하여 이제야 오니 스스로 한하나 및지(미치지) 못하리로다."

범 공 왈,

"환향還鄕을 어느 때 하느뇨?"

---

127) '미덥게 여기시니' 의 옛말.

128) 소리에 응함, 곧 대답함.

129) 견우직녀를 만나게 하려고 까막까치가 놓은 다리, 오작교.

130) 견우와 직녀를 아울러 이르는 말.

공이 답 왈,

"마땅히 은사恩赦를 입던 날 즉시 갈 것이로되 능히 기거箕踞[131]를 못 하여 일자日字 천연遷延[132]하니 저의 황송함은 이르도 말고 복僕이 또한 황공하여이다."

유 추밀과 문 어사 왈,

"우리 작일에 정희 행보를 이루지 못함을 주달奏達하여 기거 후 발행하라 하시는 명을 청하였나니 형은 관심寬心하라."

양 공이 기꺼 왈,

"제형이 이렇듯 관념關念[133]하시니 어찌 감은感恩치 않으리오."

하여 모두 한설閑說하다가 흩어지다.

화설話說, 경 중승이 은사恩赦를 입어 집에 돌아가매 부인과 자녀와 친척이 붙들어 들이고 눈물을 흘려 차악嗟愕하며 위로하고, 의약을 다스려 구호하며, 양 부마 상소로 사화 면함을 알고 바야흐로 초창하여, 또 전리田里로 가매 궁향 벽촌窮鄕僻村의 어데 가 택서擇壻할꼬 번민함을 이기지 못하고, 부인은 더욱 심담心膽을 버히는 듯하며, 경 중승 일가와 시랑 일가가 한갓 부마와 공주의 기모 영풍奇貌英風과 호호浩浩한 부귀며 양 공 부부의 만래晩來 영복榮福을 우러러 부러워하며 애달픔이 간담이 마르고 복장이 울 뿐이요, 경 소저는 일생을 심규深閨에서 공송空送할 양[134]으로 신세를 느껴 이전 재자 가랑才子佳郞을 눈으로 가리고자 하던 뜻이 다 소삭消索하여 망단望斷함을 창한悵恨할 따름이러라.

재설再說, 경생과 오 낭중이 경 중승 부중에 가 문병하고 중매로 왔음을 통하니, 중승이 바야흐로 어느 곳에서 다시 여아를 구하리 하여 낙심한 가운데 이 말을 듣고 크게 기꺼 쾌허快許하고 양인을 관대寬待하여 보낼새 중승이 서로 당부하더라.

이날 부마 궐중闕中에서 저녁 문안 후 경, 오 양인의 혼인 허락을 받아 이에 왔는지라, 시랑 부자 대락大樂하고 부마 크게 기꺼하더라. 부중에 들어와 부모께 고하니 공과 부인이 기꺼하고 시랑이 이에 답례하니, 중승이 부인과 여아를 대하여 이 혼사를 이르니 모녀 다 기꺼하더라.

택일擇日하니 수일數日이 가렸는지라 양가兩家에서 매사를 준비하되, 다만 간략히 하며 한恨함을 마지아니하더라.

혼기婚期 다다르매 중승 부자와 시랑 삼부자 다 차복差復한지라. 위의를 초초草草히 차려 신랑을 보내며 시랑 부부 번화함을 발뵈지[135] 못함을 애달파 눈물을 뿌리니 인도 또 한함을 마지않고 경부로 향할새 중승 부중에서 또한 빈객賓客을 청請치 못하고 간소히 차려

---

131) 두 다리를 뻗고 어디에 기대앉는 것. 곧 몸을 겨우 가누는 것.

132) 날짜를 미루고 늦어짐.

133) 마음에 두고 잊지 아니함.

134) 깊은 규방에서 일생을 헛되이 보낼 양.

135) 남에게 자랑하기 위해 자기 재주를 일부러 드러내 보임.

신랑을 맞으며 애달픔을 이기지 못하여 모녀 다 한함을 마지않더라.

중승과 부인이 신랑을 보매 신용身容이 목련木蓮 일지一枝 같으니 소저 상교上轎할새 쇄약鎖鑰으로 덩 문을 잠그기를 마치고 돌아오니 도로의 관광자觀光者 모르는 이는 위의威儀 소조蕭條[136]함을 괴이히 여기더라.

부중에 돌아와 청중廳中에 교배交拜하매 신랑의 준호俊豪함과 신부의 풍영豐盈함이 참僭치 않으니 신랑이 심중心中에 요행함을 이기지 못하고 돌아와 시랑 부부께 폐백을 진정進呈하니 구고舅姑 그 용모의 수려함이 인도와 상적相敵하니 기쁨을 이기지 못하더라.

인하여 이에 머물고 다시 중승을 보아 경소의 여아와 인도와 혼인하니 중승 부자 기꺼 즉시 성례成禮하여 이에 각각 전리로 돌아갈새 경 소저 형제 부모를 원별遠別하매 슬픔을 금치 못하더라.

시랑이 발행發行하매 양 공이 부마로 더불어 부중에 나아가 전별餞別할새 시랑이 친히 와 보냄을 사례 왈,

"욕제辱弟 무상無狀하여 형장 저버림이 아니 미친 곳이 없거늘 형장은 욕제를 위하여 죽을 목숨을 살리시고 근로하심을 이렇듯 하시니 감격함이 뼈에 사무치지 않으리오마는 전리로 돌아가매 하일 하시何日何時에 다시 형장을 뫼와 예같이 즐김을 얻으리오. 원컨대 형장은 길이 만복을 누려 백수 안락百壽安樂[137]하소서."

돌아 부마더러 왈,

"내 현질賢姪에서 정의情義를 저버렸거늘 나를 살리니 바야흐로 깨달음이 맹렬하나 전리로 돌아가매 수천 리 도로에 어찌 서로 갚기를 바라리오. 한갓 복이 제미함을 원할 따름이로다."

공이 청파聽罷에 잔을 잡고 탄嘆 왈,

"우형愚兄이 일찍 안항雁行이 외롭고 또 다른 종형제 없이 그대와 서로 좇아 외로운 자취를 위로하여 길이 한곳에서 서로 늙음을 원하더니 피차 운액이 다다라 지난 일은 일러 부질없거니와 이제 그대 전리로 돌아가매 우형의 자취 그 외롭기 어떠하뇨. 이별의 슬픈 회포를 이 한잔 술에 부치나니 현제賢弟는 원로遠路에 보중保重하여 길이 무양無恙하라."

이에 잔을 전하니 시랑이 받아 마시매 능히 회포를 정치 못하더라.

부마 또 사 왈,

"지난 일은 일컬을 바 아니오니 다만 다시 볼 기약이 없이 수천 리 이별을 당하오니 소질小姪의 심사心事를 능히 베풀지 못하옵나니 숙부는 원로에 보중하소서."

돌아 인도와 집수執手[138]하여 이별하고 시랑 부자 재삼 하직하니 공과 부마 연연戀戀함

---

136) 위의가 성대하지 못하고 쓸쓸하고 보잘것없음.

137) 백년토록 안락하게 지냄.

138) 손을 잡음.

을 이기지 못하더라.

이에 전리로 돌아가니 부마 공을 뫼셔 돌아오매 부중에 와 탄식함을 마지않으니 부인이 또한 탄식하며 공을 위로하더니, 이날 공주와 부마 공의 부부를 뫼셔 혼정昏定[139]하고 물러 궁으로 돌아오매 일기日氣 성열盛熱[140]이라. 중당中堂에 촉燭을 밝히고 산호 발을 걷었는데 옥상玉床에 좌坐하여 신인에게 얻은 바 '공작시'를 다시 보며 부마 또 유산遊山 설화說話를 일일이 베풀어 가로되,

"진 선생의 가르침이 이렇듯 신이神異하나 능히 그 덕을 갚을 길이 없으니 한하나이다."

공주 청파聽罷에 감동함을 깨닫지 못하여 가로되,

"진 선생의 가르침이 이렇듯 명명明明하고 군자의 뜻이 이러하실진대 달리 베풀 바 없으니 선유산에 사묘祠廟[141]를 세워 춘추春秋에 향화香火를 받들어 그 덕을 만분의 일이나 갚고 미微한 정성을 표함이 어떠니이꼬?"

부마 가로되,

"이 말씀이 옳으니 부모께 고하고 선생의 관음사를 세우리라."

하고, 명일 신성晨省에 인하여 공과 부인께 고 왈,

"해아孩兒 우연히 선유산에 한번 가매 진 선생의 가르침을 만나와 이제 그 가르친 바 추호秋毫 차착差錯이 없사오니 어찌 그 가르친 뜻을 저버리리꼬. 이제 선유산에 사당祠堂을 세워 향화를 그치지 않게 하고자 하옵나니 부모 명하심을 바라나이다."

공과 부인이 시랑의 뜻을 넘기는 바 없을 뿐 아니라 석일昔日 몽사夢事를 생각고 선유산에 생을 만나 가르치심이 분명하니 그 신명神明을 감동하여 흔연 왈,

"선생이 신이함이 이러하고 관음觀音이 너를 인진引進하시니 네 뜻이 의리에 합한지라 노부 어찌 허許치 않으리오. 그러나 선생이 동가 여女와 태수 자子 다시 마장이 되리라 하더니 이는 반드시 인도와 경가에서 구친求親함을 이른 말인가 싶으니 다 천수天數라 또한 한치 못하리로다."

부마 부모의 허하심을 보고 대희大喜하여 이제 진 태감을 명하여,

"연국 정승 장화에게 분부하여 열읍列邑 군민과 부고府庫의 금백필보錦帛匹寶[142]로써 올려 공역工役을 시작하게 하라."

하니, 태감이 수명受命하여 연국에 사使를 보내니, 장화 국후의 명을 듣고 이에 병부 상서 한경으로 군졸 수만을 거느리고, 호부 상서로 부고 금백을 영領하고, 공부 상서 진총을 명하여 즉일 발행하여 경사에 이르니, 부마 관면冠冕을 갖추어 제신諸臣의 조하朝賀를 받고 명하여 선유산에 공력을 크게 일으켜 사묘를 크게 이루니 유리로 섬(섬돌)을 뭇고 푸른 기

139) 혼정신성昏定晨省. 부모의 침소에 가서 잠자리를 살피고 밤새 안녕하기를 여쭘.

140) 몹시 더움.

141) 조상의 신주를 모시는 집.

142) 곳간의 갖가지 비단 필.

와와 수 달린 창이 표연한 선당이러라.

또 백운사를 증수增修하고 또 관음사를 새로 세울새 단청화각丹靑畵閣과 주함옥란朱檻玉欄이 백운白雲을 연한 듯 장하며 빛남이 비길 데 없더라.

진 태감, 연국 제인諸人으로 더불어 공역을 마치고 복명하니, 부마 궁중에서 삼일 재계三日齋戒하고 백깁[143] 일폭에 채필彩筆을 들어 선생의 화상畵像을 본 바로써 그리니 신이한 재주 붓끝이 뿌리는 곳마다 생기生氣 유동流動하니 그리기를 마치매 선생이 완연히 선유산 석상石上에 앉은 듯하더라.

이에 족자를 거두어 벽에 걸매 공주와 부마 하당下堂하여 맞아 당에 올라 화상을 한번 보매 생기生氣 발월發越하고 청한淸閑한 거동이 선풍도골仙風道骨이러라. 기특히 여겨 일컫기를 마지아니하고, 날이 늦으매 돌아갈새 부마 뫼셔 본부本府로 오니, 설평장과 유 추밀이 선생 화상과 사묘 이룸을 듣고 일시에 이르니, 부마 맞아 한훤 예필寒暄禮畢에 평장 왈,

"부마, 선생 사묘를 필역畢役하시다 하니, 화상을 얻어 보랴."

추밀이 이어 왈,

"학생이 또한 구경코자 하노라."

공이 답 왈,

"선생의 화상을 이뤄 써 묘중廟中에 뫼시려 하니 제형은 소제와 한가지로 가 선유산 풍경도 보며 구경함이 어떠하뇨?"

양 공이 기꺼 한가지로 가기를 언약하고 돌아가다.

공이 부마더러 왈,

"이제 사묘 다 이루었으나 지킬 사람을 어이하리오?"

부마 대 왈,

"속인俗人을 지키게 하지 못하리니 소자 근심하나이다."

인하여 혼정昏定하고 돌아와 공주와 의논하더니 상요에 나아가매 일몽一夢을 얻으니 운간雲間에 금광金光이 조요照耀하며 백의 소승白衣少僧이 목에 염주를 걸고 손에 선장禪杖을 잡았으니 기이한 거동이 부처의 정과正果[144]를 얻은 자인 줄 알리러라.

공주와 부마 놀라고 기이히 여겨 바삐 뜰에 내려 우러러보며 이르되,

"나는 남해 낙가산 관음대사 연대하 목채 행자行者[145]러니 대사 남승男僧의 공양을 괴로워하시더니 부마 이제 관음사를 지으시고 지킬 이를 근심하실새 고하는 이 있을 것이니 이 절 임자를 삼으라 하시더이다."

---

143) 흰 비단.

144) 불교에서 '바른 갚음' 이라는 뜻. 여기서는 부처가 될 수 있는 갖춤새라는 뜻으로 쓰임.

145) 목채는 행자의 이름인 듯. 행자는 불교에서 아직 중이 되지 않고 절에서 심부름하는 사람을 이르는 말.

문득 구름에 몸을 감추니 보지 못하리러라.

공주와 부마 기이奇異코 황홀하여 청중廳中에 섰더니 또 백운이 지나며 일위一位 동자童子 나아와 예禮하거늘, 부마 보니 선유산 선동仙童이라.

반겨 문 왈,

"선동은 어데로조차 이에 임臨하뇨?"

공주 또 보매 석일昔日 몽중 선동이라 의아하더니, 동자 대 왈,

"선생이 부마와 공주의 덕음德音을 사례하시고 도관 지킬 이를 근심하실새 자연 임자가 날 것이니 저의 소원을 좇으라 하시더이다."

언파에 청풍을 인하여 간 바 없으니 놀라 깨니 한 꿈이라. 공주와 몽사를 서로 이르니 양인이 몽사 한가지임을 더욱 기이히 여겨 신조晨朝[146]에 부모께 문안하고 위의를 갖추어 선유산을 향할새 부마 공을 뫼셨고 설평장, 유 추밀이 한가지로 갈새 위의 도로에 이어 그치지 아니하더라.

선생 화상을 옥궤玉櫃에 넣어 금거金車에 실어 나아가 묘문廟門에 다다르니 차시 구월 심추深秋[147]라. 단풍잎은 붉은빛을 자랑하고 금화金花는 향기를 머금어 드리웠으니 시인의 흥을 돕는지라. 부마와 제공이 경물景物을 더욱 기특히 여겨 묘중에 들어가니 진 태감이 옥궤를 받들어 올리니 부마 나아가 궤를 열고 족자를 내어 벽상壁上에 거니 맑은 기도氣度와 기이한 기상이 생기 발월하니 모두 기이히 여기고 부마의 재주를 더욱 신이히 여기며, 추밀이 한번 보매 크게 놀라 이르되,

"내 저적 부마를 위하여 신몽神夢을 얻으매 신인을 부림인 줄 깨닫지 못하더니 이 또 선생의 가르침이렷다."

못내 차탄하니 양 공과 평장이 이를 듣고 또한 일컫기를 마지아니하더라.

앞에 상탁床卓과 향로를 벌이고 향을 사르니 향연香煙이 일어나매 기이한 경색이 더으더라.

부마 제공을 뫼셔 두루 완경玩景하매 한갓 미진함이 없으니 대열하여 이에 현판懸版할새 추밀 왈,

"당堂 이름을 무엇이라 하였느뇨?"

부마 대 왈,

"짓지 않았나이다."

양 공이 소 왈,

"선생이 내 아이 아득한 것을 가르쳐 이에 이르게 하니 의義를 집고 현심賢心을 발함이라. 마땅히 의현묘義賢廟라 하라."

평장과 추밀이 제성齊聲 왈,

---

146) 이튿날 아침.

147) 늦가을.

"이 말이 유리有理하다."

부마 청옥판에 '의현묘'라 금자金字로 새겨 달매 유, 설 양공이 칭찬함을 마지않고 양공은 사사事事에 두긋길 뿐이러라.

백운사로 내려가니 진 태감이 제인을 거느려 맞고 제승諸僧이 인도하여 정전正殿에 들이고 옥반금기玉盤金器[148]에 진찬珍饌을 올리고 주배酒杯를 내와 서로 권하더니, 날이 늦으매 제승을 불러 왈,

"관음觀音 탱[149]이 남승男僧의 곳에 공양함이 마땅치 않고 내 사찰寺刹이 멀지 않으니 옮겨 봉양함이 어떠하뇨?"

제승이 배拜 왈,

"노야의 가르치심을 어이 봉승奉承치 않으리꼬. 하물며 작야昨夜에 대사의 가르침을 이 사중寺中 승이 다 받자왔으니 어이 다른 말이 있으리꼬."

이에 관음 탱을 옥교玉轎[150]에 담아 새 사찰에 이르니 정전에 탱을 걸고 향로와 상탁을 벌여 진향進香하고 제액題額하여 관음사觀音寺라 하고 이때 천하 중衆 기사奇士와 도인道人이 승僧을 불러 즈므 받으니 다 있기를 원하나, 하나 대찰大刹 임자 삼음 직한 이 없더니 많은 가운데로서 일위 여승이 나오니 용모 백설 같고 청한한 골법骨法[151]이 제류儕流[152]에 솟아나 득도得道한 골격인 줄 알리러라. 나아와 합장合掌 배拜 왈,

"빈승貧僧이 산중에 들어 출가한 칠십여 년에 세상 자취를 좇은 지 오래더니 관음대사 칙지勅旨를 받자와 이에 와 노야老爺께 뵈나이다."

부마 몽사와 맞음을 암희暗喜하여 허許하여 관음사를 지키니 모든 승이 다 머물다.

도인 중에 또 나아오니 나이 팔십 여餘는 하되 용모 고기古奇하고 기골이 탈속脫俗하더라. 제자를 거느려 와 뵈고 이르되,

"빈도貧道 진도람 선생 명을 받자와 이에 뵈나이다."

부마 대희하여 의현묘를 지키오니 공주와 부인이 맞아 설화說話를 마치고 칭찬함을 마지아니하더라.

부마 사시四時에 금백필보錦帛匹寶로 두고 진향할 것을 태만怠慢치 아니하더라.

명일明日에 연국 군신을 상사賞賜하여 돌려보내다.

세월이 임염荏苒[153]하여 삼 년이 되매 공주 회태懷胎하여 생남生男하니 양 공 부부 환희 애중함이 부마 아시兒時에 지나고 제, 후 크게 아름다움을 이기지 못하시더라.

---

148) 옥 소반과 금으로 만든 그릇.

149) 관세음보살의 화상.

150) 위를 꾸미지 않은, 임금이 타는 수레.

151) 골격.

152) 나이나 신분이 엇비슷한 사람.

153) 세월이 덧없이 흐르는 것.

양 공이 나이 많고 부마 이렇듯 영귀하며 겸하여 손아孫兒를 얻으매 환념宦念[154]이 없어 사직하고 집에 들어 자부子婦의 영양榮養을 받고 손아를 희롱하여 시일을 보내니, 손아 이삼 세 되니 부풍모습夫風母習[155]하여 늠름 쇄락凜凜灑落함과 준호 청월俊豪淸越함은 부마를 습習하고 연연 미려娟娟美麗하며 연연 아태娟娟雅態는 공주를 닮았으니 초나라 맑은 옥을 교탁巧琢[156]한 듯하니, 부모와 조부의 아름다움을 이기지 못하여 재주는 부모의 문장을 타났으니 그 재화才華를 알리러라.

공주 연하여 오자五子 일녀一女를 생生하니 개개箇箇 곤산崑山 미옥美玉과 창해蒼海의 명주明珠 같아 빼혀남(빼어남)이 비길 데 없으니 양 공 부부 노래老來에 득자得子의 장옥掌玉[157]이 이렇듯 선선한 가운데 아름답기 이 같으니 더욱 환희하여 양 공의 만래 복록晩來福祿을 칭찬치 않을 이 없더라.

초初에 양 공이 부마도 두지 못하였을 때 양 시랑은 여러 공자를 두고 복록이 갖음을 자허自許[158]하더니, 공이 동기같이 우애友愛함을 저버리고 한갓 부귀만 탐하여 불공불업지사不公不業之事[159]를 행하여 마침내 화를 입어 몸이 내치이고 공은 복록이 이렇듯 융성隆盛 제미齊美하니 어진 이 복福하다 말이 허언虛言이 아니로다 하더라.

공주의 장자長子 경이 장성하여 십삼에 참지정사 문언박의 손서孫壻[160] 되니 문 소저 옥모화태玉貌花態 빙정소랑氷貞昭郞[161] 하며 염염쇄락艶艶灑落하여 짐짓 문경 공주의 며느리라 존고尊姑께 사양함이 없으며 현철한 덕도德道와 빼혀난 재질才質이 병구竝具할 이 없으니 부마와 공주 대열大悅하고 노공 부부 환희함이 극하니 부마 부부 더욱 희행喜幸함을 이기지 못하더라.

차자次子 명은 태학사 석인의 장서長壻[162] 되고, 삼자三子 홍은 이부 상서 노원의 사위 되고, 사자四子 몽은 한림 시독 유진의 차서次壻 되고, 필자畢子 영은 병부 시랑 범현의 사위 되니, 사부四婦 다 빼혀나기 문 소저와 참치參差함이 없어 개개 겸금양옥兼金良玉[163] 같으니, 공주 제부諸婦를 거느려 존당尊堂에 문안하매 서왕모西王母 모든 선녀를 거느려 요지瑤池 벌여 섬 같고, 부마 제자諸子를 거느려 들어오매 태을진인太乙眞人이 제선諸仙

154) 벼슬 생각.
155) 모습이나 언행이 아버지와 어머니를 고루 닮음.
156) 옥을 다듬는 것.
157) 손바닥 위에 놓인 구슬. 어린 자손을 귀하게 이르는 말.
158) 스스로 인정함.
159) 공정치 못하고 하지 말아야 할 일.
160) 손자사위.
161) 얼음처럼 깨끗하고 밝음.
162) 맏사위.
163) 값이 보통 금보다 갑절이나 되는 좋은 황금과 질 좋은 구슬.

을 거느려 옥경玉京[164]에 조회함 같으니, 노공老公 부부 연年이 구십에 이르러 자손의 이렇듯 번성함과 아름다움을 보고 복록에 흠할 일이 없으니 일일日日 연락宴樂[165]으로 자손을 거느려 세월을 보내더라.

여아女兒 선강은 염모 아질艶貌雅質[166]이 공주로 다름이 없으나 존당이 노래老來에 이를 얻어 간간 극애懇懇極愛[167]하고 부마 과애過愛하여 연이 십이 세에 형부 상서 위형의 필자 위영과 혼인하니 부부의 기질이 겸손함이 없어 위생의 용모 풍채 빠혀나 모든 양생과 다름이 없으니 노공 부부 아름다움을 이기지 못하더라.

이때 나라에 과거 있어 삼자 동방급제同榜及第[168]하고 연하여 오자 일녀 다 입신立身하여 현달顯達하고 혼가渾家[169] 명문대족名門大族이라, 혁혁한 권세와 영광이 일세一世를 기울이고 양 공 부부의 늦게야 부마를 얻어 이렇듯 영양을 받음과 부마의 복록이 무량無量함을 시인이 아니 일컬을 이 없더라. 자손이 대대로 번성하여 공후 각로公侯閣老와 명공 재상名公宰相이 그 몇인 줄 모르더라.

복직과 사적이 기이하매 이 현사 도인이 부마 옥주 나이 많으매 성만盛滿함을 슬하여(싫게 여기어) 의현묘에 와 있으매, 가간 사적家間事蹟을 자세 알고 도인은 득도자得道者라 신기한 틀을 사무쳐 처음과 나중을 기록하여 전傳을 만들어 후세에 전하니라.

164) 전설에서 옥황상제가 산다고 하는 하늘나라의 서울.
165) 날마다 잔치를 벌이고 즐김.
166) 고운 모양과 아름다운 자질.
167) 매우 사랑함.
168) 세 아들이 대과大科에 함께 급제함.
169) 온 집안.

이 소설에 관하여

지정엽

고전 소설 〈란초재세기연록蘭焦再世奇緣錄〉은 우리 나라 중세 소설 가운데서 비교적 사상 예술성이 높은 작품으로 꼽힌다.

〈란초재세기연록〉은 고전 문학 유산을 체계적으로 발굴 조사할 데 대한 방침을 받들고 전국 범위에서 고전 소설 자료들을 수집 정리하는 과정에 새로 찾아낸 작품이다.

작품은 작가가 밝혀지지 않은 국문 소설로서 현재 세 책으로 된 필사본이 전한다. 창작 연대 또한 알려져 있지 않으나 내용으로 보아 18세기 이전에 창작된 것으로 추정한다.

소설은 옛 중국의 고전 장편 서사시 〈공작행〉('공작동남비孔雀東南飛' 라고도 함)의 불행한 두 남녀 주인공인 난지와 초중경이 다시 인간 세상에 태어나 전생의 한을 풀고 복록을 누리는 이야기로 되어 있다.

〈란초재세기연록〉이라는 작품의 제목도 난지와 초중경이 다시 태어나 만나는 기이한 인연 이야기라는 뜻을 담고 있다.

작품은 전생에 원한을 품고 일찍 죽은 젊은 부부가 다시 인간 세상에 태어나 또 부부의 인연을 맺고 행복을 누리는 이야기를 통하여 봉건적인 억압과 구속에서 벗어나 인간의 참다운 사랑과 행복을 누리려는 당대 인민들의 지향과 바람을 환상적으로 반영하고 있다.

인간의 자주성을 짓밟는 봉건적 억압과 구속에서 벗어나 행복하게 살아가려는 당대 인간들의 이상은 남녀 주인공인 초중경과 난지, 후세의 양 부마와 문경 공주의 형상에 체현되어 있다.

난지와 초중경은 가난하고 권세 없는 가정에서 태어났으나 아름답고 깨끗한 마음씨를 지닌 의좋은 부부였다. 난지는 시어머니에게 공손하고 부지런히 몸을 놀리며 집안 살림을 해 나가는 착한 안해이고, 초중경도 안해를 아끼고 사랑하는 좋은 남편이었다.

그러나 그들은 행복한 생활을 누릴 수 없었다. 재물에 눈이 어두운 시어머니가 가난한 집안의 딸인 며느리를 박대하고, 권세와 재부를 가진 고을 태수가 난지의 미모를 탐내어 그의 절개를 꺾으려 하였기 때문이다. 그들에게는 권력과 재부 앞에 무릎을 꿇느냐, 아니면 인간의 참다운 사랑과 의리를 지켜 목숨을 버리느냐 하는 두 길밖에 없었다. 그리하여 그들은 서슴없이 목숨을 버려 사랑과 의리를 지키는 길을 택하였다.

난지와 초중경의 불행은 당대 봉건 사회에서 가난하고 아무 권리도 주장할 수 없는 평범한 인민들이 누구나 겪어야 하는 그러한 것이었다. 그러나 불행만을 강요하는 봉건 사회 현실 속에서도 자유롭고 행복한 생활을 마음껏 누리려는 인민들의 이상은 변함이 없었다.

인민들의 이러한 이상과 염원은 다시 인간 세상에 태어난 문경 공주와 양 부마의 행복한 생활에 반영되어 있다.

작품에서 초중경과 난지의 혼백은 석가세존을 만나,

"전생에 미천한 집 자식으로 태어난 탓으로 권세 있고 부유한 집의 핍박을 받아 스무 살 꽃 같은 나이에 내외가 함께 죽었사옵니다. 다음 세상에는 귀한 집의 귀한 자식이 되어 인간 복록을 갖추 누리게 해 주옵소서."

하고 빌며, 드디어 두 사람은 한날한시에 공주와 재상가의 아들로 태어난다.

전생에서 그들을 죽음의 길로 내몬 부유한 집안의 딸 진녀와 세도가인 태수가 인간 세상에 다시 경 소저, 양인도로 환생하여 부귀공명을 탐내면서 공주와 부마의 꽃다운 인연을 빼앗으려고 간사한 꾀를 꾸민다. 그러나 마침내는 그 계교가 다 드러나 경 소저와 양인도는 벌을 받고 공주와 부마는 부부의 의를 맺고 온갖 복록을 누린다.

작품은 이처럼 당대 봉건 사회에서는 결코 실현될 수 없었던 행복에 대한 인민들의 이상과 염원을 환상적이며 낭만주의적인 수법으로 실현시켜 나가면서 의 좋고 선량하고 깨끗한 모든 아름다운 것의 승리를 확인하는 한편, 그와 대치되는 불의와 배신, 허영과 탐욕, 이기와 기만 등 추악한 인간 면모를 질타하였다. 이러한 측면에서 이 소설은 사상 내용에서 진일보했다고 말할 수 있다.

〈란초재세기연록〉은 예술적 형상 창조의 측면에서도 일정한 성과를 이룩하였다.

소설은 두 주인공을 비롯하여 여러 인물을 등장시키고 인간관계를 더욱 복잡하고 다양하게 맺어 주었으며 그러한 인간관계를 통하여 인간 생활을 폭넓게 반영하였다.

소설에서는 전생에 맺어졌던 인간관계가 재세에 더욱 심화되어 부마와 공주, 양문희와 그 친구들을 한편으로 하는 긍정 인물 집단과, 인도와 경 소저와 그들 일가를 다른 편으로 하는 부정 인물 집단 사이의 대립되는 세력을 이루고 있다.

작품은 두 대립되는 세력 간에 갈등을 조성하고 그것을 해결하는 과정을 통하여 권선징악의 사상을 반영하였다. 여기서 긍정 인물의 형상에서는 다른 고전 소설과 마찬가지로 성격이 적지 않게 추상화되어 있으나 부정 인물의 형상은 개성화의 측면에서 비교적 높은 수준에 이르고 있다.

인도와 그 아버지 양정희, 경 소저의 형상은 부귀공명을 탐내며 인간의 의리를 저버리고 갖은 비열한 짓을 다 하는 추악한 인간의 화신들로 그 형상이 매우 생동하다. 특히 작가는 인도의 이름에 '도적' 이라는 뜻을 부여하고 부마 자리를 탐내어 의리를 저버리고 마지막에는 황제까지 속여 넘기려 하는 추악한 인간의 모습을 잘 형상하였다.

〈란초재세기연록〉은 구성 측면에서 볼 때도 다른 고전 소설과 구별되는 특성을 가지고 있다.

소설은 두 개의 제목으로 나뉘어 있다.

첫 제목 '진도람 일견송림 감해원陣圖南一見松林勘解寃' (진도람이 솔숲을 한번 보고 원한을 풀어 주다)은 화산 도사 진도람이 두 원혼을 석가세존에게 안내하여 인간 세상에 다시 내려가게 하는 이야기로서 작품 전체 분량의 20분의 1 정도를 차지한다. 여기서 두 주인공의 전세 생활이 석가세존 앞에서 하는 하소연을 통하여 간단히 서술되어 있다. 이 부분은 마치 현대 소설의 서장과 비슷하다.

둘째 제목 '양 부마 복록기楊駙馬福祿記'(양 부마의 행복한 생활)는 문경 공주와 양인호가 각각 황제와 재상가의 집에 태어나는 이야기로부터 시작하여 우여곡절 끝에 서로 맺어지는 이야기, 아흔이 넘도록 많은 자손을 거느리고 행복한 생활을 누리는 이야기로 되어 있다. 이 부분은 그 내용이 하나의 독립적인 일대기 소설의 형식이다.

소설은 이와 같이 불행하게 죽은 청춘 남녀에 대한 기성 작품의 내용을 이용하면서 그들의 행복한 후세담을 펼쳐 나간 작품이다.

〈란초재세기연록〉은 언어 문체의 측면에서 볼 때 어려운 고사 성구가 많지 않고 서술도 제법 평이하고 순탄하다고 할 수 있다.

고전 소설 〈란초재세기연록〉은 이처럼 사상 예술 측면에서 일정한 특색을 가진 뛰어난 작품이지만 적지 않은 제한성도 가지고 있다.

먼저, 소설에는 행복을 바라는 인민들의 이상을 옳게 반영하지 못하였다.

작품에서는 전생에 보잘것없는 집안에서 태어나 기구한 운명을 지녔던 두 주인공을 후세에는 부마와 공주로 태어나게 하였다. 인간의 참된 행복은 부귀와 권세를 마음껏 누리는 영화로운 생활에 있는 것이 아니다. 당대 인민들은 부지런히 일하며 사랑과 행복을 창조해 나갔다. 인민들이 바라던 행복, 그들의 지향과 바람은 결코 영화로운 생활에 있지 않았다. 그러나 작품에서는 인민들의 이러한 소박하면서도 참된 이상을 실현시켜 주지 못하였다. 이것은 작가 자신의 계급적 제한성과 함께 인민들의 행복과 바람이 실현될 수 없었던 당대 봉건 사회의 역사적 제한성과도 관련된다고 할 수 있다.

또한 소설에는 불교적인 내용이 많고 허황하고 비과학적인 이야기가 적지 않게 삽입되어 있다. 특히 마지막에 두 주인공이 불교의 성덕을 찬양하여 백운사를 증수하고 관음사를 세우는 이야기를 장황하게 서술하고 있어 작품이 이룩한 사상 예술적 성과를 떨어뜨리는 결과를 낳았다.

〈란초재세기연록〉은 이러한 모자란 점이 있으나 인간 생활을 제법 진실하게 반영하고 형상 수준을 높임으로써 우리 나라 중세 소설의 발전 역사에서 일정한 의의를 가진다.

〈란초재세기연록〉을 고쳐 쓰면서 원작의 기본 인물선과 사건선을 부각하는 방향으로 일부 내용을 다듬고 필요 없는 것은 없애거나 약화시켰다.

글쓴이 옛사람

고쳐 쓴 이 지정엽

북의 작가. 고전 유산에서 얻은 재료를 요즘 말로 고쳐 써 오늘날의 독자에게 전하는 일을 하며, 어린이가 보는 글로 바꾸어 쓰기도 한다.

겨레고전문학선집 29

천 년을 돌아온 사랑

2007년 12월 10일 1판 1쇄 펴냄 | **글쓴이** 옛사람 | **고쳐 쓴 이** 지정엽 | **편집** 김성재, 남우희, 전미경, 하선영 | **디자인** 비마인bemine | **영업** 박희준, 정승호, 조병범 | **홍보** 조혜원 | **관리** 박영애, 박용석, 서정민, 홍정희 | **제작** 심준엽, 이옥한 | **인쇄** 미르인쇄 | **제본** (주)상지사 | **펴낸이** 정낙묵 | **펴낸곳** (주)도서출판 보리 | **출판 등록** 1991년 8월 6일 제 9-279호 | **주소** 경기도 파주시 교하읍 문발리 파주출판도시 498-11 우편 번호 413-756 | **전화** 영업 (031) 955-3535 홍보 (031) 955-3673 편집 (031) 955-3678 | **전송** (031) 955-3533 | **홈페이지** www.boribook.com | **전자 우편** classics@boribook.com

ISBN 978-89-8428-483-8 04810
978-89-8428-185-1 04810(세트)

이 책의 국립중앙도서관 출판시도서목록(CIP)은 e-CIP 홈페이지(http://www.nl.go.kr/cip.php)에서 볼 수 있습니다. (CIP 제어 번호: CIP2007003510)